平安時代辞書論考

——辞書と材料——

大槻　信著

吉川弘文館

目次

第二部　各　論……五一

はじめに

一　研究の目的と方法

古辞書の利用と研究には歴史的にかなりの蓄積がある。古典テキストの解釈のために古辞書が使われることは古くからあった。とりわけ近世の学者は古辞書の発見・校訂・研究に努め、古辞書を活用して古典テキストの読解を進めた。研究の道具としての古辞書の有用性から、近代以降、重要な古辞書の多くが刊行され、索引類も整備された。古辞書の利用が近代的な研究を下支えし、多くの成果をもたらしてきたのである。

古辞書についての研究は、書誌的・記述的な研究に始まり、主として系統論的な観点から研究が進められてきた。一言でいえば、「辞書の系譜作り」が推し進められてきた。この研究の方向性は、辞書の本質から見て、基本的に正しいであろう。辞書というものが、材料（多くの場合、先行の辞書類）に基づいて作られるものである以上、辞書相互間の影響関係を論じ、それぞれの辞書を定位していくことは必要な研究である。

そのようななか、古辞書についてさまざまな事実の指摘がなされた。しかし、従来の研究は、ともすれば事実の指摘に終始し、その事実がはたしてどのような意味を持つかについては、十分に説明してこなかった。また、複数の辞書、複数の事実を突き合わせることで、事実の意味を探り、一般化して論じることは少なかった。

例えば、院政期成立の漢和辞書『類聚名義抄』については、記述的研究が進み、文学・語学を問わず資料としてしばしば利用されている。原撰本唯一の現存本である図書寮本『類聚名義抄』に関する出典研究には目覚ましいものがある。改編本を代表する完本の観智院本『類聚名義抄』は古語・古典の考証・注釈に使われることがきわめて多い。その一方で、そもそも、『類聚名義抄』において和訓を収集するとはいったいどういうことで、具体的な収集・編纂作業がどのようなものであったのか、といった点については十分な考察がなされたことがない。

そのような従来の研究に対する反省の上に立ち、古辞書をめぐる具体的な事象について、その意味を考えることで、辞書史を立体的に構築していこうというのが本書の目的である。現象の意味を考えることで、問題の本質に接近することを目指す。

辞書がゼロから作られることはない。辞書は〈二次的な〉編纂物である。辞書記述の素材になるものを、「材料」と呼んでおこう。辞書は何らかの材料に基づいて、多くの場合、先行の辞書類を材料として作られている。「辞書と材料」というと、どんな材料をどのように使っているのかということに関心が向けられがちである。従来の古辞書研究は概ねその点に力を注いできた。出典探しと、それに基づく辞書の系譜作りとが主たる課題であった。しかし、そもそも、辞書において材料を使うとはいったいどういうことなのであろうか。そして、材料への依存は、辞書にどのような結果をもたらすのだろうか。こういった、より根本的な問題については、これまで十分に考察されたことがない。しかし、辞書という編纂物の本質を知り、その可能性と限界を見るためには、このような問題こそが明らかにされるべきであろう。

本書では、主として、平安時代の三つの辞書（『新撰字鏡』『倭名類聚抄』『類聚名義抄』）を取り上げ、辞書と材料との関係について考える。その際、「和訓」を一つの鍵とする。というのも、平安時代の辞書においては、和訓という異質な存在が、辞書と材料との関係を見る上で、有効な手がかりを与えてくれるからだ。

以上の問題設定から明らかなように、本書は、これらの古辞書が「何に、そして、どのように依存しているか」よりもむしろ、「依存しているとはどういうことか」について考える。その上で、「古辞書は、そのあり方の根本的なレベルにおいて、材料による制約を受ける」ことを主張する。従来、個別の現象と考えられていたさまざまな辞書に見られる不統一を、材料との関わりから、一般的に説明しようとする。

二　本書の構成

本書は、二〇一四年度に京都大学に提出した博士論文「辞書と材料―平安時代辞書論考―」に基づく。博士論文の構成は以下のとおりである。それまでに公表した古辞書関係の論文を中心にまとめたものであった。

［博士論文の構成と初出一覧、ならびに本書との対応］

序　章　はじめに　〈本書第一部第一章〉

第一章　平安時代の辞書についての覚書（『國文學』〈学燈社〉五〇―五、二〇〇五年）　〈本書第一部第二章〉

第二章　古辞書と和訓―新撰字鏡〈臨時雑要字〉―（『訓点語と訓点資料』一〇八、二〇〇二年）　〈本書第二部第一章〉

第三章　倭名類聚抄の和訓―和訓のない項目―（『国語国文』七三―六、二〇〇四年）　〈本書第二部第二章〉

第四章　図書寮本類聚名義抄片仮名和訓の出典標示法（『国語国文』七〇―三、二〇〇一年）　〈本書第二部第三章〉

第五章　辞書と材料―和訓の収集―（『日本学・敦煌学・漢文訓読の新展開』石塚晴通教授退職記念会編、汲古書院、

〈本書第二部第四章〉
〈本書第三部第一章〉
（図書寮本『類聚名義抄』凡例）〈本書第三部第二章〉
二〇〇五年）
第六章　平安時代辞書解題

序章はその後、内容をかなり増補して、論文「古辞書を使うということ」（『国語国文』八四―四、二〇一五年）となった。本書にはその雑誌論文版を収録している。

既発表論文を本書に収めるにあたり、一部に加筆・訂正を行ったが、基本的な論旨は初出のままである（論文中の「近時」などの表現も初出時点のものである）。

本書には右の博士論文の全体を収録した上で、第三部第二章に図書寮本『類聚名義抄』の凡例を追加した。

［本書の構成］

本書では、平安時代成立の辞書を中心に、辞書と材料との関係について考察している。主として取り上げるのは、平安時代の三大辞書、『新撰字鏡』『倭名類聚抄』『類聚名義抄』である。

本書は第一部・第二部・第三部の三部構成とした。第一部（第一章・第二章）は導入と概論にあたる。第二部（第一章から第四章まで）が各論を収めた本書の中心部分である。第三部（第一章・第二章）は解題・凡例といった補助的な情報を載せ、第一部・第二部の理解を助けることを企図した。

第一部第一章では、古辞書を研究に使用することの意味と注意点について一般的に考察している。古辞書は、言葉の考証や古典文学作品の注釈など、国語学・国文学研究の全領域で使われる有力・有用な資料群である。しかし、本当の意味で古辞書を使えているかと問われると、自分自身を含めて心許ないところがある。その不安が私の古辞書研究の出発点であった。本章では、古辞書の利用においては、その効用と限界の両方を意識すべきであると主張している。

つづく第二章は、もともと「日本語の最前線」という特集に寄せた展望的な論文であり、辞書研究の意味と面白さ、現状と見通しについて述べている。これまでの辞書研究の問題点と今後の方向性を示した概説である。辞書研究の方法として、事実を指摘するだけでなく、現象の意味を考えることの重要性を強調している。本書の中では、導入・概論としての役割を期待して第一部に置いた。続く第二部（第一章から第四章まで）の執筆意図にも触れるところがある。

以上を導入として、以下、辞書の成立年代順に、第二部第一章では『新撰字鏡』を、第二章では『倭名類聚抄』を、第三章・第四章では『類聚名義抄』（図書寮本）を取り上げている。第四章には第一章・第二章の要約も含まれており、一連の考察をまとめるものとなっている。

第三部第一章の平安時代辞書解題は、本書で取り上げた平安時代の辞書三種（『新撰字鏡』『倭名類聚抄』『類聚名義抄』）の簡略な解題を収める。適宜参照願いたい。三つの解題はそれぞれ別の辞典のために執筆したものなので、繁簡整わないが、基本的な情報と参考文献は概ね網羅するよう努めた。

第三部第二章の図書寮本『類聚名義抄』凡例は未発表のものである。第一部第二章で「今後の課題」としてあげた凡例の作成を、図書寮本『類聚名義抄』で実践してみたものである。京都大学における授業を通して凡例の作成を行い、概ね完成しているが、本書には凡例冒頭の「図書寮本『類聚名義抄』略解題」部分のみを掲載した。全体を収載すると分量がかなり膨らむためである。解題部分にあたるので、本書の議論を理解するために必要な情報は概ね含まれていると思う。末尾には改編本を含めた『類聚名義抄』諸本に関する基本的な情報や残存部首一覧も付してある。

本書には収録しなかったが、関係する論文・解題に以下がある。

。大槻信・小林雄一・森下真衣『『新撰字鏡』序文と『法琳別伝』』(『国語国文』八二―一、二〇一三年)
。大槻信・森下真衣「京都大学蔵『無名字書』略解題並びに影印」(『訓点語と訓点資料』一三七、二〇一六年)
。大槻信「『類聚名義抄〈観智院本〉』解題」(新天理図書館善本叢書『類聚名義抄〈観智院本〉』八木書店、二〇一八年)
最後にあげた観智院本の解題は、観智院本あるいは改編本『類聚名義抄』の凡例となるよう意図したものである。

三　凡例

最後に、本書全体にわたる凡例若干を示す。

［参考文献］

参考文献の表示には、基本的に「吉田　一九五四b」のように著者名と発表年を用い、同一章内に同一著者の同年論文がある場合にはa・b等を付す。著者名の表示は氏名の場合と、氏のみの場合がある。言及・引用箇所を明示するため、「：数字」で頁数を示すことがある。

参考文献は各章ごとにあげ、加えて、本書末尾に「参考文献一覧」を付した。全体の一覧のみでは、各章が取り上げている辞書やテーマに関連深い研究がどれであるか、発見することが難しくなるためである。本書末尾の「参考文献一覧」には各章の参考文献がすべて含まれている(a・b等は同一章内に同人・同年の論文が複数ある場合に加えているため、参考文献一覧では、同一著者の同年論文があっても、a・b等が付されない場合がある)。

参考文献は著者名の五十音順に並べ、同一著者の内部は発表年順とした。第一部第二章および第三部第一章の参考文献は、研究史がたどりやすいよう、発表年順に掲載した。

各章末尾の参考文献は基本的に初出のままである。したがって、初出時点までの研究しかあげていない。本書末尾の「参考文献一覧」には、本書で取り上げた問題に関わる研究文献を若干増補した（二〇一五年発表までをめどにしている）。また、各章で引用・言及しなかったために、参考文献から漏れている基本文献をいくらか補った。

［引用］

古辞書の原文で注文部分は割注形式であることが多いが、とくにそれを示さない。必要な場合、〔　〕を用いて割注を示した。

古辞書の引用にあたっては、文字、傍仮名、訓点、符号、書入、小書、割注などを、原本通りに表示できないことが多い。必要な場合、影印本等で確認願いたい。漢字・片仮名などは、異体字・略字も含め、現行通用のものに改めたところが多い。

『類聚名義抄』からの引用において、朱によって加えられた訓点や声点は基本的に省略する。和訓に加えられた声点で、複声点の明らかなものは濁音形で引用した。

『類聚名義抄』では、前出字の略として「｜」が用いられることが多い。必要な場合、「｜（繚）」のように、略された文字を傍記した。また、略字・略号が用いられている場合も、「广（応）」のように傍記することがある。

虫損を□、推定補読を[文字]で表す。

用例の所在は、基本的に見出語（掲出語）の位置により、「図書寮本『類聚名義抄』、二五三4」「観智院本『類聚名義抄』、仏上、4オ8」のように示す。それ以外の資料についても、概ねこれに倣う。上記、図書寮本の「二五三4」は複製本の頁数と行数、観智院本の「仏上、4オ8」は帖名と丁数（表裏）・行数を示す。

文献等からの引用に際し、旧字体を新字体に、旧仮名遣いを新仮名遣いに、算用数字を漢数字に改めるなどしたところがある。

第一部　概　論

第一章　古辞書を使うということ

一　『源氏物語』の形容詞

もうかなり前になるが、『源氏物語』に関する論文の試問をしたことがある。その論文の中で主張される解釈の、決定的な証拠として古辞書『倭名類聚抄』が引かれていた。その論文は『源氏物語』に出てくるある形容詞を問題にしており、その形容詞の意味が古辞書に引かれる漢字表記によって決定できるというものだった。

しかし、その論文を読んで、私は大いに疑問を感じた。というのも、『倭名類聚抄』に形容詞はほとんど出てこないからである。『倭名類聚抄』は物名を中心に類聚した百科事典的な辞書である。念のために『倭名類聚抄』を引いてみると、問題になっている漢字も和訓（形容詞）もやはり出てこない。ひょっとしてと思い、『類聚名義抄』（観智院本）を引くとそれらが出てくる。

試問の際、執筆者にその点について尋ねると、その辞書記述はある論文からの引用、つまり孫引きだった。ある論文そのものが辞書名を間違っていたらしい。辞書名を間違った責任は、ひょっとするとそのある論文に帰すべきなのかもしれない。また、辞書名が違っていたからといって、論の運びにさして影響はないのかもしれない。

しかし、ここで私が問題だと思うのは、原典に当たりなおさなかったという手続き上の杜撰さに加え、古辞書にこうありましたと言われると、それをそのまま信じ込み、決定的な証拠としてしまうその心性である。その論文の執筆者にとって、どの辞書にどんな形で出ていたかは問題ではなかった。どの辞書であるかを問わず、項目全体がどんなものであるかに関係なく、古辞書のどこかにきっとその記述があるのだろう、それでよかったのである。

われわれは研究の過程でしばしば古辞書を使う。しかし、その使い方が、今あげた例と五十歩百歩になっていないだろうか。

古代において、歌学書のようなものをのぞくと、日本語を日本語によって説明した国語辞典は存在しない。『新撰字鏡』『類聚名義抄』のような漢漢・漢和辞典と、『色葉字類抄』のような和漢辞典のみが存在している。これらの古辞書によって、どのように日本語の意味を推定していくかというと、上記の『源氏物語』に関する論文のように、対応する漢字・漢語によって意味を推定していくことになる。漢字・漢語の意味がわかれば、それにあてられている和訓の意味もわかるというわけだ。また、古辞書において、ある漢字・漢語に複数の和訓が付されていることがある。それら併置されている和訓を参考に意味を推定することもある。同じ漢字・漢語に対する和訓なのだから、意味に共通する部分があると考えるのだ。

しかし、この方法には、原理的に、限界と危うさがある。というのも、日本語と中国語とでは意義分節が異なっている以上、漢字とそれに対応する和訓とは完全にイコールではないからである。古辞書で一つの漢字に対して複数の和訓があげられている、あるいは逆に、一つの和訓が複数の漢字に対応しているというケースは多い。この事実は、漢字と和訓とが、多くの場合、一対一で対応しているわけではないことを示している。古辞書に列挙される和訓は、ある文脈の中でその漢字・漢語に対応しうる日本語例解を集成したものにすぎない。それを無視して、「漢字―和訓」の対応を単純にイコールなものとして理解することは危険である。(1) このことは同時に、古辞書の引用に際して、複数ある和訓の中から一つの和訓のみを抜き出すことの危険性についても示唆している。ある和訓を「漢字―和訓」のように一対一で抜き出すと、それが一人歩きしてしまいがちなのである。

また、同一項目内に含まれる複数の和訓を参照して意味を推定するという方法にも危うさがある。漢字Aに対して、二つの和訓aとbとが示されていたとしよう。漢字Aと和訓a、漢字Aと和訓bとには、たしかに意味的に重なる部分があるのだろう。しかし、同時に、それぞれにずれを含んでいるはずである。むしろ、ずれがあるからこそ、和訓a・bが併置されることに意味がある。和訓a・bは、漢字Aとの意味の重なりから併置されているものの、その実、日本語としてのaとbとは意味領域がまったく重ならないこともありえるのである。

さらに、別の漢字Bに対して和訓b・cが示されていたとしよう。漢字AとBの両項目に和訓bが共通してあらわれている。このことから、漢字AとBとには共通点があり、和訓aは和訓cとも意味的に重なるはずだという論法を繰り広げると、本来無関係なものまで結びつけてしまう危険性がある。ずれを含んだものをいくつか重ねると、全く無関係なものがつながって見えてしまう。その点に注意をしないと、とんでもない誤解に引きずり込まれる危険がある。漢字や和訓をもとに意味の連想ゲームを始めると、何でも言えるようになってしまうのである。古辞書を使う場合には、その危うさについて自覚が必要であろう。

上に述べたように、古辞書は基本的に漢和辞典・和漢辞典の形態をとっている。その漢和辞典・和漢辞典を日本語の意味を調べるために使用するというのは、そもそも古辞書本来の使用目的、使用方法からは逸脱した行為なのである。例えば、『類聚名義抄』は、漢文テキストを理解し訓読するために作られた辞書である。和訓を出発点にこの辞書を用いることを、編者は想定していない。したがって、この辞書を和訓から引くことはできない。和訓索引が作られるようになったのは近世以降のことである。この辞書本来の使用法と、後世、研究のためにこの辞書を用いる際の使用法との間には大きなずれがあることに注意が必要であろう。

詮ずるところ、古代日本の辞書は、純粋な意味での「日本語の辞書」ではなかった。それは、漢字・漢語と日本語とを変換するための道具であって、日本語そのものを一覧したり、日本語の意味を明らかにするための道具ではなかった。そのような古辞書を、現在のわれわれは、古代日本語の意味を調べるために利用している。古辞書の本来的性格と現在のわれわれの利用方法との間には、根本的な相違と大きな乖離があるのだが、われわれは平素それを十分に認識していない。

二　古辞書利用の問題点

日本語の歴史的研究や古典文学研究において、語彙の集成である古辞書は高い価値を有する。『萬葉集〔万葉集〕』を読むために『新撰字鏡』『倭名類聚抄』を引くことは常識だろうし、『今昔物語集』を理解する上で『類聚名義抄』は欠かせない。『平家物語』を読むのに『類聚名義抄』や『色葉字類抄』を使わないということも考えられない。室町物語を読むなら、『下学集』『倭玉篇』『節用集』などに加え『日葡辞書』にも手を伸ばすだろう。つまり、その作品が成立した年代に近く、その作品世界に関わりが深いと思われる古辞書を引く。

古語の語義認定のためには、用例を集めることと古辞書を参照することしか基本的に方法がない。用例と古辞書とは、文献中の実際の使用例〔用例〕と、特定の文脈からやや切り離された記述〔古辞書〕として、あい補う関係にある。通常、両者を併用して語義を推定していくが、用例が乏しく、語義がとくに問題になる場合には、もっぱら古辞書が利用されることになる。

古典テキストを理解するために古辞書が使われることは古くからある。とりわけ近世の学者は古辞書の発見・校訂・研究に努め、古辞書を活用してテキスト読解を進めた。研究の道具としての古辞書の有用性から、近代以降、重要な古辞書の多くが刊行され、索引類も整備された。古辞書の利用が近代的な研究を下支えし、多くの成果をもたらしてきたのである。

このように、古辞書は研究を助けるところの大きい、きわめて有用な道具である。しかし、そのことは同時に、古辞書を「道具」としてのみとらえることにつながりやすい。道具そのものにはあまり関心が払われないことになる。道具である古辞書は、必要な時に引いて、必要な部分のみを利用すればよいものと見なされる。その結果、当の古辞書自体の性格には目をつぶり、項目全体についてもよくわからないまま、必要な部分のみを研究や注釈に使うということが起きる。

文学作品から用例を引く場合、前後の文脈を含め、少なくともその一文全体を理解した上で引用する。例えば、『萬葉集』の用例であれば、一首全体の意味を理解した上で引用するのが普通であろう。歌（全体）の意味がわからないと、ある言葉（部分）の意味もわからない。しかし、古辞書の場合はしばしば、項目全体の意味がよく理解されないまま、必要な部分だけがつまみ食いのように利用される。

例えば、ある古典テキストにあらわれる漢字Ａの訓みを調べる必要があり、『類聚名義抄』を引くとしよう。幸い、テキストの文脈にふさわしい、和訓ａを見出すことができた。『類聚名義抄』では、見出語が熟語「ＡＢ」であり、漢文注の後に、和訓が五つ並んでいた。和訓ａはその二番目であったとしよう。その時、われわれが注目するのは、多くの場合「漢字Ａ—和訓ａ」のみである。見出語が「ＡＢ」と熟字になっていることも、和訓の前に置かれた漢文注もあまり顧慮しない。和訓ａが五つの和訓のうち二番目に掲載されていることの意味や、和訓ａがどこから来たかなどについては考えない。つまり、自分にとって必要な部分だけを抜き出し、その記述が辞書全体、あるいはその項目の中でどのような位置に立つものであるかについては考えない。はたして、それで本当に辞書を使ったことになるのだろうか。

辞書は引きやすく作られた工具書である。辞書の記述は、「項目」というきわめて明示的な単位に分割されており、各項目は「見出語」と「注文（説明）」からなる。その利用のしやすさから、われわれは古辞書を現在の辞書と同質のものであると錯覚しやすい。

古辞書はさかんに利用されながらも、かえってその本質を問われることが少ない。十分な理解と反省なしに、古辞書が「辞書」として利用されている。この点について、かつて次のように述べたことがある。

とにかく使えることがかえって害をなす場合がある。古辞書はしばしばそれに該当しよう。古辞書を使えば、ひとまずの解答を引き出すことができるというケースは多い。しかし、「ひとまず」に安住し思考を停止することほど、学問の本質から遠いことはない。学問というのは、簡単にわかったこととはしないという手続きに他ならないからだ。

辞書は、それとして興味深い研究対象である。しかし、筆者について言えば、なにも辞書を研究したくて、その研究を始めたというわけではない。国語学国文学の世界では、何を研究するにせよ、古辞書のお世話にならないということはない。辞書を使いこなすイロハを身につけることが、研究の第一歩といってよい。

そのようにして、古辞書を使用するなかで、筆者にはぬぐい去れない違和感があった。それは次のようなものである。

「本当の意味で辞書が使えているのだろうか。自らの研究に都合よく辞書の記述を利用しているだけではないか。」

辞書は語彙だけでなく、文字、音韻等の研究資料としてさかんに利用される。古典文学の注釈に用いられることも多い。しかし、研究に役立つ部分をつまみ食いするだけでは、総体的な理解は望めない。全体として理解することがなければ、部分も有効に活用できないはずである。辞書全体の性格に目をつぶったまま、部分利用を繰り返しても、本当の意味で辞書が使えたことにはならないだろう。

われわれが資料に臨む場合、「利用できるから利用する」となってしまいがちである。だが、利用に先立ち、その資料がどのような性格のものか、その資料がある研究目的に利用できるとはどういうことか、また、資料全体の中でその利用可能な部分はいったいどのような位置に立つものか、といった問いかけを欠いては、むしろ逆に資料に使われることになろう。古辞書を使いながら、時に、辞書を使っているのか、辞書に使われているのかわからないと感じることがあった。そのような違和感から、辞書そのものについて研究せざるをえなかったというのが実情である。

（大槻 二〇〇五ｂ）（本書第一部第二章）

「古辞書」とは慶長以前（一六一五年以前）に成立した辞書を指すことが多い。それは、近世以降の辞書が、理念的にもまた実際上も、近代的な辞書とつながる部分があるためである。例えば、現代の古語辞典の下敷きとなっているのは、江戸時代成立の雅語辞典『雅言集覧』（石川雅望編。前半、文政九年〈一八二六〉刊。後半、嘉永二年〈一八四九〉刊）である。その意味で、近世以降の辞書を近代的な辞書と見なし、それよりも前に成立したものを古辞書と呼ぶことがひとまず可能だろう。現代につながる近代的な辞書と古辞書とでは、その基本的な性格が大きく異なっている。しかしながら、われわれはその差異を無視して、現代の辞書と同じ感覚で古辞書を使ってしまいがちである。

文学作品から用例を引く場合、その作品の作者やジャンル・性格を無視して引用することは許されないだろう。その用例がどの作品にあらわれているか、ということ自体が大きな意味を持つ。ところが、古辞書を引く場合に、そのような注意が払われることは少ない。

近代的な辞書は、それぞれに性格の違いがあるとはいえ、ある面で均質性を持っている。いろいろな辞書をひとまとめにして「辞書」と呼ぶことがおそらく可能だろう。しかし、古辞書はそうではない。さまざまな時代に、さまざまな人が、さまざまな目的で作った辞書的体裁を持った書物全体が、便宜的に一括りにされているだけである。古辞書の内実は実にさまざまである。それにもかかわらずわれわれは、個々の古辞書の性格の違いには目をつぶったまま、単に「古辞書」として扱うことが多い。

また、辞書が材料によって構成されているということも、十分に理解されていない[2]。辞書は基本的に「編纂物」であり、前代の辞書等をふまえて作られる。したがって、辞書中の記述は、辞書成立時の記述ではないことが多くある。にもかかわらず、われわれは古辞書の記述を単一・平面・共時的に理解してしまいがちである。

材料という視点を欠くことは、古辞書の各要素に関する無理解にもつながる。例えば、見出語一つとっても、辞書によりその性格はまちまちである。その見出語がどのような材料からとられ、どのような基準で選別され、どのような秩序で配列されているかは、それぞれに異なっている。ある辞書は見出語からその配列まで中国の先行辞書によっている(『新撰字鏡』)。ある辞書はその語に対する正当な表記という意味で見出語をあげている(『倭名類聚抄』)。また、ある辞書は材料とした音義類から熟語の形で見出語を立てている(図書寮本『類聚名義抄』)。見出語だけでも、辞書によりその含意するところは大きく異なる。

「注文(説明)」の部分に至れば、さらに千差万別であることは、容易に予想できる。編者の社会階層も、編纂の目的も、使用された材料も異なる中では、注文に求められる内容・形式もそれぞれに異なっているからである。

われわれが近代の辞書に期待するニュートラルさや均質性を、古辞書に求めることはできない。

三　『竹取物語』の「よ」

以下では、いくつか具体的な例を見ながら、古辞書を使うということがどういうことなのかについて考えてみたい。

『竹取物語』の冒頭近くに、

竹取の翁、竹を取るに、この子を見つけて後に竹取るに、節をへだててよごとに、黄金ある竹を見つくる事かさなりぬ。

とある。この「よ」に対して、新日本古典文学大系『竹取物語　伊勢物語』は、

「よ」は竹の節と節との間の空洞の部分。和名抄・竹具に「両節ノ間、俗ニ与ト云フ」。

（新日本古典文学大系『竹取物語　伊勢物語』四頁）

と、和名抄（『倭名類聚抄』）を引いて、注を付けている（以下、新日本古典文学大系を「新大系」と呼ぶ）。『竹取物語』は八九〇年頃の成立と言われる。成立年代が近く、「よ」という事物に関わることなので、『倭名類聚抄』（承平五年〈九三五〉頃成立）を引くのはたしかに適当であろう。『倭名類聚抄』（元和古活字本）で確認すると、

両節間　文選笙賦注云黄帝使伶倫〔霊隣二音江竹楽人也〕断両節間而吹之〔両節間俗云与故以挙之〕

（元和古活字本『倭名類聚抄』、巻二十、二二丁）

とある。しかし、『倭名類聚抄』の別の写本、たとえば松井本を見ると、同じ「竹具」を探しても項目「両節間」を見出すことができない。これはなぜであろうか。

江戸時代の考証学者狩谷棭斎による校注本である『箋注倭名類聚抄』（文政十年〈一八二七〉稿、明治十六年〈一八八三〉刊）を見ると、「両節間」の項目全体が四角で囲われている（巻十87オ）。これは、この項目が二十巻本のみにあって十巻本にはないことを示している。先に引いた元和古活字本は二十巻本であり、松井本は十巻本である。棭斎は十巻本を原撰と見るため、二十巻本のみの部分をそれとわかるように表示しているのである。

『倭名類聚抄』の諸本は大きく十巻本と二十巻本とに分かれる。十巻本は二四部一二八類、二十巻本は三二部二四九類と、規模・構成が大きく異なる。両者は部類もその配列も異なるところがあり、職官部、国郡部（郷里部）などは二十巻本にのみ見える。(3)職官部は官職名、国郡部は地名を列挙し、二十巻本の巻五から巻九に及ぶ。これらの部分は、見出語に漢語ではなく日本の固有名を列挙し、出典・本文・和訓を伴わない部分を含む点で、他の部分とは大きく様相を異にする。このような「物尽し」を含むように、二十巻本はより実用百科事典的である。十巻本と二十巻本とでは、先の「両節間」のように、項目に出入りがあり、また、両本に共通する項目でも、配列、見出語、注文についての異同が少なくない。(4)

このように、同じ『倭名類聚抄』であっても、十巻本と二十巻本とでは大きな違いがある。「両節間」は二十巻本のみに見える項目であるから、ここでは最低限「二十巻本『倭名類聚抄』に」と断るべきである。(5)

古辞書の編纂過程では、新たな材料を得るごとに増補・改変が行われる。例えば、序文によってその編纂過程を詳しく知ることができる『新撰字鏡』を見てみよう。序文によると、検索に不便な玄応『一切経音義』を部首引きに再編成して三巻としたのが寛平四年（八九二）夏。その後も、「自尓以後、筆幹不捨、尚随見得、拾集無輟（尓《これ》より以後、筆幹を捨てず、尚ほ見るに随ひて得、拾集して輟《や》むこと無し）」(6)とあるように、改訂を続け、昌泰年中（八九八〜九〇一）に『玉篇』『切韻』ならびに『私記』などを得て大きく改編し十二巻とした、と言う。

古辞書は、いったん成立した後も、書写のたびに成長、変化していくことが多い。辞書は「道具」である以上、必要に応じて手が加えられ、姿を変える。同一の辞書にもさまざまなバリエーションが生まれ、単一の姿で存在し続けることは少ない。『倭名類聚抄』における十巻本と二十巻本、『類聚名義抄』における原撰本と改編本、『色葉字類抄』と『伊呂波字類抄』などは改編の著しい例である。古辞書の諸本においては、それが同一書なのか改編本か、あるいは別の書なのか、という点が自明でないことも珍しくない。古辞書は不断の変化を遂げるテキスト、成長を続けるテキストなのである。

その意味で、文学テキストの研究において諸本の校訂が必要になるのと同様に、あるいはそれ以上に、古辞書の利用にあっては諸本への目配りが欠かせない。古辞書の研究では、まず諸本間の系統関係をはっきりさせる、あるいは、校本を作成する必要のあることが多い。

さて、二十巻本『倭名類聚抄』の「両節間」項の注文に引く「文選笙賦注」とは、『文選』に載る潘安仁の笙賦に対する李善注である。『倭名類聚抄』の現存二十巻本を見ると、いずれも、先の引用のように、「黄帝使伶倫〔霊隣二音江竹楽人也〕断両節間而吹之」となっていて、〔　〕内の割注部分が理解しにくい。李善注を確認すると、『文選』の本文「基黄鍾以挙韻」に対して、「毛萇詩伝曰、基本也、漢書曰、黄帝使伶倫取竹、断両節間而吹之、以為黄鍾之宮」と注を付けている（『六臣註文選』巻第十八）。つまり、二十巻本諸本では、本文にあるべき「取竹」を割注に入れ、「取竹」を「江竹」に誤っているのである。この部分、正しくは「黄帝使下伶倫〔霊隣二音、楽人也〕取レ竹、断二両節間一而吹上之」とあるべきである。(7)

このように、古辞書にはしばしば誤写がある。辞書は複雑な編纂物であるため、編纂時からの誤りも含まれるだろう。一方、上記のように、単純な写し間違いと思われるものも少なくない。そして、先の例で二十巻本諸本がそろって誤っていたように、そのような間違いは転写を経てもそのまま残りやすい。

古代の辞書は、さまざまな材料から記述を寄せ集めて注文が構成されている。現代でも辞書の説明は簡略であることが多いが、古辞書の注文はより断片的で、文脈が少ない。文脈の少ないテキストは誤られやすく、また、いったん誤られると訂正されにくい。文学テキストの書写時には、書写者の解釈が入り込むことによって、テキストが変形されることがある。それに対して、古辞書では、わからないままに写すということが起こりやすい。

古代辞書では『新撰字鏡』の古写本に誤りの多いことがよく知られている。一方、『倭名類聚抄』や『類聚名義抄』であれば、われわれはさほど文字を疑うことなく引用してしまう。その方がかえって問題であろう。

先の新大系の注では『倭名類聚抄』が引かれていた。古辞書が引用されていると、妥当な根拠が引かれているように見え、わかったような気になる。しかし、注に引用されている「両節ノ間、俗ニ与《よ》ト云フ」の「俗ニ」とはいったいどういう意味であろうか。『倭名類聚抄』では、和訓を導く表現にいくつかの種類がある。「和名阿萬乃加波（あまのがは）」（天地部、景宿類、「天河」項）のように、「和名」が最も一般的だが、「師説」「俗云」「俗用」「俗語云」「此間云」「和語云」「訓」「読」のような形で注記されることもある。それらの諸形式の中で、「俗云」はどのような意味で用いられているのだろう。[8] それがわからないと、この引用部分を真に理解したことにはならない。加えて、そもそも、この「よ」という和訓は何によって与えられているのだろうか。『倭名類聚抄』の材料となった漢語抄類にすでにあった和訓なのだろうか。それとも、編者源順が自ら加えたものなのだろうか。[9] また、新大系の注では引用されていないが、割注末尾の「故以挙之」も、他に例がなく、何を意味するのか検討が必要である。このように、ごく短い記述の中にも、考慮すべき点が多くある。そして、それらの大半は、その項目単独の問題ではなく、辞書全体の仕組みや体例をふまえないと解決できない問題なのである。

四　『古今和歌集』の「ほのかに」

『古今和歌集』の巻第十一（恋一）四七六番歌に、

右近の馬場の引折《ひをり》の日、向ひに立てたりける車の下簾《したすだれ》より、女の顔の、ほのかに見えければ、よむで、遣はしける　　在原業平朝臣

見ずもあらず見もせぬ人の恋しくはあやなく今日やながめ暮さむ

とある。[10] 新日本古典文学大系『古今和歌集』は詞書の「ほのかに」に対して、次の注を付ける。

○ほのかに　確かに存在するものがうっすらとわずかに現われるさまをいう。名義抄「仿佛　ホノカナリ」。

（新日本古典文学大系『古今和歌集』一五四頁）

この歌では、詞書にある「ほのかに見えければ」という状況説明が、初二句「見ずもあらず見もせぬ人の」の前提となっている。詞書の「ほのかに」を理解するために、漢語「仿佛」を引き合いに出すことはたしかに有効だろう。漢語「仿佛」（彷彿・髣髴・方弗）[11]は「よく似ている様」をあらわすほか、『楚辞』に「存髣髴而不見兮（存ること髣髴として見えず）」とあるように、[12]「ぼんやりとした様」「はっきりしない様」をあらわすことがある。「存在していることはわかるが、はっきりと見えない」という意味は、『古今集』詞書の「ほのかに」と通じる。[13]

さて、新大系が注に引く「名義抄」は、『類聚名義抄』諸本の中で唯一の完本である観智院本『類聚名義抄』のことであろう。観智院本には次のようにある。

仿佛　ホノカナリ　上芳往反　ホノカナリ[14]　ヲホツカナシ

ナラフ　カタヒク　イカル　下音費

（観智院本『類聚名義抄』、仏上、4オ8）[15]

問題は、この項目の中に和訓「ホノカナリ」が二箇所あることである。なぜ一つの項目の中に同じ和訓が二度あげられているのだろう。また、そのうちのどちらが見出語「仿佛」に対応しているのだろうか。

観智院本を含む改編本『類聚名義抄』は基本的に単字辞書であり、見出語には単字が置かれることが多い。しかし、中にこの「仿佛」のような熟字掲出項目もある。熟字項目については、見出語に複数の文字を含んでいるため、熟字全体、上字、下字に分けて注が付されることがある。

この形式は、熟字を見出語とすることの多い原撰本『類聚名義抄』と同じである。原撰本の図書寮本『類聚名義抄』では、例えば、「惻愴」項が次のようになっている。

惻愴　类《（類）》云測音　弘云……　广《（応）》云……　東云……　玉云……　イタム易　真云シキ　下弘云楚高反……　東云……　イタムラクハ唱　イタマクハ　｜｜イタム巽

（図書寮本『類聚名義抄』、二五三4）[16]

この項目は部首「心」の中に配置され、「惻愴」は上字も下字も立心偏なので、一つの項目の中で両字に対して注が付けられている。「類云」で始まる前半の諸注は、「測音」とあるように、上字「惻」に対するものである。音注（「測音」）、義注（引用を省略した「……」部分）、和訓注（「イタム」）と続き、「真云シキ」は真興を引いた和音注である。[17]注文の途中に置かれた「下」が、下字への被注字の切り替わりを示す。以降は、「弘云楚高反」とあるように（「楚高反」は反切によって「愴」の字音を示す）、下字「愴」に対する注である。そして、注文末尾にある「｜｜イタム巽」の「｜｜」は、上字・下字それぞれに対する注の後で、見出語「惻愴」を再度引用するためのものであり、「イタム巽」は熟字「惻愴」全体に対応する和訓となっている。[18]したがって、この項目は、

【惻】　類云測音　弘云……　广云……　東云……　玉云……　イタム易　真云シキ

【愴】　下弘云楚高反……　東云……　イタムラクハ唱　イタマクハ
【惻愴】　――イタム巽

という構造になっている。一つ目の「イタム」は【惻】字の訓、末尾の「イタム」は熟字【惻愴】の訓であるため、同じ和訓が二度出ている。

いま問題とする観智院本『類聚名義抄』の項目「仿佛」は人部にあり、「仿」「佛」字はともに人偏である。この項目の注文構造は、「上」「下」の注記に従って、

【仿佛】　ホノカナリ
【仿】　上芳往反　ホノカナリ　ヲホツカナシ　ナラフ　カタヒク　イカル
【佛】　下音費

と分析できる。和訓については、一つ目の「ホノカナリ」が熟字【仿佛】に対応するのに対して、二つ目の「ホノカナリ」は単字【仿】の和訓であり、「ヲホツカナシ」以下も【仿】字に対する和訓である。このように、被注字が異なるからこそ、同じ和訓が項目内に二度引かれているのである。

ここで、「仿」字には複数の和訓をあげるのに対して、「佛」字の和訓をあげないのはなぜだろうか。それは、本項目の直前に「佛」の項目があり（観智院本『類聚名義抄』、仏上、4オ7）、「ホノカナリ」[19]、「ホトケ」[20]その他の和訓をすでに引いているからである。一方の「仿」字は、他に「仿像」（仏上）「仿偟」（仏上）のような熟字内にあらわれるのみで、単字「仿」の見出項目を設けていない[21]。そのため、項目「仿佛」の中で、「仿」字の和訓が列挙されている。

古辞書におけるこのような注文の構造がよく理解されないまま、引用されることがある。例えば、いま検討した『類聚名義抄』の「仿佛」項にあらわれる和訓「カタヒク」を『日本国語大辞典』（第二版）で引いてみよう。

かた－ひ・く〔自カ四〕似る。＊観智院本名義抄（一二四一）「仿仏　ホノカナリ　ナラフ　カタヒク」

（『日本国語大辞典』第二版）

観智院本で和訓「カタヒク」はたしかに項目「仿佛」内にある。しかし、「ナラフ」「カタヒク」などの和訓は、先に見たとおり、単字「仿」に対する訓である。

先の新大系の注では「名義抄」が用いられていた。『古今和歌集』の読解に『類聚名義抄』を用いることは、年代的な開きが大きい。『古今和歌集』の成立が九一五年頃であるのに対して、改編本『類聚名義抄』の成立は一二〇〇年頃と言われる。『類聚名義抄』の和訓は、それ以前に加点された訓点本の和訓が集成されたものであるとはいえ、両者には三〇〇年近い開きがある。年代的により近いのは、『新撰字鏡』（九〇〇年頃成立）や『倭名類聚抄』（承平五年〈九三五〉頃成立）である。

基本的に物名のリストである『倭名類聚抄』に「ほのかに」は見出せないが、『新撰字鏡』には「佛」項目に次のようにある。

佛　……仿佛也……　保乃加尓　又　美加太之

（『新撰字鏡』、巻一、六三5）(22)

漢文注に「仿佛也」、和訓注に「保乃加尓」（ホノカニ）が見える。もう一つの和訓「美加太之」は「ミガタシ（見難）」と理解すべきであろうか。(23)「ミガタシ」であれば、いま問題とする『古今和歌集』の「ほのかに」の解釈にも参考になる。しかし、『倭名類聚抄』や『類聚名義抄』にくらべ、『新撰字鏡』は古典注釈にあまり使われないようである。

それは、本居宣長が『新撰字鏡』を「あつめたる人の、つたなかりけむ」（『玉勝間』巻十四）と評し、「ちかきころ、新撰字鏡といふもの出て、(24)ふるくはあれども、事ひろからずかりそめなるうへに、あやしきもじども多くなどして、ことさまなるふみなるを、さすがに和名抄をたすくべき事どもは、おほくぞ有ける」（『玉勝間』巻十）と述べたように、『新撰字鏡』の記述に十分な信頼がおけないためであろうか。

『新撰字鏡』は批判して使う必要がある、ということになる。しかし、翻って考えれば、そもそも辞書はすべて批判的に使うべきである。『倭名類聚抄』『類聚名義抄』などを使用する場合に、批判されにくくなることの方が問題であろう。[25]

五　『今昔物語集』の「繚」

院政期成立の説話集『今昔物語集』巻第二十七の「人妻、死後会旧夫語第二十四」に、

其ノ妻、万ノ事ヲ繚テ出シ立ケレバ、其ノ妻ヲ具シテ国ニ下ニケリ。

とある。新日本古典文学大系『今昔物語集』は、その「繚テ」を「あつかひテ」と補読した上で、「万ノ事ヲ繚テ出シ立ケレバ」に対して、

赴任のためのすべての準備を整えて旅立たせたので。「繚　アツカハシ」（名義抄）を参考に読む。

（新日本古典文学大系『今昔物語集』五、一三五頁）

と注をつけている。『今昔物語集』の最古本である鈴鹿本では、本文に「繚テ」とのみあって、傍訓がないため、[26]「繚」字を「アツカフ」と訓む根拠として、院政期に編まれた古辞書『類聚名義抄』（名義抄）が引かれているのである。

ここで、動詞「アツカフ」ではなく形容詞「アツカハシ」を持ち出しているのは、「繚」字に対して動詞「アツカ

フ」の和訓を示した適当な資料がないためである。「くゆ―くやし（悔）」、「こふ―こほし・こひし（恋）」のような「動詞―形容詞」の対応は他にもあるから、次善として形容詞形を引くことはやむをえない。ただし、「繚」字に対応するものとしてあげた形容詞「アツカハシ」が、『類聚名義抄』においてどのような意味であり、それが動詞「アツカフ」とどのようにつながっているのかは十分に説明されない。また、それ以前の問題として、「繚　アツカハシ」は本当に『類聚名義抄』に存在するのだろうか。

新大系が引く「名義抄」は観智院本『類聚名義抄』のことであろう。観智院本の項目「繚」を見ると、

繚　音了　イトヨル　モトル　モトホル　シハル
メグル《ラス》　マツハル　ヒヽル　ユフ　（観智院本『類聚名義抄』、法中、57ウ7）

とあって、どこにも「アツカハシ」の訓が見えない。「繚　アツカハシ」は『類聚名義抄』に存在しないのである。和訓「アツカハシ」が見えるのは、別項目「結繚」に対してである。(27)

結繚　マツハル　アツカハシ　（観智院本『類聚名義抄』、法中、57ウ8）

これによって、「アツカハシ」は「結繚」という「熟語」に対する和訓であること、「アツカハシ」は「マツハル」という和訓と併置されていることがわかる。新大系の注では、「繚」一字に対する和訓として引かれている上に、「マツハル」というもう一つの和訓の存在が見えなくなっている。

さて、この「マツハル」「アツカハシ」という和訓は一体どこから来たものだろうか。「アツカハシ」を「類聚名義抄の」和訓として引く前に、その点について確かめておく必要がある。

『類聚名義抄』の諸本には原撰本と改編本とがあり、原撰本を増補改編して改編本がなったと考えられている。原撰本の現存写本は図書寮本のみであり、法部前半の零本である。改編本を代表するのが完本の観智院本である。いま

問題とする「結繚」項は観智院本の「法中」にあった。「法中」であれば、対応する部分が原撰本（図書寮本）に存在する。図書寮本には、

結（繚）ー　マツハル　アツカハシ巽　　（図書寮本『類聚名義抄』、三二一6）

とある。[28] 観智院本は原撰本の記述を、末尾の「巽」だけを省いて、そのままに引き継いでいることがわかる。

それでは、「アツカハシ」右下の「巽」は何をあらわしているのだろうか。図書寮本『類聚名義抄』は注文の出典を明示することで知られる。それは和訓についても同様で、多くの和訓に対してその出典が示されている。「巽」は図書寮本で最も多く使用されている和訓出典の一つで、『文選』を指す。[29] つまり、この記述は、『文選』にあらわれる文字列「結繚」に対して「アツカハシ」の和訓を付した訓点本があるという意味である。このように、『類聚名義抄』では、漢文を訓読した訓点本が和訓の最大のソースとなっている。

しかしここで、「結繚」は『文選』にある、「アツカハシ」は文選和訓であると信じ込むのもまた、辞書にだまされることになる。「結繚」の文字連続は、漢籍にほとんど見えず、[30]『文選』の本文を見ても「結繚」は見出せない。熟語「結繚」が見えるのは実は『遊仙窟』である。『遊仙窟』もまた図書寮本の和訓の出典として数多く使用されている。

出典表示に価値を見ることの多い図書寮本だが、このように出典表示が間違っていることがある。辞書においても、編纂時の誤りや誤写は避けられない。とりわけ、出典表示は、元来漢字とも訓とも直接には結びついていない。「結繚―アツカハシ―遊仙窟」というつながりは、その訓を採取した時点でのみ成り立っている。その出典名「遊仙窟」が「文選」に誤られても、誤っていることに気づかない。今回、本当の出典が『遊仙窟』であると判明したのは、念を入れて調べてみたからである。「アツカハシ巽」という記述自体に不審を抱かせる要素は何もない。ある和訓の出典がしかじかの文献でなければならないというのは、その訓を採取した時点でしか言えない。出典表示は、採録・編

纂・書写それぞれの段階で誤られることはあっても、基本的に正されることはない、そのような性格の注記なのである。[31]

このことはなにも出典表示に限らない。先に第三節で、古辞書に誤写の多いことを指摘した。見出語に対する説明を一連の文章で行う現行の辞書とは違い、注文に諸書を引用し、和訓を併置する古代の辞書では、それぞれの記述が断片的であり、一貫した文脈をもたないことが多い。文学作品のテキストに誤写があれば、意味がとれなくなるため、誤りに気づく。一方、文脈をもたないテキストは、誤られても、誤られたことが気づかれにくい。古代の辞書はむしろ誤りをひきおこしやすいテキストなのである。辞書は誤らないという幻想にたって古辞書を用いることは危うい。

さて、『遊仙窟』では「結繚」が、

一嚙一快意、一勒一傷心、鼻裏痠痹、心中結繚。（醍醐寺本『遊仙窟』、32ウ5）

のようにあらわれる。『遊仙窟』の古点本の一つである醍醐寺本（康永三年〈一三四四〉書写加点）では、「結繚」の左に「ムスホヲル」「アツカハシ」とあり、付された訓点に従うと（ヲコト点「と」がある）、「結繚とアツカハシ」のように文選読みするらしい。真福寺本『遊仙窟』（文和二年〈一三五三〉写）には同じところに「マツハル」とある。[32] 原撰本『類聚名義抄』の編者が資料とした『遊仙窟』は、「マツハル」と「アツカハシ」両方の訓を持つ本だったのであろう。出典表示は「マツハル」「アツカハシ」両訓にかかると考えられる。[33]

さて、『遊仙窟』の「心中結繚」はどのような意味であろうか。『遊仙窟』の古点本では「結繚」に対して「ムスホヲ《(ホ)》ル」「アツカハシ」「マツハル」のような訓が見られた。ここは性愛描写の場面であり、「心中結繚」は恍惚の様を表現している。先の引用部分は「口を吸うたびに快感が走り、抱きしめるたびに胸がいっぱいになる。鼻はつんと痺れ、心の中はわけがわからなくなる」といった文脈であろう。「心中結繚」は、糸が絡み合い、結ばれてまとわりつくように、わけもわからず胸がいっぱいになるような状態をあらわすらしい(34)。

形容詞「アツカハシ」は、『源氏物語』総角に、

いとかく朽木にはなしはてずもがなと、人知れずあつかはしくおぼえはべれど、いかなるべき世にかあらむ(35)

とあるように、「心が晴れず、わずらわしい状態。どうしてよいかわからない状態」を意味する。『遊仙窟』に見られる「結繚　アツカハシ」の訓読は「どうしてよいかわからない状態」の例としてよく理解できる。

一方、この「アツカハシ」は、動詞「扱ふ」に由来するという説もあり、「病が篤くなる」の「あつ」と同根だという説もある。さらに、それが「熱（あつ）」とつながるとも言われるように、語源の説明が単純にはいかない(36)。

先の新大系の注では、「繚」を「アツカフ」と読む根拠として「繚　アツカハシ」を引いていた。しかし、『類聚名義抄』があげる和訓「アツカハシ」は熟語「結繚」に対応するものであり、その訓は『遊仙窟』の訓点本に依るものであった。『遊仙窟』の「結繚」に対応する形容詞としての「アツカハシ」と、『今昔物語集』に見える「取り扱う、準備する」という意味での動詞「アツカフ」との間にはかなりの開きがある(37)。『類聚名義抄』の「結繚　アツカハシ」をもって、「繚」を「アツカフ」と読むことには、慎重でなければならないだろう。

ただし、ここで、『今昔物語集』の動詞「繚」を「アツカフ」と読むのは誤りであると言いたいわけではない。『今昔物語集』では他に「繚ハセケル」「不繚ハジ」「繚ヒテ」「思ヒ繚フ程ニ」などの例が見られるから、動詞「繚」はハ行四段に活用している。そして、「六月ノ解除《はらへ》スル車共繚ハシ気《げ》ニ水ニ引渡シ」（巻十九―三十三話）の例があり、この形容詞「繚ハシ」は「アツカハシ」と読むのであろう。とすれば、動詞「繚フ」も「アツカフ」と読む可能性が高い。また、「僧ナド籠メテ、後ノ態《わざ》マデナム繚ハセケル」（巻二十四―五十話）などは「取り扱う、準備する」の意味で、「其ノ母重キ病ヲ受テ日来《ひごろ》煩ケレバ、二人ノ子皆副《そひ》テ、西ノ京ノ家ニ有テ繚ケルニ、母少シ病減気《げんき》有ケレバ」

（巻二十七—三十三話）などは「面倒を見る、看護する・看病する」の意味で理解できるから、「アツカフ」と読んでよさそうである。さらに、動詞「繚フ」の意味が「扱いに困る、もてあます」に転じている例がある。「俄ニ姪欲盛《さかり》ニ発《おこり》テ、女ノ事ノ物ニ狂ガ如ニ思《おぼえ》ケレバ、心ヲ難静《しづめがた》メクテ思ヒ繚ケル程ニ」（巻二十六—二話）、「其レニ、其法師心地悪クシテ不出来《いでこざり》ケル時ニ、内供朝粥食ケルニ、鼻持上ル人ノ無カリケレバ、何《いか》ガセムト為ルナド繚フ程ニ」（巻二十八—二十話）などの「繚フ」は「処置に困る、もてあます、苦慮する」の意味であろう。「扱いに困る、もてあます」の義であれば、形容詞「アツカハシ」の意味にかなり近い。ただし、そのような意味の「繚フ」は、「思ヒ繚フ」「云ヒ繚フ」のような熟合表現で用いられることが多く、それらの「繚フ」は「ワヅラフ」と読む可能性も残る。[38]「繚フ」の読みと意味についてはなお考えるべきであろう。

おわりに

古辞書の引用は、辞書項目の全体ではなく、切り取られた部分でなされることが多い。上記の例では、『類聚名義抄』に「結繚　マツハル　アツカハシ」とあるものを「繚　アツカハシ」として引用していた。熟字を単字にし、和訓を一つにしている。このように極端な変形でなくとも、部分のみが引用されると、別のコンテキストを持ってしまうことが多い。このことを裏返していうと、辞書には辞書のコンテキストがあるということになる。古辞書を利用する際には、引くだけではなく読むこと、辞書のコンテキストを理解した上で利用する必要のあることがわかる。[39]

実際の引用が部分のみとなることは、量的な面からやむをえない場合が多いだろう。しかし、だからといって、引用に先立つ研究段階でも、項目の一部分しか見なくてよいということにはならない。また、これは古辞書引用に限らないが、部分引用は議論をある方向に誘導してしまいがちである。むしろそれを意図して部分引用がなされることも少なくないことには、注意と反省が必要であろう。

もう一つの問題は、いったん古辞書が引用されると、それが確実な証拠に見えてしまうことである。ここに例をあげたような古辞書引用も、自分で調べなおすと問題点に気づくが、そうでなければ妥当な根拠が引かれたものとして納得してしまう。論者が古辞書の原形をゆがめて引用していたとしても、また、論者が辞書記述の中身をよく理解しないまま引用していたとしても、外見上そうは見えない。そして、そのような錯覚は、読み手である読者を誤らせるだけでなく、引用をなしている研究者当人をもしばしば欺くのである。古辞書を引用すると、それだけで、確実な証拠をあげたかのように錯覚してしまう。古辞書は有用で強力な資料である。しかし、その強力さのゆえにかえって、論者や読者の思考停止をまねきやすい。

以上のように、古典注釈や現行辞書における古辞書利用には、さまざまな問題があった。しかし、ここではなにも古典注釈書や現行辞書の揚げ足取りをしたいわけではない。古辞書の利用がひきおこしがちな構造的な問題点を具体的に見てみたかっただけである。これに類する例（古辞書の不正確な利用）は、残念ながら、他にも多くある。新大系を例に引いたのは、単に新大系がよく使われている注釈書だからであり、他意はない。

古辞書の利用にあたっては、その性格を知り、その限界を自覚して利用することが望ましい。有用で説得力を持つものは、使い方を誤ると危険である。辞書を使っているようで実は辞書に使われていた、ということがないようにしたい。

註

（1）　漢語と和訓とのずれについては、大槻（二〇〇二）「二―二」節（本書第二部第一章二の2）、大槻（二〇一五）「訓読と和語」

も参照のこと。

（2）古代における辞書と材料との関係については、大槻（二〇〇五ａ）（本書第二部第四章）を参照のこと。

（3）歳時部・音楽部曲調類・香薬部薬名類なども二十巻本のみ。

（4）十巻本と二十巻本との先後については古くから議論があるが、今も結論を見ない。『倭名類聚抄』（和名抄）の序文によると、『和名抄』のそもそもの編纂目的は、漢語抄類（『弁色立成』『楊氏漢語抄』『和名本草』『日本紀私記』）の記述を集成・整理することにあった（大槻 二〇〇四〈本書第二部第二章〉参照）。漢語抄とは奈良時代から見られる簡便な漢和対照語彙集であり、『和名抄』の編纂当時、複数の『漢語抄』が並び立っていた。職官部、国郡部など二十巻本にのみ見える部分を漢語抄類が持っていたとは考えにくい。序文に語られる姿により近いのは十巻本である。したがって、二十巻本原撰の確証がない現時点では、十巻本からそれほど時をおかず二十巻本に改編されたと考えるのが穏やかであろう。十巻本と二十巻本との先後については、宮澤（二〇一〇）を参照のこと。

（5）『日本国語大辞典』第二版は「よ【節】」の項目の用例として、「二十巻本和名抄（九三四頃）二〇「両節間　文選笙賦注云黄帝使伶倫〈霊鄰二音　江竹楽人也〉断両節間而吹之〈両節間俗云与　故以挙之〉」のように、「二十巻本和名抄」として引く。ただし、割注の「江竹」の部分を、原本の誤写のままに引くため、意味がわからなくなっている。この誤写については後に述べる。

（6）享和本・群書類従本による。天治本は「自尓以後筆幹不捨集無輟」と作る。

（7）『箋注』も「原書」によって同様に改訂している。

（8）「俗云」については、永山（一九七六）、新野（一九八六）などを参照のこと。

（9）この点については、大槻（二〇〇四）（本書第二部第二章）を参照のこと。

（10）『伊勢物語』九十九段も参照のこと。

（11）漢語「彷彿」は双声の連綿語であり、同音の多様な表記で書かれる。

（12）『楚辞』巻四、九章、悲回風（屈原）。

（13）『萬葉集』でも「髣髴」を「ほのかに」と訓読する（二一一〇、一五二六、三〇八五番歌）。

（14）「ホノカナリ」に朱の合点あり。

（15）「4オ8」は複製本の丁数と行数。行数は標出字の位置により示す。原本で注文部分は割注。引用にあたっては、声点を省略し、複声点の明らかなものは濁音形で引用した。古辞書の引用方式は以下同様。
(16)「二五三4」は複製本の頁数と行数。
(17)「類云」等は出典をあらわす。「類」は『一切経類音決』、「弘」は弘法大師空海撰『篆隷万象名義』、「广」は玄応『一切経音義』(「广」は「応」の略字)、「東」は『東宮切韻』、「玉」は『玉篇』、「易」は『周易』、「真」は真興(日本の法相僧、九三五〜一〇〇四年)を示す。
(18)九条本『文選』では、「惻愴」の右傍に「シテ」、左傍に「イタミイタン」とある(『九条本文選古訓集』六〇二頁)。
(19)音費に対する和訓。
(20)符弗反に対する和訓。
(21)行人偏の「彷」字も「彷徨」「彷徉」(ともに仏上)のみである。
(22)「六三5」は複製本の頁数と行数。
(23)『新撰字鏡国語索引』は「みがたし」と読む。享和本・群書類従本は「弥加太」に作る。
(24)『新撰字鏡』は長く世に埋もれていた辞書である。『壒嚢鈔』など中世から引用は見られるが、ごく少ない。『新撰字鏡』は近世になってから再発見され、出版もされる。宝暦十三年(一七六三)、村田春郷・春海兄弟が抄録本の古写本を発見し、その後、研究に利用されるようになった。
(25)とくに、観智院本『類聚名義抄』に単純な誤写が少なくないことには注意が必要である。和訓についても、イ—ク、カ—ナ—ヤといった、仮名字形の類似による誤写がかなりある(例えば、「徒　……トモカラ……トモカラ……」(仏上、23オ8)に同一和訓が二度あがるが、後者は高山寺本にトモナフとあって、字形の類似から、ナフがカラに誤られたと推測できる)。一語を二語にし、二語を一語にするといった、語の区切り目の誤りも散見する(例えば、「濟　……マスキ　ハマル……」(法上、4オ1)は「マス」「キハマル」の誤写であろう。蓮成院本は正しく作る)。他本が残存する部分については、図書寮本、蓮成院本、高山寺本などと対校して用いることが望ましい。
(26)『今昔物語集』に「繚」字は複数あらわれるが、そのいずれにも傍訓がない。他の「繚」字については、後に言及する。
(27)項目「結繚」は、「繚」とその異体字三文字の後に置かれている。
(28)注文が和訓のみの項目である。図書寮本における注文が和訓のみの項目については、大槻(二〇〇五a)(本書第二部第四章)

を参照のこと。

(29) 図書寮本『類聚名義抄』の和訓の出典については、大槻（二〇〇一）（本書第二部第三章）を参照のこと。

(30) 『大漢和辞典』も「結繚」をあげない。「結遼鳥」（八―一〇三九）のみあり。

(31) 大槻（二〇〇一）（本書第二部第三章）を参照のこと。

(32) 陽明文庫本『遊仙窟』（嘉慶三年〈一三八九〉写）では「結繚トマツはる〈左傍〉アツカマシ（ママ）・ムスホヽル）」（「ト」は朱書）（44ウ）となっている。

(33) 出典表示「巽」は本来「遊」（遊仙窟）とあるべきである。図書寮本『類聚名義抄』における片仮名和訓の出典標示方法については、大槻（二〇〇一）（本書第二部第三章）を参照のこと。

(34) 『遊仙窟』の有注本では「結繚」の下に、「陸法言曰、繚結也、音力小反」（江戸初期無刊記本『遊仙窟』、54ウ4）と注する。『遊仙窟校注』（李時人・詹緒左校注、中華書局、二〇一〇年）は「心中結繚」を「結繚、纏結繚繞、喩心緒紛乱。繚、纏繞」（三八九頁）と注する。

(35) 大君が薫に向かい、自分は引きこもって暮らすつもりだが、妹の中君については将来が案じられる、と述べる場面である。

(36) 小学館『古語大辞典』「あつかはし」の語誌（山口佳紀）参照。『古語大鑑』（東京大学出版会）は、

扱　1あつかふ―2あつかはし

熱　3あつかふ―4あつかはし

のように、アツカフ・アツカハシを二種に分け、『今昔物語集』の「万ノ事ヲ繚テ」を1の例に、『類聚名義抄』「結繚」、『遊仙窟』「結繚」を4の例にあげている。

(37) 新大系では、『今昔物語集』の他の箇所にあらわれる動詞「繚」に対しても、同様の注（「繚　アツカハシ」（名義抄）を参考に読む）を付すことが多い。したがって、校注者の意図としては、「繚　アツカハシ」（名義抄）は単に読み方の参考なのであって、何もこの箇所における動詞「繚フ」と意味的に対応しているわけではないということなのかもしれない。注にある「参考に読む」という言い回しにはそのような含意が感じられる。

(38) 日本古典文学大系（旧大系）『今昔物語集』の補注を参照のこと。

(39) 古辞書には、『類聚名義抄』のように、和訓に声点（アクセント符号）が付されたものがある。本章でも引用時の声点記述を略

したが、声点や合点などの符号類も重要な情報であることが多い。とくに『類聚名義抄』の和訓については、観智院本篇目帖の凡例に「片仮名有朱点者皆有証拠亦有師説。無点者雑々書中随見得注付之」とある。片仮名和訓に朱点を加えることで、証拠・師説のあることを示すという（「朱点」は声点に加え、合点も含むのであろう）。「無点」と対比されているように、朱点の有無が和訓の信頼度を示している。観智院本において、和訓に対する朱点は付加要素というよりも本文の一部といえる。

使用テキスト

『新撰字鏡』は『天治本 新撰字鏡 増訂版 附享和本・群書類従本』（京都大学文学部国語学国文学研究室編、臨川書店、一九六七年）による。

『倭名類聚抄』は『諸本集成 倭名類聚抄 本文篇』（京都大学文学部国語学国文学研究室編、臨川書店、一九六八年）による。

図書寮本『類聚名義抄』は『図書寮本類聚名義抄』（勉誠社、一九六九年）による。

観智院本『類聚名義抄』は『類聚名義抄 観智院本（天理図書館善本叢書）』（八木書店、一九七六年）による。

『竹取物語』は新日本古典文学大系『竹取物語 伊勢物語』（岩波書店、一九九七年）による。

『古今和歌集』は新日本古典文学大系『古今和歌集』（岩波書店、一九八九年）による。

『今昔物語集』は新日本古典文学大系『今昔物語集』（岩波書店、一九九三〜九九年）による。

『玉勝間』は『本居宣長全集』第一巻（筑摩書房、一九六八年）による。

『遊仙窟』は『醍醐寺蔵本遊仙窟総索引』（築島裕他編、古典籍索引叢書13、汲古書院、一九九五年）による。

『源氏物語』は新編日本古典文学全集『源氏物語』5（小学館、一九九七年）による。

参考文献

大槻 信 二〇〇一 「図書寮本類聚名義抄片仮名和訓の出典標示法」（『国語国文』七〇―三、本書第二部第三章）
大槻 信 二〇〇二 「古辞書と和訓―新撰字鏡〈臨時雑要字〉―」（『訓点語と訓点資料』一〇八、本書第二部第一章）
大槻 信 二〇〇四 「倭名類聚抄の和訓―和訓のない項目―」（『国語国文』七三―六、本書第二部第二章）
大槻 信 二〇〇五ａ 「辞書と材料―和訓の収集―」（『日本学・敦煌学・漢文訓読の新展開』石塚晴通教授退職記念会編、汲古書院、

本書第二部第四章）
大槻　信　二〇〇五ｂ「平安時代の辞書についての覚書」（『國文學』〈学燈社〉五〇―五、本書第一部第二章）
大槻　信　二〇一五「古代日本語のうつりかわり―読むことと書くこと―」（『日本語の起源と古代日本語』臨川書店）
永山　勇　一九七六「倭名類聚抄における和名の種別」（『佐伯梅友博士喜寿記念　国語学論集』（佐伯梅友博士喜寿記念国語学論集刊行会、表現社）
新野直哉　一九八六「『和名類聚抄』の「俗云」の性格―「Ａ俗云Ｂ」の場合について―」（『文芸研究』一一二）
宮澤俊雅　二〇一〇『倭名類聚抄諸本の研究』（勉誠出版）

第二章　平安時代の辞書についての覚書

はじめに

平安時代の辞書に関する概説は他に譲り（本章末尾の「参考文献」参照）、ここでは、辞書研究の意味と面白さ、現状と見通しについて述べてみたいと思う。

まずはじめに、以下で言及する平安時代の辞書を年表の形で示しておこう。あわせて、日本の辞書に大きな影響を与えた中国の辞書や、平安時代以前の動きも示しておく（音義の類も辞書と深く関わるがここで触れる余裕がない）。

五四三年　〈中国〉『玉篇』（梁・顧野王）
六〇一年　〈中国〉『切韻』（隋・陸法言）
六五〇年頃　〈中国〉『一切経音義』（唐・玄応）
七二〇年頃　『楊氏漢語抄』（逸書、養老年間〈七一七〜七二四〉成立か）
八三五年頃　『篆隷万象名義』（空海）
九〇〇年頃　『新撰字鏡』（昌住）

九三五年頃　『倭名類聚抄』（源順）
一一〇〇年頃　原撰本『類聚名義抄』（図書寮本『類聚名義抄』）
一一八〇年頃　『色葉字類抄』（橘忠兼、三巻本）
十二世紀後半　改編本『類聚名義抄』（観智院本『類聚名義抄』など）

一　平安時代の辞書

「平安時代の」辞書という問題設定は興味深いものである。というのも、日本人が自らの手で編み出した「辞書」と呼びうるものの始発は平安時代に求められるからだ。平安時代の辞書について考えるということは、「日本人にとって、あるいは日本語にとって、辞書とはいったい何なのか」という問いに答えようとすることに他ならない。他の多くの文化的事象と同様、辞書もまた、その源流を中国におっている。

日本人が編纂した現存最古の辞書に『篆隷万象名義』がある。これは中国の辞書『玉篇』を空海が抄録したものであり(1)、日本語は一切含まない。完存しない原本『玉篇』の代替として用いられることがある。それほどに、最初期の辞書は中国製辞書の強い影響を受けていた。

日本語を含むものとして現存最古の辞書『新撰字鏡』も、主たる材料は中国製の辞書『一切経音義』『玉篇』『切韻』である。和訓は全項目の一五%程度に付されているにすぎない。日本における辞書の歴史は、中国製辞書の移入から始まった。

しかし、ここで重要なのは、日本の辞書が中国製辞書の強い影響下にあったということではない。それは当然のことである。むしろ、そこにとどまらなかったという事実の方がより重要だ。『篆隷万象名義』も『新撰字鏡』も、中国製辞書に基づくとはいえ、決してそのままではない。平安時代の辞書が『玉篇』『切韻』『一切経音義』などを材料にしているということの意味は、そのような中国製辞書を手元に置きながら、それとは異なったものを生み出す必要があったということである。

一方、もう一つの流れとして、実用的な中日対訳語彙集である漢語抄の類が発生していた。これらは日本語の辞書というよりも、簡便な漢和対照の用字字書であったと考えられる。『倭名類聚抄』が漢語抄を多く引用し、『弁色立成』『楊氏漢語抄』といった書名が伝わるものの、写本は一つも現存しない。『新撰字鏡』の和訓も主としてこれら漢語抄によることが確認されている。天治本『新撰字鏡』末尾にある「臨時雑要字」は、漢語抄類の一つがそのまま掲載されたものではないかと言われている。

中国製辞書と漢語抄という二つの流れが合流するのが『新撰字鏡』である。しかし、その合流はあまりスムーズには運ばなかった。両者の性質が大きく異なっていたためである。その結果、『新撰字鏡』は辞書としてある種の破綻をきたしている。単字掲出と熟字掲出を混用し、また、部首分類と意義分類を併用している(2)。しかし、その破綻を草創期の混乱とだけ捉えることは正しくないだろう。その破綻こそが日本辞書誕生の胎動であった。辞書という中国ベースの文脈の中に、和訓という異質な要素をいかに溶け込ませるかが模索されることになる。

二　辞書の日本化

辞書の作成には多大な労力を要する。したがって、辞書は止むに止まれぬ必要があって作られるのが普通である。

辞書が必要とされたその事情は、その時代の文化的な背景を如実に示す。各辞書のオリジナルな部分は、その辞書に求められたものが何であったかを雄弁に語っている。

中国語の世界で形成された中国製辞書が、日本語の世界にそのままで適用できないことは明らかである。しかし、中国から漢字を借用して以来、長く日本において正式な文字・文章は漢字・漢文であった。そのような中であれば、中国製の辞書がそのままに使用されてもよいはずである。実際、辞書をはじめとする小学書は中国から船載され続け、さかんに利用された。中国に失われ、日本にのみ残るものもある。

日本製の辞書が必要とされる背景には、読み書きの世界にも日本語が深く関与するようになったことがある。漢文訓読の定着、また、それと密接に結びついた知識層の拡がりとともに、漢字を漢字漢文によって説明する中国製の辞書そのままでは、次第に役に立たなくなる。漢字漢文を日本語として理解し、また、日本語をもとに漢字で文を綴るという営みの蓄積の中、日本語を含み持つ辞書が必要とされるようになった。

辞書の歴史は、ひとり辞書が成長発展していく歴史ではない。辞書のあり方は、ひろく言語生活史、さらには文化史とつながっている。

百科事典的・類書的な『倭名類聚抄』はおくとして、『新撰字鏡』も原撰本『類聚名義抄』も基本的には漢漢辞書である。漢文注の末尾に和訓が添えられるスタイルを持つ。そこで日本語はいまだ従属的な位置にとどまっている。

それに対し、改編本『類聚名義抄』は、原撰本にあった漢文注や出典注記を取り去り、和訓を追補したもので、漢字を和訓で説明するというスタイルを確立している。読むための辞書の一つの突き詰めた形といってよい。

一方、『色葉字類抄』は、漢字をキーに検索するそれまでのあり方をあらため、日本語をキーにしてことばを、有り体に言えば漢字を、探すようにできている。書くための辞書の第一歩である。

改編本『類聚名義抄』および『色葉字類抄』に至り、日本の辞書はひとまずの日本化をおえた。その後の辞書の歴史は、基本的に、この平安時代に作り上げられたスタイルのバリエーションとして展開する。その意味で、平安時代の辞書が、日本人にとっての辞書とは何かという問題の、最も核となる部分をなしていることは間違いない。

三　古辞書の研究

古辞書についての研究は、書誌的・記述的な研究に始まり、主として系統論的な観点から研究が進められてきた。一言でいえば、辞書の系譜作りが推し進められた。

この研究の方向は、辞書の本質から見て、基本的に正しい。辞書というものが、材料、多くの場合、先行の辞書類に基づいて作られるものである以上、辞書相互間の影響関係を論じることには正当性がある。

そのような研究の蓄積のなか、古辞書についてさまざまな指摘がなされた。事実を指摘することはもちろん重要なことである。しかし、従来の研究は、ともすれば、事実の指摘に終始し、その事実がはたしてどのような意味を持つかについては、十分に説明してこなかった(3)。

これからの研究で必要とされるのは、事実を発見するだけでなく、その事実を辞書史、あるいは文化史の中に定位し、意味づけていくことであろう。辞書史が平板な書誌的羅列であってはならないのはもちろんとして、単一の辞書の文献学的掘り下げという回路の中に閉じてしまっても研究の発展は望めない。また、辞書間の影響関係を直線的にたどるだけでは十分でなく、辞書の記述を訓詁注釈的に解釈していくばかりでも不十分であろう。それらをふまえ、もしくは、それらとのフィードバックを繰り返しながら、辞書の本質に接近する研究が求められている。

貞苅伊徳に「新撰字鏡の解剖」（貞苅　一九五九・一九六〇・一九六一）という画期的な研究がある。これは、『新撰字鏡』の項目全体を、用いられた材料によって区分してみせたものである。『新撰字鏡』の序文には、その主材料として、『一切経音義』『玉篇』『切韻』などの名前があがっている。貞苅によれば、それらの材料を使用した部分は、それぞれグループとしてまとまっており、項目の配列も基本的に原材料を襲っている場合が多いという。この研究によって、『新撰字鏡』全体がどのように組織され、どの部分が何を基礎に成り立っているのかが明らかになった。

しかし、そもそも『新撰字鏡』が「解剖できる」とはどういうことなのであろうか。その事実は何を意味し、辞書史の中でどのように位置づけることができるのだろう。『新撰字鏡』という辞書を利用する上で、その事実をどのようにふまえればよいのだろう。また、解剖できるほどに出典に依存しながら、『新撰字鏡』が出典名を表示していないのはいったいなぜであろうか。このような問いに答える必要がある。しかし、貞苅論文を含め、従来の研究はそれらについて十分な説明を与えていない。

今後、貞苅論文を発展的に継承していくためには、貞苅による解剖の成果を研究に活用するだけでなく、「解剖できる」ことの意味や価値を問うことによって、辞書の本質にさらに接近していく必要がある。研究成果を受け継ぐだけでは知識の蓄積にとどまる。そこに示された方法を方法論として反省してみること、常に根源的な問いかけを発し、根柢にある問題を洗い直していくことが必要であろう。

『新撰字鏡』を例に、もう一点指摘しておこう。上にも述べたが、天治本『新撰字鏡』には、その末尾に「臨時雑要字」と題された附録部分がある。その部分は漢語抄類の一つがそのまま掲載されたものだと考えられている。現存しない漢語抄について考える上で、貴重な資料であることはいうまでもない。しかし、それを資料として利用する前に、なぜ漢語抄の一つがそのままの形で添加される必要があったのかを明らかにしておく必要がある。(4)

このように、古辞書の中には多くの問題が眠っている。あるものは指摘だけされて意味づけられることなくうち捨てられ、あるものは埋もれたまま発見されてもいない。それらを掘り起こし、整理し、互いに結びつけ、有機的な流れを読み取ることによって、新しい辞書史の叙述が可能となろう。

辞書に関わる研究が、文字どおりの「字引学問」に堕してはならない。事実を指摘するだけでなく、なぜそうなのかを説明することで、点と点をつなぎ、線と線を重ね合わせ、辞書史を立体的に構築していく研究が求められよう。積み重ねられてきた事実の上に立ち、それらを価値づけ、意味づける研究が必要とされている。

四　古辞書を使う

とにかく使えることがかえって害をなす場合がある。古辞書はしばしばそれに該当しよう。古辞書を使えば、ひとまずの解答を引き出すことができるというケースは多い。しかし、「ひとまず」に安住し思考を停止することほど、学問の本質から遠いことはない。学問というのは、簡単にわかったこととはしないという手続きに他ならないからだ。

辞書は、それとして興味深い研究対象である。しかし、筆者について言えば、なにも辞書を研究したくて、その研究を始めたというわけではない。国語学国文学の世界では、何を研究するにせよ、古辞書のお世話にならないということはない。辞書を使いこなすイロハを身につけることが、研究の第一歩といってよい。

そのようにして、古辞書を使用するなかで、筆者にはぬぐい去れない違和感があった。それは次のようなものである。

「本当の意味で辞書が使えているのだろうか。自らの研究に都合よく辞書の記述を利用しているだけではないか。」

辞書は語彙だけでなく、文字、音韻等の研究資料としてさかんに利用される。古典文学の注釈に用いられることも多い。しかし、研究に役立つ部分をつまみ食いするだけでは、総体的な理解は望めない。全体として理解することがなければ、部分も有効に活用できないはずである。辞書全体の性格に目をつぶったまま、部分利用を繰り返しても、本当の意味で辞書が使えたことにはならないだろう。

われわれが資料に臨む場合、「利用できるから利用する」となってしまいがちである。だが、利用に先立ち、その資料がどのような性格のものか、その資料がある研究目的に利用できるとはどういうことか、また、資料全体の中でその利用可能な部分はいったいどのような位置に立つものか、といった問いかけを欠いては、むしろ逆に資料に使われることになろう。古辞書を使いながら、時に、辞書を使っているのか、辞書に使われているのかわからないと感じることがあった。そのような違和感から、辞書そのものについて研究せざるをえなかったというのが実情である。

上に述べた研究の蓄積に加えた蛇尾であるが、筆者も平安時代の辞書について若干の研究を行ったことがある。その際に心掛けたのは、

実証的でなおかつ面白い研究であること。

可能な限り、合理的でシンプルな解答を目指すこと。

である。以上は、あくまで掲げた目標であり、実現にはほど遠いことを自覚している。ただし、それには、従来の研究に対する反省・批判の念が込められていないでもない。従来の古辞書関連の研究が、ともすれば書誌的な記述や事実の指摘にとどまり、個別の研究に閉じる傾向があることから、面白さという点で欠けたところがあり、また、現象の本質を合理的に説明することが少ない、という印象に立っての自戒である。

『新撰字鏡』については大槻（二〇〇二）（本書第二部第一章）で、『倭名類聚抄』については大槻（二〇〇四）（本書

第二部第二章）で、『類聚名義抄』、なかでも図書寮本『類聚名義抄』については大槻（二〇〇一）（本書第二部第三章）で論じた。これらの研究は、筆者の意図としては、決して別個のものではなく、一連のものである。いずれも、辞書と材料の関係について、和訓を中心に考察した。近時、これらをまとめ論じる機会があった〈大槻　二〇〇五〈本書第二部第四章〉〉。あわせ読んでいただければ幸いである。

五　今後の課題

最後に今後の課題についてふれる。方法論については上に述べたので繰り返さない。ここでは克服されるべき具体的な課題をいくつか挙げてみたい。

〔言語生活〕

辞書は言語生活における道具である以上、言語生活全体の中で辞書を位置づけるべきだという意見は古くからある（時枝誠記など）。吉田金彦（一九五五）に「古辞書研究の課題」として次の二点が挙げられている。

第一　辞書が如何なる系統を辿って如何に編纂されて来たか。

第二　編纂された辞書が夫々の時代と社会にどの様に用いられたか。

第一点についての研究は進んだが、第二点については、中世以降の辞書について研究があるものの、平安時代の辞書に関しては未だしの感がある。半世紀前に提出された課題が、今日にあってもなお課題として生き続けているように思われる。

〔古辞書研究史の整理〕

各辞書についての研究が蓄積され、また研究が新たな段階に入ろうとしている今、研究史を整理しておくことが強く望まれる。各辞書の解題として、近時のものに、『日本辞書辞典』『訓点語辞典』などがあるが、研究史の整理はなされていない。

『類聚名義抄』について池田証寿の整理がある（池田 一九九四）。ただし、それも図書寮本『類聚名義抄』の漢文注部分についての研究史を中心にしたものである。『類聚名義抄』全体の研究史がまとめられてしかるべきであろう。

各辞書について、従来の研究の交通整理が行われれば、それが次代の古辞書研究の有益な出発点となることは間違いない。その作業を通して浮かびあがる問題点も少なくないと思われる。

［注釈］

『説文解字注』（清・段玉裁）をあげるまでもなく、中国の辞書には注釈の積み重ねがある。古辞書はそれとして一つの古典であり、正確に利用することを可能にする注釈書が必要だ。日本の辞書に関してそれに類するものは、わずかに狩谷棭斎の『箋注倭名類聚抄』があるばかりである。

『新撰字鏡』には注釈がなく、山田孝雄の攷異（山田 一九一六）と、その全体的構成を明らかにした貞苅伊徳の解剖（前出）がある。『倭名類聚抄』には『箋注』があるが、十巻本に基づくものであり、『箋注』の校合に用いられた以外の諸本も発見されている。『倭名類聚抄』については、本文の異なりが研究の妨げになっている現状から考え、諸本を集成した「校本倭名類聚抄」の必要性が高い。『類聚名義抄』は、草川昇の『五本対照類聚名義抄和訓集成（一）～（四）』が出て、和訓について諸本間の異同を見る便宜が与えられたが、注釈と呼べるようなものはない。注文が複雑で、利用される頻度も高い図書寮本『類聚名義抄』などから注釈書が作成されるべきであろう。『色葉字類抄』には佐藤喜代治の『『色葉字類抄』略注』がある。規模の点でやむをえないこととはいえ、略注であることが惜しまれる。

［凡例］

辞書は種々の決まり事の上に立って記述されている。それらの決まり事を知らなければ十分に活用できない。注釈の前段階として、各辞書の凡例が作成されるべきであろう。

辞書を正しく利用するためには、何よりもまずその序文を読む必要がある。序文は同時に凡例としての機能も担うことが多い。『新撰字鏡』には序・跋があり、『倭名類聚抄』にも序文がある。『類聚名義抄』も観智院本に凡例と見なせる部分があり、『色葉字類抄』にも短いが序文がある。

しかし、その序文の記述のみで、それらの辞書を正しく利用できるわけではない。研究の蓄積を反映した凡例の作成が必要であろう。序文の読解と、実際の辞書の体例から帰納された、コンパクトで行き届いた凡例があれば、各辞書の利用に大きな便宜がある。例えば、序文・凡例を欠く図書寮本『類聚名義抄』について、それを構築してみることは魅力的な研究課題ではなかろうか。

註

（1）　ただし、後半部は別人の撰である。『篆隷万象名義』は前半部（一～四帖）と後半部（五・六帖）とに分かれる。前半部は弘法大師空海（宝亀五～承和二年〈七七四～八三五〉）の撰。冒頭に「東大寺沙門大僧都空海撰」とあることから、天長七～承和二年〈八三〇～八三五〉の成立と考えられている。後半部は空海とは別人の続撰。第五帖本文首に「篆隷万象名義巻第十五之下〔続撰惹曩三仏陀〕」とある。惹曩三仏陀は未詳。後半部を続撰部ともいう。

（2）　本書第二部第一章参照。

（3）　このような視点はとくに珍しいものではない。例えば、日本語の史的研究全般について以下のような指摘がある。「一般に、日本語の史的研究という分野においては、音韻史研究に限らず、事実の指摘ということに重点がある場合が多く、そうした事実の持つ意味を深く問おうとしない傾向がある。また、当面の事象だけの説明に終始する場合が少なくなく、これを取り巻く諸種の事象と結びつけ、これに統一的な説明を加えようとする態度に乏しい」（山口佳紀　一九八五：六〇八）。

（4）　本書第二部第一章参照。

引用文献（著者名五十音順）

池田証寿　一九九四「類聚名義抄の出典研究の現段階」（『信州大学人文学部人文科学論集』二八）
大槻　信　二〇〇一「図書寮本類聚名義抄片仮名和訓の出典標示法」（『国語国文』七〇―三、本書第二部第三章）
大槻　信　二〇〇二「古辞書と和訓―新撰字鏡〈臨時雑要字〉―」（『訓点語と訓点資料』一〇八、本書第二部第一章）
大槻　信　二〇〇四「倭名類聚抄の和訓―和訓のない項目―」（『国語国文』七三―六、本書第二部第二章）
大槻　信　二〇〇五「辞書と材料―和訓の収集―」（『日本学・敦煌学・漢文訓読の新展開』石塚晴通教授退職記念会編、汲古書院、本書第二部第四章）
狩谷棭斎『箋注倭名類聚抄』（『諸本集成　倭名類聚抄　本文篇』京都大学文学部国語学国文学研究室編、臨川書店、一九六八年）
草川　昇　二〇〇〇～〇一『五本対照類聚名義抄和訓集成（一）～（四）』（汲古書院）
貞苅伊徳　一九五九「新撰字鏡の解剖〔要旨〕―その出典を尋ねて―」（『訓点語と訓点資料』一二、貞苅伊徳『新撰字鏡の研究』〈汲古書院、一九九八年〉所収）
貞苅伊徳　一九六〇「新撰字鏡の解剖〔要旨〕付表（上）」（『訓点語と訓点資料』一四、貞苅伊徳『新撰字鏡の研究』〈汲古書院、一九九八年〉所収）
貞苅伊徳　一九六一「新撰字鏡の解剖〔要旨〕付表（下）」（『訓点語と訓点資料』一五、貞苅伊徳『新撰字鏡の研究』〈汲古書院、一九九八年〉所収）
佐藤喜代治　一九九五『『色葉字類抄』（巻上・中・下）略注』（明治書院）
山口佳紀　一九八五『古代日本語文法の成立の研究』（有精堂出版）
山田孝雄　一九一六『新撰字鏡攷異并索引』（六合館）
吉田金彦　一九五五「国語学における古辞書研究の立場―音義と辞書史―」（『国語学』二三）

参考文献（刊行年順）

『国語学研究事典』（明治書院、一九七七年）
『国語学大辞典』（東京堂出版、一九八〇年）
『漢字講座2　漢字研究の歩み』（明治書院、一九八九年）
『日本古辞書を学ぶ人のために』（世界思想社、一九九五年）
『日本辞書辞典』（おうふう、一九九六年）
『漢字百科大事典』（明治書院、一九九六年）
『訓点語辞典』（東京堂出版、二〇〇一年）

上田万年・橋本進吉『古本節用集の研究』（『東京帝国大学文科大学紀要』二、一九一六年）
橋本進吉「第十章　辞書の編纂」（『橋本進吉博士著作集』第九・十冊、岩波書店、一九八三年。一九一八年、東京帝国大学での講義案）
山田孝雄「第四章　漢和対訳の辞書の発生」（『国語学史』宝文館、一九四三年）
築島裕「古辞書入門」（『国語学』一三・一四合刊、一九五三年）
川瀬一馬『増訂　古辞書の研究』（雄松堂出版、一九八六年。一九五五年初版）
築島裕「中古辞書史小考」（『国語と国文学』四一―一〇、一九六四年）
吉田金彦「辞書の歴史」（『講座　国語史3　語彙史』大修館書店、一九七一年）
川瀬一馬『古辞書概説』（雄松堂出版、一九七七年）
北恭昭「日本語の辞書（1）」（『岩波講座　日本語9　語彙と意味』岩波書店、一九七七年）
山田俊雄『日本語と辞書』（中公新書494、中央公論社、一九七八年）
太田晶二郎「尊経閣　三巻本　色葉字類抄　解説」（『尊経閣　三巻本　色葉字類抄』勉誠社、一九八四年）

第二部　各　論

第一章　古辞書と和訓
——『新撰字鏡』〈臨時雑要字〉——

はじめに

古辞書において和訓がどのように収集されたかは興味深い問題である。本章では、『新撰字鏡』の〈臨時雑要字〉(1)を中心に、古辞書と和訓の関係について考える。(2)

従来の研究では、「古辞書の和訓」に注目されることが多かった。しかし、ここにいま一つ、「古辞書と、和訓」という観点も可能なのではないかと思う。それはつまり、和訓を辞書の内部要素として静的に観察するだけでなく、古辞書と和訓とをいったん切り離し、その動的な相互関係を探ってみようとするアプローチである。和訓を辞書に「すでにあるもの」として見るのではなく、その和訓がいったいどこからどのようにして辞書にもたらされたのかを考えてみたい。

基本的に漢漢辞書である『新撰字鏡』に、和訓という異質な要素を採録しようとすると、どうしても不統一が発生する。その不統一は、材料に依存する古辞書の特性と、日本語と中国語との根本的な相違によってもたらされたと考えられる。

ここでは、『新撰字鏡』の材料となった漢語抄類そのものと考えられている〈臨時雑要字〉に着目し、『新撰字鏡』に和訓を取り込むということがどういうことであるかについて考えてみたい。

一　問題提起

1　不統一

『新撰字鏡』（十二巻。昌住撰。昌泰年間〈八九八〜九〇一〉成立か）[3]は、単字掲出を基本とする、部首分類体の漢漢辞書である。

(1)　天　躰年他前二反平聲顛也尊也頂也君清軽在上也（〇二一6）[4]

(2)　昊暭（暤）　二同下老反上聲昊天夏天也（〇二一7）

(3)　鬵　字林反釜属倭云加奈戸（〇二一7）

(4)　旲　古恵反去或作炅光明也人姓也和云比加利弖留（〇二一8）

注文は、用例(1)から(4)に見られるとおり、漢文注を主体とする。(3)「加奈戸（カナヘ）」、(4)「比加利弖留（ヒカリテル）」のように和訓を示す項目が全体の一五％ほどある。見出しは、(2)のように異体字を併記する場合も含め、単字掲出が基本である。右の諸例が天部に配されているように、標出字は部首に従って分類・配列されている。

したがって、『新撰字鏡』の辞書形態上の基本的特徴は、次のようにまとめることができる。

(5)　①単字掲出　②部首分類　③漢文注

しかし、『新撰字鏡』は、その基本的特徴に合致しない、不統一な部分を含みもつ。単字掲出ではなく熟字掲出を主とする部分(A)(5)があり、また、部首分類に従わず意義分類となっている部分(B)(6)がある。これらは辞書全体の統一を大きく損なっている。

さて、(A)と(B)とは大きく重なり合っている。(7)このことから、熟字掲出と意義分類とは密接なつながりを持つことがわかる。たしかに、熟字を配列しようとすれば、意義分類が望ましく、意義分類に従って語彙を収集すれば、熟字が多くなる。

そして、(A)と(B)とが重なり合う部分は、『新撰字鏡』の基本的性格から最も遠い部分であるといえる。そのような部分に、巻一〈天部〉の後半、巻二〈親族部〉、巻七〈本草木異名〉・〈本草草異名〉、巻八〈本草鳥名〉、巻十二〈臨時雑要字〉がある。

〈天部〉後半は『爾雅』釈天その他により、〈親族部〉後半も漢籍の移載であろうと考えられている。しかし、これら漢籍原拠の部分はわずかであり、日本製の漢語抄など、漢籍によらない部分が多い。

〈親族部〉前半は漢語抄類により、〈本草木異名〉・〈本草草異名〉は、日本で作成された本草書に、(8)一部漢語抄類による増補が加えられたもの、〈本草鳥名〉は漢語抄類によるもの、と考えられている。(9)これら本草書および漢語抄類によるとされる部分には、和訓が豊富に見え、かつ項目は熟字掲出が目立つ。漢語抄類によるとされる部分は、注文が和訓のみであるものも多い。次の(6)のとおりである。

(6)　〈親族部〉前半

外祖父　波、加太乃於保知（〇九〇4）

嫡母　万、波、（〇九〇7）

〈本草木異名〉

桔梗　二八月採根曝干阿佐加保又云岡止、支（四一六6）

〈本草草異名〉

龍膽　二八十一十二月採根蔭干太豆乃伊久佐又云山比古奈也（四五五7）

〈本草鳥名〉

啄木　寺豆支（四八六5）

郭公鳥　保止、支須（四八六6）

一方、〈臨時雑要字〉は、『新撰字鏡』全体の構成[10]から大きくはみ出した形で、巻末に置かれている。[11]舎宅章、農業調度章、男女装束及資具章、以下九章[12]を持つ意義分類体の語彙集成であり、漢語抄類の一つがそのまま附載されたものと考えられている。項目の大部分に和訓が付され、注文は基本的に和訓のみである。熟字掲出が目立つ。(7)のとおりである。

(7)〈臨時雑要字〉

屋背　伊良加（七七七6）

刷子　久志波良[13]比（七七九8）

串細子　比毛佐須（七八〇2）

反轉　久留戸木（七八一2）

退紅　洗曾女（七八一5）

籠頭　於毛豆良（七八二4）

捉馬頭　馬口取（七八二6）
作生活　毛乃作（七八四1）
調和　塩安不（七八五4）
昆布　比呂女（七八五8）
海糸菜　乃利（七八六3）

〈臨時雑要字〉が漢語抄類の一つを引用したものであるなら、『新撰字鏡』に不統一をもたらしているこれらの部分はいずれも、本草書と漢語抄類とを材料にしていることになる。『新撰字鏡』が用いた本草書と漢語抄類とはどちらも本邦撰述の書物であり、和訓を掲載していたと考えられる。とすれば、『新撰字鏡』の不統一と和訓とはどのような関わりを持つのであろうか。これらの部分に共通してみられる特徴、

(8)　①熟字掲出　②意義分類　③和訓注

は相互に何かつながりがあるのだろうか。『新撰字鏡』の基本的特徴(5)と不統一部分の特徴(8)とを比較すると、「単字掲出—熟字掲出、部首分類—意義分類、漢文注—和訓注」のように、すべての要素で対立する特徴が認められる。その対称性に注意すれば、漢文注と和訓注とは、本質的に性格の異なった注文であると考えることができる。[14]

2　和訓の偏在

ここで、和訓の側面から『新撰字鏡』を観察してみよう。『新撰字鏡』には和訓が総計三七〇〇条ほどあるが、[15] その和訓は辞書内部で非常に偏った分布を示す。巻ごとに「和訓をもつ項目数／全項目数」の割合を調べると、(9)のとおりである。

（9）

巻	一	二	三	四	五	六	七	八	九	十	十一	十二			全体
												雑字・重点	連字	臨時雑要字	
	14%	14%	12%	11%	10%	13%	35%	18%	10%	6%	3%	3%	45%	78%	15%

和訓が見える項目の割合は、『新撰字鏡』全体でおおよそ一五％となる。(16) その中で、巻七と巻十二とが、抜きんでて高い数値を示す。

巻七には、〈木部〉と〈草部〉とがあり、それぞれに小学篇字(17)と本草(18)が添えられている。小学篇字はほぼ全項目に和訓が付されており、本草部分も和訓が添えられる率が高い。これらはそれぞれの原拠（「小学篇」と本草書）において、すでにそのような特徴を持っていたと考えられる。

巻十二には、〈雑字〉・〈重点〉の他に、〈連字〉と〈臨時雑要字〉とがあり、後二者に和訓の割合が高い。〈連字〉は熟字に対して施された訓釈や傍訓を諸書から抜き書きしたものであるらしく、(19)〈臨時雑要字〉は「漢和対照語彙表」（貞苅 一九八九：二二六）たる漢語抄類の一部であるとされる。

したがって、それらを含む巻で和訓の割合が高いのは当然である。

3 問題提起

しかし、ここで問題なのは、なぜ『新撰字鏡』がそのような部分を含み込んでいるのかということである。つまり、『新撰字鏡』全体から見れば、明らかに異質な部分が取り合わされているのはなぜか、そして、そのような部分に和訓が多く見られるということは、いったい何を意味しているのであろうか。裏返して言えば、和訓を掲載している材料を活用しようとすると、なぜ不統一が発生するのだろうか。

この問題は以下のように換言できよう。『新撰字鏡』における不統一は、基本的に成長・増補のために発生したものと考えられる（阪倉　一九六七）。新たな材料を加え、記述を拡大していくことは、成長を続ける古辞書の本来的特性といえる。しかし、ここで考えられてよいのは、不統一をおかしてまで、なぜ増補が必要だったのかということであり、また、増補がどうして必然的に不統一をもたらしてしまうのかということである。

本章は、そのすべてを解決しようとするものではない。その一部、とくに〈臨時雑要字〉に着目し、古辞書と和訓の関わりを鍵として、この問題について考えてみたい。

二　古辞書と和訓

1　古辞書における本文主義

「本文主義」と言われることがある。[20]平安朝期の類書・辞書等に特徴的に見られる、典拠に基づいて記述を行おうとする態度を指す。『倭名類聚抄』や図書寮本『類聚名義抄』が出典を明記することも、その本文主義と関連づけて説明される。しかし一方で、『新撰字鏡』や改編本『類聚名義抄』、世尊寺本『字鏡』、『字鏡鈔』に出典表示はない。

この相違は、まず第一に、辞書的性格の違いとして理解できる。前者の辞書をより学術的、後者をより実用的と見ることは可能であろう。[21]しかし、本文主義と言ったところで、出典の明示が必須でなかったことは注意されてよい。『新撰字鏡』は、貞苅（一九五九・一九六〇・一九六一）によって「解剖」されうるほどに出典に依拠していながら、本文中に出典の表示はほとんどない。[22]『類聚名義抄』についていえば、原撰本をもとに改編本が作られたと想定する限り、出典注記は「わざわざ」「削除」されている。したがって、古辞書における本文主義とは、典拠が「何であるか」[23]よりも、典拠を「持つかどうか」の方がはるかに重要であったと考えた方がよい。

掲出字や注文を、典拠を持つ記述によって構成しようとする態度は古辞書に共通して見られる。そして、そのような態度は辞書という書物の本質と深く結びついていたと考えられる。典拠に基づいて記述をなすということは、それ自身が典拠となりうるということでもある。辞書という編纂物が本質的に規範性を指向する以上、当然、本文主義が要請される。

そして、典拠を求めて記述を作り上げるかぎり、典拠たる材料の側に寄りかかった編纂方法しかとれない。つまり、辞書のあり方が材料によって規定される。

『新撰字鏡』には材料の姿が色濃く反映されている。このことは決して偶然ではない。不統一部分の特徴（①熟字掲出、②意義分類、③和訓注）は、本草書・漢語抄類の形態的特徴そのものである。材料である本草書・漢語抄類の記述を十分に活用しようとすれば、『新撰字鏡』もその特徴を引き継ぐほかない。

『新撰字鏡』における不統一を、「分類体辞書の方式を併用したのは、（中略）これを、序文に言ふ「書くための辞書」として利用しやすからしめんがための、意図的な試みであつたかもしれない」（阪倉 一九六七：三六二）のようにとらえる意見もある。[24]しかし、これは、『新撰字鏡』の『切韻』引用部分を見て、『新撰字鏡』は音引き字書として用いることも意図していたというのと同断である。『切韻』引用部分が四声分類の形式をとっているのは、その部分が『切韻』に依拠して作成されたからにほかならない。意義分類体の併用も、材料との関係から理解すべきであろう。

「新撰字鏡は単字を部首によって収録する部分と、語句字を意義によって収録する部分とに大別され、そのおのおの出典を異にする」（貞苅　一九八九：二二三）ことからも、材料たる出典と、それが辞書に現れる際の形態とが深く結びついていることがわかる。材料に依拠した編纂が、不統一の原因の一つであった。

2　和　訓

漢字を漢文で説明する漢漢辞典よりも、漢字を日本語で説明する漢和辞典の方が、日本人にとってははるかに使いやすい。和訓という、漢字漢語に対応する日本語の訓みを示すことは、漢字の意味を説明するために、最も手軽で効果的な方法である。漢字の説明に和訓を用いる必要性は、文字文化層の拡がりとともにいっそう高まったと考えられる。識字層の拡大は、漢字漢語を日本語に置き換え、「そのものズバリ理解させ」（濱田　一九六七：四一五）る必要を高めた。

しかし、日本語と中国語の意義分節が一対一で対応しない以上、和訓は完全な説明の手段とはなりえない。一つの和訓を示せば、漢字の意味が十全に説明されるということはほとんどない[25]。古辞書において、一つの漢字に対して和訓が複数付されるのは当然のことである。

また、このことは、和訓が本質的に文脈に依存して成立することを意味する。定訓と呼ばれる基点は持つとしても、日本語は同一の漢字に対して種々の訓みを与えてきた。ある漢字にどのような日本語を対応させるべきかは、文脈によって決定される。和訓は具体的文脈の中から切り取られた「例解」の域を出ない。

意義分節の異なりは、語としての単位認定にも関わってくる。日本語と中国語とでは、語としての最小単位が必ずしも一致しない。一般に、中国語においては語の孤立性が強く、語と語との結びつきは常に語と句・文との間を揺れ動いているため、その熟合度は低い。一方、「日本語の場合はこの句と語の行き来を遮断し、全部語のレベルで一括されている」(陳 一九九八：四五四)ために、中国語で複数の語と認識されるものが、日本語では一語もしくは一連の表現として認識されるといった事態がしばしば発生する。そして、その認識の支えになったのが、他でもない和訓であろう。和訓として一語(一表現)であれば、日本語でその文字連続は一語(一表現)なのである。

⑽ 公然　正也共也久也安良波尓(七五七7・連字)
泰然　太久万志久(七五七8・連字)
可吹又可咲　……阿奈乎加志(七七一6・連字)[26]
約束　云佐豆久(七七四1・連字)
影響　保乃加尓(七七四1・連字)
樂溢　須佐比(七七四5・連字)
黜頭　宇奈豆久(七七四7・連字)
失色　加志己万留(七七五8・連字)
四阿　阿豆万屋(七七七7・臨時雑要字)

多く〈連字〉から例を引いたように、これらは中国語としてすでにイディオムであるが[27]、それでも、それらがいつでも単字レベルに還元可能なのに対し、「失色」をカシコマルとよむかぎり、「失」と「色」とには分割できない。「約束」をイヒサヅクとよむ時、単字「約」「束」個々の意味はほとんど意識されない。アヅマヤとよまれる「四阿」は一語であろう。「公然」に対する漢文注は「公」一字に対する注に過ぎないが、和訓アラハニは「公然」全体に対応している。

『新撰字鏡』の〈連字〉部分の和訓の出典として、『遊仙窟』『日本霊異記』が指摘されている[28]。例えば、醍醐寺本

『遊仙窟』の傍訓に「都盧《シカシナカラ》」とある。(29) 和訓「シカシナカラ」を辞書に採用しようとすれば、次の⑾のように、「都盧」という文字連結を掲出する他ない。『日本霊異記』の訓釈に「気調　三佐乎」(30) とあれば、熟字「気調」で項目を設けることになる。

⑾　都盧　上同〈志加之奈加良〉（七七五5・連字）
　　氣調　弥左乎（七七六1・連字）

つまり、ここで考えたいのは、和訓が漆喰となって、熟字が一つの単位となるという現象が、日本語では起こりえたということである。(31) 上に見た⑹⑺の諸例も単字には還元しにくい。和訓は熟字全体に対応している。和訓と熟字とは密接な関係を持つ。単字を掲出単位とする辞書に、和訓を取り込むことの困難が予測できる。和訓によってつなぎとめられた文字連結は、単字掲出を基本とする『新撰字鏡』において、破格な存在とならざるをえない。

三　『新撰字鏡』と材料

1　『新撰字鏡』の漢文注

材料を活用する際、材料の形式と出来上がりの形式とが近ければ近いほど、その利用は容易である。材料をそのままの形で引用できる。逆に、両者の形式が遠ければ遠いほど、それだけ利用は困難となる。

辞書を作成するには、辞書を下敷きにするのが最も能率的だ。なぜなら、辞書の形態は、見出し（標出字）に対して説明（注文）を加えるというものであるから、すでに項目が立てられ、それに対して注が施されているものから記述を取り出すことはたやすい。一方、辞書の形態をとらない書物から記述を取り出すことには困難が伴う。

したがって、単字掲出・部首分類体の辞書である『新撰字鏡』の編纂において、Ⅰ「標出字＋注文」の形態（辞書・音義の形態）をとり、Ⅱ「単字掲出」、Ⅲ「部首分類体」である材料から記述を取り出すことはやさしい。

単字部分の中核をなし、標出字・漢文注の主材料となった、『一切経音義』[32]、『切韻』、『玉篇』についてみると、『一切経音義』はⅠをみたし、かつⅡの形で利用が可能である。『新撰字鏡』の序文によれば、『一切経音義』をⅢに整理することが、『新撰字鏡』編纂の出発点であったらしい。『切韻』はⅠⅡをみたし、『玉篇』はⅠⅡⅢすべてをみたしている。『新撰字鏡』の形態であれば、『玉篇』を活用することはたやすく、逆に、『玉篇』を十分に活用しようとすれば、『新撰字鏡』のような部首分類体となる、とも言える。

2　『新撰字鏡』の和訓注

一方、『新撰字鏡』は和訓を注文の一つ、説明方式の一つとして採用している。和訓注をほどこすためには、和訓を持つ材料によらなければならない[33]。序文には「亦於字之中。或有東倭音訓。是諸書私記之字也」（〇一八1）とある。和訓の典拠として指摘されているのは、「小学篇」、本草書、漢語抄類、訓点本・訓釈の類など[34]である。これらは上記のⅠⅡⅢをみたすであろうか。

「小学篇」は佚書であり形態が不明であるが、少なくとも部分的にはⅠⅡⅢすべてをみたしていたのであろう。そのため、小学篇字は単字掲出の末尾におさまる形で、まとまって引用されている[35]。

一方、訓釈はかろうじてⅠをみたすが、訓点本に付された傍訓はⅠⅡⅢすべてをみたさない[36]。訓点本の和訓を辞書の記述として利用するためには、相当の整理が必要である[37]。

『新撰字鏡』の不統一と深く関わる本草書と漢語抄類はⅠをみたすがⅡⅢをみたさない。本草書や漢語抄類に豊富に含まれる和訓を活用しようとしても、標出字が熟字であることが多く、分類配列も部首には従っていない（従いえない）。本草書でいえば、植物名であっても、字形に「木」や「艸」を含んでいるとは限らない。熟字を上字のみによって各部首に分類しても、ほとんど機能しないであろう。

これらの素材を、『新撰字鏡』の一般的形態（単字掲出・部首分類）に溶け込ませて処理することは難しい。結局、『新撰字鏡』が指向するような形で、漢字に和訓を対照した語彙の集成は、『新撰字鏡』編纂の時点では存在しなかった。存在しなければこそ、『新撰字鏡』のようなものが希求されたとも言える。(38)

したがって、和訓の採録という作業は、漢文注の採録よりも相対的に困難であったと考えられる。(39) 和訓を掲載する文献は、『新撰字鏡』がその和訓を辞書の注文として利用するために適当な形態ではなかった。和訓の典拠となった材料を、『新撰字鏡』の中に完全に取り込むことは難しい。

四　『新撰字鏡』と不統一

結局、『新撰字鏡』という漢漢辞書において、和訓注は、日本語―中国語という質的な面でも、また、和訓を掲載する材料の形態的特徴からも、異質な存在たらざるをえない。和訓を収集すること自体が原理的に不統一をまねくのである。

『新撰字鏡』で和訓が特定の箇所に偏在していることはすでに指摘した。(40) 以上の考察に従えば、和訓が偏在しているというよりもむしろ、それらの部分がもっぱら、和訓を提供した文献によって作り上げられているために偏在が生じている、と考えることができる。

『新撰字鏡』は現存最古の漢和辞書と呼ばれることがある。『新撰字鏡』の価値が、やや体系的に和訓を掲載したはじめての辞書であるという点にあることは疑う余地がない。原本『玉篇』や『切韻』の逸文を多く含むことを『新撰字鏡』の価値と見なす向きもあるが、それは歴史が偶然にもたらした価値であって、辞書そのものの価値ではない。この辞書の本質的価値はその結構そのもの、つまり漢土の字書・韻書・音義の類から項目・注文を収集し、さらには日本で作られた本草書・漢語抄類あるいは訓点本などからも項目・注文・和訓を集めたことにあると思われる。

しかし、漢文注と和訓注とによって語義を示すというこの構想を、旧来の材料のみによって実現することには困難があった。『新撰字鏡』は和訓注を併載するという点に特色を持つが、注文に和訓を取り込むこと自体が不統一を生み出してしまう。『新撰字鏡』の不統一は、『新撰字鏡』の本質が必然的にもたらすものであった。

五　臨時雑要字

1　臨時雑要字

『倭名類聚抄』に引用された漢語抄類（『楊氏漢語抄』『弁色立成』『漢語抄』[41]）との比較から、〈臨時雑要字〉が漢語抄類の引用であることは、すでに言われている（築島 一九七三、貞苅 一九八三、太田 一九八四、蔵中 一九九八、宮澤 一九九八）。さらに進めて、〈臨時雑要字〉は、漢語抄類の一つが、ほぼそのままの形で掲載されたものだとの意見もあり（築島 一九七三、貞苅 一九八三、太田 一九八四）、その原資料名が「臨時雑要」であったと推定されている（貞苅 一九八三）。名称そのものであったかどうかはおくとして、以下では、説明の便宜のため、〈臨時雑要字〉として引用された漢語抄類を『臨時雑要』と呼ぶ。

〈臨時雑要字〉は『新撰字鏡』の末尾に置かれ、形態も特異である。[42] 序文には「片数壹佰陸拾〔未在臨時部等不入数〕」（享和本・七九四上3）とあり、部数に数えられていない。[43] 抄録本は和訓を持つ項目を抄出したものであるにもかかわらず、抄録本には和訓を多く持つ〈臨時雑要字〉全体が見えない。〈臨時雑要字〉は明らかな付け足し部分であり、[44]『新撰字鏡』にふさわしい形で記述を整理することなく、材料そのままが附載された部分と見ることができる。そこで、〈臨時雑要字〉を除いた部分を『新撰字鏡』「本体」と呼ぼう。「〈本体〉＋〈臨時雑要字〉＝『新撰字鏡』」である。

〈臨時雑要字〉は『臨時雑要』の全載とは限らない。おそらく摘出であろう。[45] しかし、〈臨時雑要字〉に見られる内容は、基本的に『臨時雑要』にあったものと見なすことができる。以下では、現存しない『臨時雑要』にかわり、『新撰字鏡』所載の〈臨時雑要字〉を近似的に『臨時雑要』と見なし議論を進める。

〈臨時雑要字〉をめぐる一番の問題は、なぜ材料がそのままの形で附載される必要があったのかということである。

2　〈臨時雑要字〉と『新撰字鏡』〈本体〉

漢語抄類は『新撰字鏡』の材料であった。材料の本義は本体に利用されることである。『臨時雑要』もまず第一に『新撰字鏡』の本体部分に利用しようと試みられたはずである。とすれば、〈臨時雑要字〉の中に、『新撰字鏡』〈本体〉と共通する記述を見ることができるのではないだろうか。

〈臨時雑要字〉に見られる和訓のうち、『新撰字鏡』〈本体〉に共通した和訓が見え、かつ標出字が同一、もしくはきわめて類似するものを求めれば、[46] 本章末にあげた別表「〈臨時雑要字〉と『新撰字鏡』〈本体〉との比較」のようになる[47]。上段が〈臨時雑要字〉、下段が『新撰字鏡』〈本体〉に見えるものである。〈臨時雑要字〉の項目を基準に数えると、全部で六四組ほどの対応を指摘できる[48]。

ここで、次のような批判が考えられよう。

(12)　a　単字—単訓の組み合わせであれば、偶然の一致の可能性がある。

　b　〈本体〉に利用できたはずの和訓が利用されていない。

　c　『臨時雑要』利用の比率が低い。

まず、aについて。単字—単訓の組み合わせであれば、そもそも同一字に対する和訓なのだから、偶然の一致も考えられる。全く別の出所から同一の和訓がとられた可能性を否定できない。しかし、別表(6)(33)(39)のように、二訓まで一致するものを見れば、無関係とは考えにくい[49]。逆に、これら一群の対応があるにもかかわらず、全く無関係だと考える方が不自然である。ただし、だからといって、ここに掲げた対応の「すべて」が、確実に『臨時雑要』によっている、と証明できたわけではもちろんない[50]。

ここで主張したいのは以下の三点である。〈臨時雑要字〉と『新撰字鏡』〈本体〉との間には、標出字—和訓をセットとした対応が少なからず見られる。対応の中には、典拠が『臨時雑要』であったと考えなければ説明しにくいものがある。そして、『新撰字鏡』の材料である『臨時雑要』が〈本体〉部分に利用されたことは十分にありえることだ。

b・cの批判は、『臨時雑要』のうち『新撰字鏡』〈本体〉に利用しきれなかった残余が、〈臨時雑要字〉として附載されたのだと考えれば、とくに問題にならない。

たしかにbに言うとおり、『臨時雑要』の和訓すべてが〈本体〉部分に活用されているわけではない。利用されてよさそうな和訓が〈本体〉部分に採録されていない場合がある。

⒀　椧　屋乃比（七七七5・臨）

椧　禰不利（四一五2・木〈小学篇字〉）

⒁　蘐　上同〈伊良加〉（七七七7・臨）

蘐　在草部（二九〇4・瓦）

蘐　莫耕反平瓴同屋棟（四二二1・草）

⒀のように、和訓が一致しない例や、⒁のように、和訓が示されていない場合がある。[51]しかし、完全に利用することを放棄したからこそ、〈臨時雑要字〉として掲載したのだとすれば、それは驚くにあたらない。[52]対応は六四項目において見られた。和訓を基準に〈臨時雑要字〉の項目数を数えると、おおよそ二五〇項目となるから、そのうち二五％程度が〈本体〉の注として利用された可能性があるということになる。ｃが指摘するように、利用比率はたしかにそれほど高くない。しかし、物名を中心とした語彙一覧である『臨時雑要』には熟字掲出項目が多く、単字掲出を主とする〈本体〉部分にはもともと利用しにくい。⑺「屋背　伊良加」で言えば、「伊良加」は熟字「屋背」全体に対する和訓であり、「屋」一字に対する和訓としても、「背」に対する和訓としても使用できない。このような困難があればこそ、『臨時雑要』を、〈臨時雑要字〉として、そのままの形で附載せざるをえなかったのであろう。その点を考慮に入れれば、この数値は必ずしも低いものではない。また、『臨時雑要』のうち〈本体〉部分に吸収利用された項目・部分は、現在見る〈臨時雑要字〉から一部省かれているのかもしれない。[53]

したがって、これらの対応は、そのすべてではないとしても、大部分を認めてよいであろう。そして、〈臨時雑要字〉と〈本体〉部分に記述の一致が見られるということは、対応する両者がともに『臨時雑要』に由来し、〈臨時雑要字〉は『新撰字鏡』の材料そのものであるということを意味する。

これまでの言及とその批判

この〈臨時雑要字〉と『新撰字鏡』〈本体〉との和訓の共通性について、従来全く指摘されなかったわけではない。一部が貞苅（一九八二）によって言及されている。しかし、それはわずかな項目についての指摘にとどまり（和訓が関係するものでは、小学篇字を中心に九条）[54]、かつ、〈臨時雑要字〉の方が『新撰字鏡』〈本体〉によって増補を受けたと考えられている[55]。

しかし、材料である『臨時雑要』が、それら材料によって産出された〈本体〉によって逆に増補をうけるとは考えにくい。それよりも、『臨時雑要』が『新撰字鏡』〈本体〉に材料として利用されたと考える方が自然である。材料は本体を増補するために使われるのであり、その増補に活用しきれなかった部分が、そのままの形で附載された、そして、増補に使用した部分も、一部分はそのまま附載された[56]、と考えた方が合理的だ。

3 『臨時雑要』の利用

『臨時雑要』の利用はそれだけにとどまらない。「同じような形式の字面を持つ親族の前半、鳥部の本草鳥名、本草木異名の後半は或いは臨時雑要字と同一資料からの分載ではないかと思われる」（貞苅 一九八九：二二六）と言われるとおり、意義分類部分で漢語抄類に基づくと考えられる部分も、『臨時雑要』による可能性が高い[57]。これらの部分は、形態的に〈臨時雑要字〉と同一である（先にあげた用例(6)〈親族部〉前半・〈本草鳥名〉と用例(7)〈臨時雑要字〉とを比較せよ）。

これらは、「熟字掲出・和訓注のみ」という形態上の理由から、典拠が『臨時雑要』である可能性を推測できたものである。和訓が漢文注の末尾に加えられたため、一見しては『臨時雑要』によることがわからなくなっているものも多いであろう。

おわりに

このように、『新撰字鏡』の編者は漢語抄類である『臨時雑要』を、さまざまな形で取り込もうとした。本体の和訓注として利用し、また、項目全体を意義分類の形で引用した。しかし、それでもなお、完全に溶かし込めない部分があり、それが（または、その一部が）〈臨時雑要字〉として、巻末に掲げられたものであろう。

取り込むことが困難であったのは、辞書としてのありようが、漢語抄類と『新撰字鏡』との間で大きく異なっており、『新撰字鏡』は、ありようの異なった材料を完全に消化することができなかったからである。漢語抄類は日本語を漢字として表記するための「用字字書」（貞苅　一九八三）であり、ことばの単位としては日本語を基準にしている。熟字掲出項目も多い。そして、イロハ順のような日本語による音引きが発達していない時代に、日本語から漢字表記を導き出すためには、意義分類体をとらざるをえない。(58)そのような漢語抄類を、漢字を単位とし、部首分類体をとる『新撰字鏡』のような漢漢辞書に統合することは難しい。漢語抄類は辞書の形式で豊富な和訓を提供してくれる数少ない材料であったが、その和訓を活用しようとすることが、必然的に不統一をまねいてしまう。『新撰字鏡』が『臨時雑要』を、〈臨時雑要字〉という、材料そのままの形で引用したのは、そうするよりほか、『臨時雑要』の和訓を活用する手だてがなかったからである。『新撰字鏡』が材料そのものを附載していることには、材料に依存する古辞書のあり方が如実に示されている。

材料に依存するということは、辞書の構成そのものが材料に規定されるということである。『一切経音義』の改編を目的とした、三巻本の第一次『新撰字鏡』（寛平四年〈八九二〉夏、『新撰字鏡』序文参照）が完全な部首分類体となっていたかどうかは疑わしいとされている（吉田 一九五九、池田証寿 一九八二）。「それは音義的性格をなお濃厚にあわせもつ、所収項数の少ない小規模な辞書であった」（池田証寿 一九八二：一八）可能性が高い。材料である音義の形態を色濃く受け継いでいたと考えられる。

それが、現在見るような単字掲出・部首分類体となるのに、第二次編纂時（序文によると昌泰年中〈八九八〜九〇一〉）に利用された単字字書、『切韻』『玉篇』が何の影響も及ぼさなかったとは考えられない。『切韻』『玉篇』を十分に活用しようとすれば、単字掲出という形態が望ましく、また、多量の単字を日本人が容易に引くことができる形で配列しようとすれば、音引きではなく、『玉篇』のような字形引きとなる(59)。

そして、それらにさらに増補する形で和訓注を加えようとする際(60)、和訓を持つ文献・材料の性格によって、『新撰字鏡』は構成上の大きな変更を被らざるをえなかった。その現れの一つが意義分類体の併用であろうが、結局、部首分類と意義分類とを十分に整理統合するには至らなかった。その破綻の最も顕著な現れが〈臨時雑要字〉であろう。『新撰字鏡』に見られる不統一の原因、少なくとも原因の一部は、材料に依存する古辞書のあり方と、和訓を採録しようとすること自体の中にあったと見なければならない。

註

（1）『新撰字鏡』の部名を〈 〉で示す。

（2） 本章で言う「古辞書」とは、主として、平安時代に日本で作成された、和訓を伴う辞書を指す。『新撰字鏡』を中心に、『倭名類聚抄』『類聚名義抄』を想定して述べることが多い。

（3）現存完本は天治元年（一一二四）写（法隆寺一切経、宮内庁書陵部現蔵）、天治本と称する。和訓部分を抜き出した抄録本として享和本（享和三年〈一八〇三〉刊）、群書類従本などが知られる。

（4）「〇二一6」は複製本の頁数と行数（二一頁六行目）。行数は標出字の位置により示す。原本で注文部分は割注。以下同様。

（5）(A)熟字掲出を主とする部分は、巻一〈天部〉の後半、巻二〈親族部〉、巻七〈本草木異名〉〈本草草異名〉、巻八〈本草鳥名〉、巻十二〈臨時雑要字〉、および、巻十二の〈重点〉〈連字〉である。〈重点〉は「浪々」のような重言を集成したものであり、「集字の参考文献には一切経音義、爾雅釈訓、玉篇の釈義が主となって」（貞苅　一九八九：二二六）いる。和訓は少ない。〈連字〉は「不肖」「嵯峨」「猶豫」といった熟字をあげる。項目の半分程度に和訓が見られる。典拠は、「「已上諸経論之内連字」と標示した部分は『一切経音義』によるものが多く、「以（大槻注、天治本「已」）下出従外書」の部分は『文選』（作者不詳の注文をもつ）によるものがほとんどで、（中略）「已下随見得耳」の部分は漢文注がなく和訓のみが注記されている。経典漢籍などに書き込まれていた傍訓などからの採録であろうと想像され」（貞苅　一九八九：二二六）ている。

（6）(B)意義分類となっているのは、巻一〈天部〉の後半、巻二〈親族部〉、巻七〈本草木異名〉〈本草草異名〉、巻八〈本草鳥名〉、巻十二〈臨時雑要字〉である。本文を欠くが、「数字第百五十六」も意義分類であったかもしれない。

（7）正確には、(B)が(A)に包含されている。重ならない（(A)であって(B)でない）のは、〈重点〉〈連字〉である。その意味するところは、熟字掲出(A)であれば、〈重点〉〈連字〉のような形態分類に従うか、意義分類(B)に従っているということである。

（8）漢土の本草書を下敷きにしたものであろう。

（9）以上の典拠の指摘は、主として貞苅（一九八三）による。

（10）部首分類＋形態分類（〈重点〉〈連字〉）。

（11）巻十二は、〈雑字〉を除くと、〈重点〉〈連字〉〈臨時雑要字〉より成るから、巻全体として異質である。〈重点〉以下は『新撰字鏡』編纂の最終段階で加えられたとの意見がある（馬淵　一九八二）。

（12）舎宅章、農業調度章、男女装束及資具章、機調度及織縫染事、馬鞍調度章、木工調度章（鍛冶調度字）、田畠作章、諸食物調饌章、海河菜章。「鍛冶調度字」は「木工調度章」の下位分類と見る。

（13）□は虫損箇所。中に文字のあるものは推定補読。以下同様。抄録本は臨時雑要字を持たず、対校できない。

（14）注文として、和訓注と漢文注とはレベルが異なるものであり、和訓の収集は漢文注の収集とは異なった種類の作業であったと考えられる。このこと、以下に述べる。

(15) 項目数は注文によって計数する。和訓はあるなしのみを区別し、複数の和訓が記されている場合も一例とカウントする。

(16) 和訓が集中する小学篇字・〈臨時雑要字〉を除くと、平均は一〇%程度となる。

(17)「小学篇字」と称する部分が数カ所に見られる。木部、草部では「小学篇字及本草木異名」のような形で、本草と一組に部を立てる。また、女・酉・金・鳥・虫・魚、各部の末に「以上五字出自小学篇」「以下出自小学篇」「小学篇字」のように表示される部分がある。これらの項目は標出字と和訓のみによって構成されており、標出字には和製漢字を含むことが指摘されている。「小学篇」という名称の書物から引用されたものと言われる（澤瀉 一九四四、山口 一九六三、貞苅 一九八三。山口（一九六三）は小学篇を漢語抄類と見る）。小学篇字は単字掲出であり、部首分類に従っているが、漢文注を持たないことで、他の単字掲出部分とは様相を異にする。

(18)〈木部〉「本草字」（四一六、天治本「次本菓字」に作る、享和本・群書類従本「已下本草木名」）、〈草部〉「本草草異名」（四五四）。

(19) 註(5)参照。

(20) 本文主義については池田源太（一九六九）参照。古辞書と本文主義については山田（一九九五）、宮澤（一九九八）参照。

(21) 池田証寿（一九九八）など。

(22) 一部に「切韻」「小学篇」の表示が見られる。

(23) あるいは、「何であるかを示すこと」。

(24) 同様の見解は川瀬（一九五五）、吉田（一九五九）、以下多く見られる。

(25) また、一方で、同じ和訓が複数の漢字の訓みともなる。

(26) 和訓の文字は享和本・群書類従本による。天治本「阿奈牟加志」に作る。「……」は注文の引用を省略したことを示す。以下同様。

(27)「可吹又可咲」や「樂溢」などは、それも疑問である。

(28) 本章第三節第2項参照。

(29) 醍醐寺本・一八ウ8。訓合符あり。『醍醐寺蔵本遊仙窟総索引』（築島裕他編、汲古書院、一九九五年）による。「都盧」は「六朝から唐にかけて用いられた俗語」（湯浅 一九八二：二）。唐代の俗語については塩見（一九九五）を参照（「都盧」についても五〇～五一頁に言及している）。
（30）上巻第十三縁。日本古典文学大系『日本霊異記』（岩波書店、一九六七年）による。上巻の底本は興福寺本。金剛三昧院本（高野本とも、原本所在不明、その模本である国立国会図書館本による）には「弥佐乎」と作る（金剛三昧院本の模本を上巻の底本とする群書類従本〈狩谷棭斎校本〉も同様）。
（31）この単位認定には、訓読史の中で時代的変遷が見られる。平安時代中期については石塚（一九八五・一九八六）を参照。
（32）玄応撰『一切経音義』。
（33）編者によって和訓が付されることも想定できる。たしかに、漢文注を訓み下して成立したと考えられる和訓もある。築島（一九六九：一六四）は「この和訓の源は明でないが、中には漢字に附せられた漢文の注を和訳してその字の訓としたやうなもの（「跂鹿乃乎止利阿之曽」など）なども少なからず存するやうである」と指摘する（近時では内田（一九九六）なども参照のこと）。しかし、それらとても、誰がいつの時点で訓み下したものかは確定できない。ここでは、基本的に和訓も典拠に基づき記入されたものと考える。
（34）現在までに指摘されているのは、『日本霊異記』『文選』『遊仙窟』などである。
（35）註(17)参照。
（36）漢字に対し和訓が示されているのだから、訓点本の傍訓も「標出字＋注文」の形態をみたすように見える。しかし、傍訓はあくまでひとつながりの「文」を理解するためのものであって、標出字のような明示的単位に分割されていない点で、辞書とは異なる。
（37）訓点本から和訓が体系的に収集されるのは、『類聚名義抄』をまたねばならない。
（38）このように、漢字漢語を和語で解釈する適当な書物がなかったことは、ほぼ同時代に成立した、『倭名類聚抄』序文中の勤子内親王の教命からもうかがえる。
（39）「小学篇」を除く。
（40）本章第一節第2項を参照。
（41）宮澤（一九九八）の言うとおり、「倭名類聚抄を「漢語抄類の集成」と見るには、やはり楊氏漢語抄・弁色立成・日本紀私記・本草和名の四書を漢語抄類としなければならないであろう」（二五二頁）が、ここでは、『新撰字鏡』、とりわけその〈臨時雑要字〉

について論じているので、貞苅（一九八三）の定義、「古代の「漢語抄類」（「弁色立成」、「楊氏漢語抄」、「漢語抄」を一括してかく呼ぶこととする）」（貞苅 一九九八：一一一）に従っておく。

(42) 本章第一節第1項を参照。

(43)〔 〕内は割注。天治本、割注部分を「末在部字等」に作る（〇一七6）。

(44) しかし、先に引いた序文の記述に従う限り、〈臨時雑要字〉は、異質ではあるが『新撰字鏡』の一部分であったということになる。ここでは、〈臨時雑要字〉は『新撰字鏡』と内容的に無関係であったが、書写時にたまたま末尾に書き添えられた、との解釈は採らない。

(45)〈臨時雑要字〉の分量がごくわずかであり、また、内容が、舎宅章、農業調度章、男女装束及資具章、機調度及織縫染事、馬鞍調度章、木工調度章（鍛冶調度字）、田畠作章、諸食物調饌章、海河菜章のように偏っていることから、そのように考えられる。

(46)「鳴鏑 加夫良」（七七九4・臨）―「鏑 ……左支又奈利加夫良」（三六八1・金）（和訓の文字は享和本・八一五による。天治本「矢佐支」に作る）のようなものは除いた。また、虫損により対応を確かめられないものがある。「杼枰栙 三字比□」（七八一2・臨）の虫損部分が「比伊」であれば、「杼 ……比伊」（三九八1・木）と一致する。

(47) この比較作業は、『天治本享和本新撰字鏡国語索引（増訂再版）』（京都大学文学部国語学国文学研究室編、臨川書店、一九七五年）と『古字書綜合索引』（長島豊太郎編、日本古典全集刊行会、一九五八年・一九五九年）とによって助けられた。別表(26)「弥布□」は「祢」を「弥」に誤るか。別表(33)「伊阿波須」は「伊（止）阿波須」の誤りか。

(48) より厳密には、〈小学篇字〉〈連字〉などは別にすべきであるかもしれない。

(49)「榭 ……阿波良又太奈又須波志」（三八九4・木）の注文は、別表(15)と(18)の〈臨時雑要字〉の注文によって構成されたものだと考えると理解しやすい。別表(45)と(46)、(49)と(50)も同様である。

(50)『新撰字鏡』の材料がすべて現存するのではない以上、そのような証明はそもそも不可能である。別表(16)(19)(25)(31)(32)(38)(57)など、正確に一致しないものは対応を疑うこともできる。また、別表(33)(34)(41)(53)(55)(59)のように一方が訓字を用いており、表記が異なっている場合も問題となろう。ただし、『新撰字鏡』においては、同一項目の和訓について、天治本・享和本・群書類従本の間で、このような表記の食い違いが見られることも珍しくないため、表記と原拠とを直接関係づけて議論することは難しい。

(51) また、〈臨時雑要字〉にしか見えない文字もある。これは『臨時雑要』によって、〈本体〉に増補できたはずの項目である。

(52)〈本体〉部分に利用された項目と利用されなかった項目があるということになる。ここで、その取捨選択に一定の基準があったのかどうかに関心が持たれる。しかし、原理的に、『臨時雑要』を利用した項目を確定することが不可能な以上、その基準は不明とせざるをえないであろう。
(53) つまり、対応するものはもっと多かった可能性がある。加えて、元来一致しているものでも、〈本体〉〈臨時雑要字〉どちらかに誤写があれば、上記のような対応は拾えなくなる。
(54) 別表の(41)(42)(49)〜(55)である。ただし、(41)については、対応として金部小学篇字だけを指摘している。
(55) 貞苅（一九八三）は「部首部からの増補項には他に「小学篇」から採られているものがあると思われる」（貞苅　一九九八：一四一）と述べ、小学篇字から〈臨時雑要字〉への増補を想定している。以下の批判は、貞苅（一九八三）を直接の対象にしたものではなく、増補の方向として「『新撰字鏡』〈本体〉→〈臨時雑要字〉」を考えることに対する批判である。
(56) そのために、〈臨時雑要字〉と〈本体〉とに共通部分が見られる。
(57) このことから考えうるのは、以下の二点である。①意義分類体の併用は、（少なくとも部分的には）材料である『臨時雑要』が意義分類体をとっていたことに起因する。②〈臨時雑要字〉は『臨時雑要』の全載ではない。他に〈親族〉や〈本草〉などの章があったという意見がある（貞苅　一九八三）。現存〈臨時雑要字〉の部門に偏りがあるのは、それが『臨時雑要』のうち、『新撰字鏡』の構成に吸収できなかった残余であるためかもしれない。
(58) そして、その分類は『新撰字鏡』に溶かし込むことが可能な意義分類ではなかった。
(59) ただし、『玉篇』と『新撰字鏡』とでは部首数や部首構成が大きく異なることには注意が必要である。
(60) 和訓の増補がどの時点で行われたかはわからない。和製音義、私記等の利用により、和訓の一部はもとから存した可能性もある。

使用テキスト

『新撰字鏡』は『天治本　新撰字鏡　増訂版　附享和本・群書類従本』（京都大学文学部国語学国文学研究室編、臨川書店、一九六七年）による。

参考文献

池田源太　一九六九「平安朝に於ける「本文」を権威とする学問形態と有職故実」（『延喜天暦時代の研究』古代学協会編、吉川弘文館）
池田証寿　一九八二「玄応音義と新撰字鏡」（『国語学』一三〇）
池田証寿　一九九八「貞苅伊徳著「新撰字鏡の研究」解説」（貞苅一九九八所収）
石塚晴通　一九八五「岩崎本日本書紀初点の合符」（『東洋学報』六六―一～四合併号）
石塚晴通　一九八六「岩崎本日本書紀初点の合符に見られる単語意識」（『築島裕博士還暦記念 国語学論集』明治書院）
内田賢徳　一九九六「新撰字鏡倭訓小考」（『国語語彙史の研究』一六）
太田晶二郎　一九八四「尊経閣　三巻本 色葉字類抄　解説」（『尊経閣　三巻本 色葉字類抄』勉誠社）
澤瀉久孝　一九四四「解題」（『新撰字鏡』京都大学文学部国語学国文学研究室編、古典索引叢刊3、全国書房）
川瀬一馬　一九五五『古辞書の研究』（大日本雄弁会講談社。『増訂 古辞書の研究』〈雄松堂出版、一九八六年〉によった）
蔵中　進　一九九八「『新撰字鏡』と『楊氏漢語抄』・『漢語抄』・『弁色立成』」（『国語と国文学』七五―一）
阪倉篤義　一九六七「新撰字鏡の再検討―享和本を中心に―」（『本邦辞書史論叢』山田忠雄編、三省堂）
貞苅伊徳　一九五九「新撰字鏡の解剖〔要旨〕―その出典を尋ねて―」（『訓点語と訓点資料』一二、貞苅一九九八所収）
貞苅伊徳　一九六〇「新撰字鏡の解剖〔要旨〕付表（上）」（『訓点語と訓点資料』一四、貞苅一九九八所収）
貞苅伊徳　一九六一「新撰字鏡の解剖〔要旨〕付表（下）」（『訓点語と訓点資料』一五、貞苅一九九八所収）
貞苅伊徳　一九八三「『新撰字鏡』〈臨時雑要字〉と『漢語抄』」（『国語と国文学』六〇―一、貞苅一九九八所収）
貞苅伊徳　一九八九「日本の字典　その一」（『漢字講座2　漢字研究の歩み』明治書院、貞苅一九九八所収）
貞苅伊徳　一九九八『新撰字鏡の研究』（汲古書院）
塩見邦彦　一九九五『唐詩口語の研究』（中国書店）
陳　力衛　一九九八「語構成から見る和製漢語の特質」（『東京大学国語研究室創設百周年記念 国語研究論集』汲古書院、陳力衛『和製漢語の形成とその展開』〈汲古書院、二〇〇一年〉所収）
築島　裕　一九六九『平安時代語新論』（東京大学出版会）
築島　裕　一九七三「古辞書における意義分類の基準」（『品詞別日本文法講座10　品詞論の周辺』鈴木一彦・林巨樹編、明治書院）

濱田　敦　一九六七「和名類聚抄」（『山田孝雄追憶 本邦辞書史論叢』三省堂。濱田敦『日本語の史的研究』〈臨川書店、一九八四年〉所収）
馬渕和夫　一九八二「『新撰字鏡』の「借音」について」（『中央大学国文』二五）
宮澤俊雅　一九九八「倭名類聚抄と漢語抄類」（『東京大学国語研究室創設百周年記念 国語研究論集』汲古書院）
山口角鷹　一九六三「小学篇と漢語抄」（『日本中国学会報』一五、山口角鷹『増補 日本漢字史論考』〈松雲堂書店、一九八五年〉所収）
山田健三　一九九五「奈良・平安時代の辞書」（『日本古辞書を学ぶ人のために』西崎亨編、世界思想社）
湯浅幸孫　一九八二「新撰字鏡序跋校釋」（『国語国文』五一―七）
吉田金彦　一九五九「新撰字鏡とその和訓の特質」（『芸林』一〇―五）

別表〈臨時雑要字〉と『新撰字鏡』〈本体〉との比較

〈臨時雑要字〉	『新撰字鏡』〈本体〉
・舎宅章	
(1) 樑檼臬　□字牟祢（七七六8・臨）	檼　…牟祢（三八九8・木）
(2) □櫼樴　三字宇豆波利（七七七1・臨）	櫼　…宇豆波利（三九九7・木）
	樴　…宇豆波利（四〇〇1・木）
(3) 桁構　二字介太又太奈（七七七1・臨）	桁　…介太又豆奈棫也（三九一2・木）
	構　…介太又太利木也（三九〇6・木）
(4) 榱楷榴椽　四字波戸木（七七七2・臨）	榱榱榱　…波戸木（三九〇6・木）
	楷　…波戸木（三九〇8・木）
(5) 楒　豆志（七七七4・臨）	柵　…豆志也（三九三2・木）（享和本「楒」）
(6) 栿　柱奴支又波自木（七七七4・臨）	栿　…柱奴支又波志支（三九〇8・木）
(7) 栭　太丶利（七七七5・臨）	栭　…太丶利又牟加栗也（三九一5・木）
(8) 楷門居　止佐之（七七七5・臨）	店　…止佐之（六五四3・戸）
(9) 関鑰　上同〈止佐之〉（七七七5・臨）	鑰　…止佐志（三六八5・金）
(10) 檬　衣豆利（七七七6・臨）	檬　衣豆利（四一四4・木〈小学篇字〉）
(11) 庇　又上同〈比左之〉（七七七8・臨）	庇　…比佐志（六〇七6・广）

(12) 榮庍　皆比左之（七七七8・臨）
(13) 客亭　阿波良（七七七8・臨）
(14) 窨　柒（漆）屋（七七八1・臨）
(15) 榭　須波志（七七八1・臨）
(16) 鵶吻　…久豆加左（七七八1・臨）
(17) 鎰　上同〈加支〉（七七八2・臨）
(18) 棚栬皮榭枻　五字太奈（七七八2・臨）

・農業調度章

(19) 鉏　豆恵須支（七七八6・臨）

・男女装束及資具章

(20) 韘　弓加介（七七九2・臨）
(21) 射揩　又上同〈弓加介〉（七七九2・臨）
(22) 靸　也奈久比（七七九3・臨）
(23) 蓑　…尓乃（七七九6・臨）
(24) 梳櫛　二字久志（七七九7・臨）
(25) 鐕子　加无佐志（七七九8・臨）

榮　…比佐志（也）ー（〇五一7・火）
客亭　…阿波良（七七〇7・連字）
窨　…柒屋（六六一6・穴）
榭　…阿波良又太奈又須波志（三八九4・木）
鵶吻　…倭云久都加多（七七二7・連字）
鎰鎰　…加支（三六九上・金）
棚　…太奈也（三九〇1・木）
皮　…多奈（二〇二7・支）
榭　…阿波良又太奈又須波志（三八九4・木）

鉏　…須支（三六七6・金）

韘　…加介（五四九8・韋）（享和本「弓加介」）
射揩　…弓加介（七六九3・連字）
靸　…豆与支又也奈久比（二七六8・革）
蓑蘘　尓乃又阿井加良（四五三2・草〈小学篇字〉）
梳梳　…櫛也久志也（三九三4・木）
鐕鐕　…加美佐志（四七五6・竹）

(26) 鑷子　弥布志（七七九8・臨）

(27) 履屉（屜）　久豆和良（七八〇4・臨）

(28) 袂衣　合乃己呂毛（七八〇5・臨）

• 機調度及織縫染事

(29) 纙車　奴支加不留（七八一2・臨）

(30) 筬　乎佐（七八一2・臨）

(31) 絣着　阿良佐須（七八一5・臨）

(32) 搓線　糸与留（七八一5・臨）

(33) 線　糸合又糸豆毛久（七八一6・臨）

• 馬鞍調度章

(34) 鞫靳鞡鞦鞍鞃　六字尻加支（七八一8・臨）

(35) 䩬䩠靮（靭）鞘䩬靰韉　七字牟奈加支（七八一8・臨）

(36) 鞚　上同〈久豆和豆良〉（七八二2・臨）

(37) （屉背）屉脊　奈女（七八二2・臨）

鑷　…祢不志（三七二3・金）（享和本による、天治本「加奈波志」）

屉　…久豆和良（一八三4・尸）

履屉　…久豆和良（七七〇5・連字）

袂　…合乃己呂毛又綿乃己呂毛（二三三2・衣）

纙　…奴支加不利（二一六7・糸）（享和本「奴支加夫留」）

纙車　…奴支加不留歟（七七三3・連字）

筬　…乎佐（四七四2・竹）

絣着　…己呂毛乃阿良佐志須（七七三3・連字）

搓　…与留又太毛牟（五九九2・手）（甲本「伊止与留」〈『新撰字鏡国語索引』二七頁上〉）

線搓　…伊阿波須又糸豆毛久（七七三2・連字）

鞦　…之利加支（二七五7・革）

靭　…牟奈加支（二七五6・革）

鞚　…久豆和又久豆和豆良也（二七五8・革）

屉脊　…奈女（七七〇5・連字）

(38)　鞍　久良（七八二2・臨）
(39)　䩭　於毛豆良又阿不弥（七八二4・臨）
(40)　鞴䩦　二字志太久良（七八二5・臨）（掲出下字に転倒符あり）
(41)　鑆勒　二字口和（七八二5・臨）
(42)　𨥉　馬乃加美波佐美（七八二7・臨）
(43)　鞕筞箠　三字宇不知（七八二7・臨）

・木工調度章

(44)　借木　己須利（七八三1・臨）
(45)　未（木？）錯　上同〈己須利〉（七八三1・臨）
(46)　錯　也須利（七八三2・臨）
(47)　鑿　乃弥（七八三3・臨）
(48)　鋸　乃保支利（七八三3・臨）
(49)　銜　加豆知（七八三3・臨）
(50)　釿　上同〈加豆知〉（七八三3・臨）
(51)　𨥥𨥁　二字毛知支利（七八三3・臨）
(52)　錠　加奈（七八三4・臨）
(53)　鋧　又万、利金（七八三4・臨）

鞍　…馬乃久良也（二七五7・革）
䩭　…於毛豆良又阿夫美（二七六2・革）
輻　…之太久良也（二七五8・革）（天治本、項目全体が前の掲出字の割注に入る）
勒　…久豆和又久豆和豆良也（二七五7・革）
鑆釛　二字久豆和（三八一1・金〈小学篇字〉）
𨥉　馬乃加美波左弥（三八一3・金〈小学篇字〉）
筞策　…阿布留又夫知（四七四6・竹）（享和本「宇夫知又阿天留」）
借木　…己須利（七六九3・連字）
錯　…己須利又也須利又乃保支利（三七六3・金）
錯　…己須利又也須利又乃保支利（三七六3・金）
鑿鑿　…乃弥（三七六1・金）
鋸　…乃保支利（三七〇1・金）
銜釿　二字加豆知（三八〇8・金〈小学篇字〉）
銜釿　二字加豆知（三八〇8・金〈小学篇字〉）
𨥥𨥁　二字毛知支利（三八〇2・金〈小学篇字〉）
錠　加奈（三八〇5・金〈小学篇字〉）
鋧　勾金（三八〇5・金〈小学篇字〉）

(54) 鋑　波左美（七八三4・金）　　鋑　波左美（三八〇5・金〈小学篇字〉）

(55) 鏍　太豆支（七八三4・臨）　　鏍鎼鏍　三字立鬼（三八〇7・金〈小学篇字〉）

▲鍛冶調度字

(56) 鐵鎚　加奈豆知（七八三6・臨）　　鎚　…加奈豆知（三七六7・金）

(57) 鐵礁　加奈志支（七八三6・臨）　　礁　…加奈志石（三一四1・石）（享和本「加奈志支乃石」）

●田畠作章

(58) 稲　[田]加戸須（七八四1・臨）　　稲穧　…田加戸須二同（四六七4・禾）

●諸食物調饌章

(59) 精粋粺□穖眲（眀）昨業糓　八字米志良久（七八四6・臨）　　粺　…与祢之良久（二四二6・米）

(60) 羹羹䰨鬻鬻　五字阿豆毛乃羹者以五味調（七八五1・臨）　　羹　…阿豆毛乃（四九九1・羊）
羹　…阿豆毛乃（六九七3・首角）

(61) 酒醸酒　佐介[加牟]（七八五1・臨）　　醸醸醸　…佐介加牟（二五五6・酉）

(62) 酘酒　曽比須（七八五2・臨）　　酘　…曽比寸（二五五7・酉）（享和本「曽比須」）

(63) 糟粕　二阿万加須（七八五3・臨）　　糟粕　…二字訓同阿万加須（二四二1・米）

(64) 糟　加太加須（七八五3・臨）　　糟　…加太加須（二四二2・米）

•海河菜章

一致例なし

第二章　『倭名類聚抄』の和訓

——和訓のない項目——

はじめに

1　和訓のない項目

「倭名（和名）」類聚抄と名乗っていながら、『倭名類聚抄』（和名抄）に和訓の見られない項目があることはよく知られている。まず、巻頭第一番目の項目が和訓を欠いている。

(1)　日　造天地経云、仏令宝応声菩薩造日（①一二オ）(1)

また、

(2)　梅檀　唐韻云、梅檀（仙壇二音、此間云善短）(2)香木也……（⑩八七ウ）(3)

のように、音読するのが普通で、対応する和語を持たないものもある。

このように、和訓が見られない項目には、大きく分けて二種類ある。一つが「日」のようにごく一般的・基本的な語で、和訓との対応が非常に強かったと考えられるもの、もう一方が、序文に「或復有以其音用于俗者、雖非和名既是要用、石名之磁石礬石、香名之沈香浅香、法師具之香爐錫杖、画師具之燕脂胡粉等是也」というように、音読され

たものである。(4)

後者については、和訓がないのになぜ「和名」類聚抄に掲載されているのか、という点をおくとすれば、(5)「和名をしるそうにもしるすことの出来ない語」(濱田　一九六七：四一三)であるから、和訓がないことは当然で、とくに問題はない。

ここで問題としたいのは前者、非常に一般的・基礎的な語で、対応する和訓を容易に与えることができそうな語である。簡単に与えることができる和訓をなぜ注文に加えないのだろうか。

このことについて、狩谷棭斎は「日」項目の『箋注』に、次のような説明を与えている。

(3)　又按、日月風人子顔目口毛身鳥皆不載倭名、蓋是諸名、衆人所明知、無可疑、故従略也(①一二ウ)

「日月風人子顔目口毛身鳥」等の項目が和訓を載せていないのは、「誰もが明らかに知っていて、疑いようのないものだから、省略したのだ」と説明する。つまり、簡単だからこそ必要ないというわけだ。

しかし、「やや意地の悪い見方をすれば、「星(保之)」「雲(久毛)」は和名を記すほどのものであったのか、とも言える」(山田健三　一九九二：一)との批判があるように、その基準は曖昧である。(3)で和訓のない例として引かれた「目・口」と、和訓を持つ「耳(美々)」「鼻(波奈)」とを見比べる時、そこに合理的な差異を見つけることは難しい。あるものが和訓を持ち、あるものは持たない、その偶発性をどのように解釈すればよいのだろう。

山田健三(一九九二)は先の引用に続けて、「しかし「衆人所明知、無可疑、故従略」という原則を認めるならば、和名を記さないことに積極的な意味を求める方が間違っている」(一頁)と述べる。『倭名類聚抄』の原則を、すべての項目に和名を与える、と解釈すればこそ、和名がないという現象が浮かびあがって見えてくるけれども、実態は、すべての項目に和名を与えているわけではないから、和名がないものは、当たり前の対応なのでたまたま注することをしなかっただけ、と理解できるということだろう。棭斎のことばにあてはめて言えば、「誰もが明らかに知っていて、疑いようのないものは、省略することもある」という解釈だ。

しかし、その留保にもかかわらず、「やや意地の悪い見方」は依然として有効であるように思う。というのも、省略する・しないは編者源順の判断による偶然の産物だ、という解釈は、順が和名を与えることを暗黙の前提としているが、(6)この前提そのものに問題がある可能性があるからだ。つまり、「日」に対して「ヒ」という和訓を、順は自由に付すことが可能だった、と考えること自体が誤りなのではないか。

2 源順オリジナルの和訓はあるのか

『倭名類聚抄』に和訓を持たない項目があるのはなぜかという問題を考えるために、もうひとまわり大きくかつ根本的な疑問を提出し、それに対する仮説を示すことで、解決を図りたい。それは、『倭名類聚抄』の和訓に源順オリジナルはあるのか、それとも、和訓はいずれも何がしかの根拠を持っているのか、という問題である。ここで、源順オリジナルとは、編者源順がとくに典拠を持つことなく記入した和訓という意味である。

一 辞書と類書

1 類書的

『倭名類聚抄』は類書的であるとよく言われる。

意義分類体という全体の構成が類書と共通しているだけでなく、その注文にもいちいち出典をあげ、典拠集としての側面を持っている。集録の範囲が名詞的なものに偏ることも共通する。部類の名称についても、『藝文類聚』等、中国製類書の影響が指摘されている。(7) 序文には類書『文館詞林』『白氏事類（白氏六帖）』の名が見える。類書は諸書からの抜き書きである。基本的に用例の集成であって創見は含まない。二次資料であることをその本質とする。類書であるということは、「基本的に全ての記述がオリジナルではない」ということである。

2　序　文

『倭名類聚抄』の編纂目的はその序文、なかでも公主教命の部分によく語られている。宮澤（一九九八）によって整理された教命部分を見てみよう。

(4)　「聞くところでは、官途を目指し学業に励む人は経学・詩文に努め漢語漢文を操って、日本語に頼ろうとはしない。このため、文館詞林や白氏事類も詩作の便に供するのみで、漢字語義を和語で解する役を果たせない。この役を果たし得るものは、①弁色立成、②楊氏漢語抄、③和名本草、④日本紀私記の四つの漢語抄である。②③はわずかな内容、④は日本語が多いけれど殆どが古語で、漢語に対比し得る和名は少ない。①は②と同類で、記述が長くなっている。それ以外の漢語抄は撰者も不明である。甲書とも業書とも言われ、記述がまちまちで詳しいことが分からない。「よみ」や意味の記述のないものや怪しげな語も見られる。そなたは、私にもわかるように四つの漢語抄をまとめよ」（宮澤　一九九八：二五四）。

教命の末尾に「汝集彼数家之善説、令我臨文、無所疑焉」とある。善説を集めることを命じているのであって、源順オリジナルの見解を求めているのではない。また、序文全体の末尾には「僕雖誠浅学、而所注緝皆出自前経旧史倭漢之書、但刊謬補闕、非才分所及」とある。いくらかオーバーな謙辞ではあろうが、全くの虚言とも考えられない。

類書は書物の蓄積がなければ生まれない。類書は、書物の蓄積をふまえ、それらを整理し、それらの中から必要な記述を摘記することで、効率的に情報を処理するための手段である（木島 一九九四）。『倭名類聚抄』編纂時においても、材料となった漢語抄類は、中国の大部な辞書・類書と比較すれば、「纔」「一端」（序文）という状態ではあったけれども、ともかく複数のものが並び立ち、序文に「俗説両端未詳其一矣」「汝集彼数家之善説」というように、整理が必要な状態であった。

『倭名類聚抄』は「漢語抄類の集大成である」と言われる（貞苅 一九八三、不破 一九八三、太田 一九八四、宮澤 一九八六、不破 一九九一、山田健三 一九九二、宮澤 一九九八）。漢語抄類の情報を整理し校定することが『倭名類聚抄』の第一の目的としてあった。その成立事情からいっても、『倭名類聚抄』はたしかに類書的な編纂物であった。

漢語抄類は、『本草和名』を除き、後世にその姿をとどめていない。『新撰字鏡』『倭名類聚抄』を通して、わずかにその片鱗をうかがうことができるばかりである。あるいは、漢語抄類は、これらの両辞書、とりわけ『倭名類聚抄』に消化吸収されることにより、その存在意義を失ったのかもしれない。(8)

3 今案

それでは、『倭名類聚抄』全体が何らかの根拠を持った記述のみで構成されているか、といえば明らかにそうではない。源順オリジナルであることを明示している部分がある。「今案」である。

しかし、その「今案」でさえ、根拠をもって記されることが多い。

(5) 礐石 唐韻云、礐……〔今案又有特生礐石、見呉氏本草〕（①六七オ）

(6) 水手 ……日本紀私記云、水手〔加古、今案加古者鹿子之義、見于本書注矣(9)〕（①一〇三ウ）

「今案」については序文に「或復有俗人知其訛謬不能改易者、鮏訛為鮭、榲読如杉、……、若此之類注加今案、聊明故老之説、略述閭巷之談」とあり、「今案」は「故老之説」「閭巷之談」によると言っている。

また、「今案」という注記が見られるということは、裏返して言えば、「今案」という注記がない部分については「今案」ではない、つまり、原則として源順オリジナルの注ではないということになる。(10)

4　未　詳

『倭名類聚抄』の注文には「未詳」という注記がある。

(7)　鬼皂莢　楊氏漢語抄云、鬼皂莢〔造協二音、久々佐〕一云欝茂草〔弁色立成云、欝萠草、今案本文未詳〕(⑨五三オ)(11)

(8)　襷褌　續齋諧記云、織成襷〔本朝式用此字、云多須岐、今案出音義未詳〕……(④一九ウ)

「今案」として順の見解を述べていながら、その内容を見ると、(7)は「この語の表記を決定すべき本文がない」、(8)は「この文字をタスキと読む根拠が不明である」という程度の意味であろう。そのような態度で判断を保留するのが順のとったやり方であった。つまり、根拠のあることのみを述べ、それ以上のことは言及しない態度である。

『倭名類聚抄』がそのように類書的な書物であるとするならば、和訓に限って、何の根拠もなく記入されていると考える理由は何もない。

二　古辞書の和訓

『倭名類聚抄』を中心に、その前後の古辞書における和訓のあり方を観察してみよう。

『倭名類聚抄』は承平年間（九三一〜九三八）、承平四年（九三四）頃に源順によって編まれた辞書である。その三十余年前、昌泰年間（八九八〜九〇一）に僧昌住によって編纂されたのが『新撰字鏡』である。『新撰字鏡』も注文の中に和訓を掲載しているが、その割合は低く（全項目の一五％程度、大槻（二〇〇二）〈本書第二部第一章〉参照）、和訓には補助的な機能しか与えられていない。『新撰字鏡』の和訓は基本的にすべて漢語抄や訓点本、訓釈の類によるものと考えられている。

『倭名類聚抄』から約一六五年後、一一〇〇年前後に原撰本が編纂されたと考えられるのが『類聚名義抄』である。原撰本として残るのは図書寮本『類聚名義抄』のみ。また、十二世紀後半にはその改編本が誕生した。

図書寮本『類聚名義抄』の和訓も、基本的にすべて、『倭名類聚抄』や訓点本など典拠のあるものである。和訓の多くはその出典までも明示している。出典を示さない和訓も、編者によるものではなく、諸書からとられたものと考えられている（大槻（二〇〇一）〈本書第二部第三章〉参照）。図書寮本『類聚名義抄』の片仮名和訓の出典となった訓点本は漢籍に偏っている。[12] それは、仏書の訓読が割合柔軟性に富んでいたのに対し、漢籍の読みは早くに固定化・通用化していたためだ（築島 一九六九）と考えられている。さらに、池田（二〇〇一）は、「漢籍の場合には、典籍毎に注釈書が存在していたから、その注釈書を媒介にして和訓を導き出すことが可能であった」（二五二〜二五三頁）ことを指摘している。つまり、出典を持つだけでなく、さらにその和訓の出所が確実なものを収集しようとしていることがわかる。このことは、古辞書において、典拠の確かさへの希求がいかに強いものであったかをうかがわせる。

改編本『類聚名義抄』は原撰本を改編増補して編まれている。原撰本が基本的に漢漢辞書であるのに対し、改編本は漢和辞書を指向し、豊富な和訓をあげている。そこにあげられた和訓は、原撰本に基づくものが多いが、さらに、漢文注の実字訓を和訳したケースのあることが知られている。[13] このような和訓はたしかに編者による直接記入と考えられるだろう。しかし、それとても、漢文による実字訓という支えがあってのことである。

これらの古辞書を観察すると、辞書に掲載される和訓は、何らかの根拠を持つもののみが収集される傾向があることを指摘できる。辞書に文字を記す場合、何の支えもなしに、それを記入することは難しかった。

にもかかわらず、『倭名類聚抄』において、源順オリジナルの和訓があると漠然と考えられているのはどういう訳だろう。「順和名」と呼ばれるように、順の学識が有名であり、彼の存在が辞書の前面に見えてしまうこと、「俗云」のような注記があること、[14] そして、和訓の典拠を確かめる術が多くは与えられていないためだろうか。しかし、上に見た古辞書の流れの中で、ひとり『倭名類聚抄』のみが、その和訓に典拠を持たないとすれば、それはやや奇異にうつる。

三　古辞書と本文主義

『倭名類聚抄』は「本文」と「和訓」を示すことを目的としている。ここでいう本文とは、当該の漢語表記を含み持つ典拠のことである。典拠として、正格な漢籍が求められたことはいうまでもない。このように典拠を求める態度は平安期の類書・辞書等に広く見られる。このことについては大槻（二〇〇二）（本書第二部第一章）で述べた。

(9)「本文主義」と言われることがある。平安朝期の類書・辞書等に特徴的に見られる、典拠に基づいて記述を行おうとする態度を指す。『倭名類聚抄』や図書寮本『類聚名義抄』が出典を明記することも、その本文主義と関連付けて説明される。しかし一方で、『新撰字鏡』や改編本『類聚名義抄』、世尊寺本『字鏡』、『字鏡鈔』に出典表示はない。

この相違は、まず第一に、辞書的性格の違いとして理解できる。前者の辞書をより学術的、後者をより実用的と見ることは可能であろう。しかし、本文主義と言ったところで、出典の明示が必須でなかったことは注意されてよい。『新撰字鏡』は、貞苅伊徳によって「解剖」されうる程に出典に依拠していながら、本文中に出典の表示はほとんどない。『類聚名義抄』についていえば、「名義抄」というくくり方が有効であり、原撰本をもとに改編本が作られたと想定する限り、出典注記は「わざわざ」「削除」されている。したがって、古辞書における本文主義とは、典拠が「何であるか（を示すこと）」よりも、典拠を「持つかどうか」の方がはるかに重要であったと考えた方がよい。

掲出字や注文を、典拠を持つ記述によって構成しようとする態度は古辞書に共通して見られる。そして、そのような態度は辞書という書物の本質と深く結びついていたと考えられる。典拠に基づいて記述をなすということは、それ自身が典拠となりうるということでもある。辞書という編纂物が本質的に規範性を指向する以上、当然本文主義が要請される。

そして、典拠を求めて記述を作り上げるかぎり、典拠たる材料の側に寄りかかった編纂方法しかとれない。つまり、辞書のあり方が材料によって規定される。（大槻 二〇〇二）(15)

辞書というものは、本質的に、何かをふまえて作られる性格を持つ。出典名を表示するかどうかはともかく、辞書の記述には何らかの根拠が必要だ。そして、辞書の編纂が基本的に材料に制約されるものであるならば、材料にない記述を盛り込むことは原則としてできない。

四　『倭名類聚抄』の項目の作られ方

1　『倭名類聚抄』の項目の作られ方とその材料

『倭名類聚抄』の一番簡潔な注文形態は、以下のようなものである。

⑽　鹿杖　漢語抄云、鹿杖〈加勢都恵〉（⑤一三オ）

ここで説明として機能しているのは、和訓のみである。

この形式が『倭名類聚抄』の最小形態であるとすれば、『倭名類聚抄』の注文の最も根本的な機能は、ある漢語表記に対して本文（そして出典）をあげ、それに和訓を付すことであることがわかる。本文と和訓を一つの条項にまとめることで、両者を結びつけ、同定しているわけだ。源順の仕事は、根拠のある本文と和訓を発見することであり、それらを結びつけることであった。

⑽では、本文の出典として日本製の「漢語抄」が使用されている。序文にいう「若本文未詳、則直挙弁色立成・楊氏漢語抄・日本紀私記、或挙類聚国史・万葉集・三代式等所用之仮字」の場合である。⑽の「鹿杖」は和製漢語であろう。当然、漢籍に本文を求めることはできない(16)。

本来、⑽のような項目は、正格な漢籍に本文を求め、それによって本文部分が置き換えられるはずのものであったが、本文を求めえなかったか、求めることにそれほど意味がなかったため(17)、出発点となった原材料の記述に近い形で残されたものと考えられる。

期待されたのは以下のような形態である。

(11)　庫〔棚閣附〕　唐令云、諸軍器在庫〔音袴、漢語抄云、豆八毛能久良〕……（③一三オ）

「唐令」といううれっきとした中国製の出典をあげて、本文「諸軍器在庫」を示している。しかし、この項目を構成する上で基礎となったのは、本文としての『唐令』ではなく、むしろ和訓「豆八毛能久良（ツハモノグラ）」を含んだ漢語抄であったろう。この記述の下敷きとなったのは、⑽と同様の形態をとる、

(12)　庫　漢語抄云、庫、豆八毛能久良

のようなものであったと考えられる。つまり、『倭名類聚抄』編纂の原初形態は、このような「漢語―和訓」のセットであった[18]。

⑾の記述は、漢語抄に基づく⑿に、『唐令』による本文や音注を追加して形成されたと考えられる。漢語に対する和訓を集成するという『倭名類聚抄』の第一義的目的に従う限り、その出発点は「漢語―和訓」のセットとならざるをえない。そこに、さまざまな漢籍を参観して、本文が追補される。

『倭名類聚抄』の引用書は多岐にわたる（三〇〇種程度）。しかし、和訓の出典として明示される書物はそれほど多くなく、かつ、同じ出典が繰り返し使用されている。一方で、漢籍本文の典拠はバリエーションに富んでおり、辞書類を除くと、それぞれの使用頻度はそれほど高くない（頻度一も少なくない）。これは結局、「漢語―和訓」のセットを提供してくれる限られた数の材料（＝漢語抄類）こそが、『倭名類聚抄』の基幹をなしており、そこに数多くの漢籍から[19]本文を補う形で、『倭名類聚抄』が成立していることを意味する。

『倭名類聚抄』は漢語抄類の集大成であると言われる。それが意味するところは、既存の漢語抄類を統合すれば、『倭名類聚抄』の項目の半ば以上が構成可能であったであろう（宮澤　一九九八参照）という、量的な問題にとどまらない。量的な問題が同時に内包する質的な問題に関わる。「漢語抄類の集大成である」とは、漢語抄類こそが『倭名

類聚抄』における項目編纂の出発点であったことを意味する。

『倭名類聚抄』が類書的な形態をとっていることはすでに見た。形態が類書的であるということは、その編纂作業も類書的であったということである。出典を明示するためには、明示できるようなやり方で編纂を進める必要がある。出典を明記して記述を集め、最終的にはそれらを切り貼りして一つの項目を作り上げる、このような方式をとったと考えられる。⑿の場合、漢籍に本文が見つかればこそ、⑾となったが、見つからない場合には、⑿のように、漢語抄を（仮の）本文として、出典名に漢語抄を掲げなければならない。したがって、ノートの段階では、すべての記述が出典をもつことが望ましい。そして、そこに記された出典名は、順が編集作業を行う上で、その記事を価値判断する一つの基準ともなったであろう。

例えば、次のような項目がある。

⒀　逌邐　唐韻云、逌邐〔上丑鄭反〕漢語抄云、逌邐〔知毛利〕（③五五ウ）

「逌邐」という全く同一の本文を、そして本文だけをあげており、この注文にあまり意味があるようには思えない。類書的・記事並列的な原形態の残存と見るべきであろうか。『倭名類聚抄』の場合、材料として収集した記事を、整理して示すのが普通である。もともと⒀のようにノートしてあり、本来、

⒁　逌邐　唐韻云、逌邐〔上丑鄭反、和名知毛利〕

のように、整理されるべきであったが、何らかの事情で残ったと考えられる。

2　和名の類聚

『倭名類聚抄』は和名を類聚することを第一義的な目標としている。和名を類聚するためには、和名をもつ材料、

しかも漢語表記と対応した形で和訓を確認できる材料によらなければならない[20]。そのような「漢語—和訓」のリストとして源順の前にあったのが、序文にあげる、『弁色立成』『楊氏漢語抄』『本草和名』『日本紀私記（田氏私記）』、その他の漢語抄であった[21]。これらをまとめて「漢語抄類」と呼ぼう[22]。漢語抄類こそが『倭名類聚抄』の基礎的主材料であった。

『倭名類聚抄』はその序文に、『唐韻』や『本草』や『爾雅』など、本文の出典として多く用いられている漢籍の名前を一つもあげていない[23]。本来ならば、正規の出典であるそれらの書名こそが、序文に記されてよさそうである。しかし、実際には、それらをあげず、漢語抄類の名前だけをあげている。漢語抄類については、さらに、それぞれの書物の内容・性格までもが序文に説明されている。それは、結局のところ、『倭名類聚抄』が下敷きとした材料は漢語抄類であった、という事実を物語っていよう。

漢語抄類に掲載されていた和訓が、『倭名類聚抄』の中で、ある場合には出典を示され、また別の場合には、単に「和名……」という形で、和訓のソースとして活用されている。『日本紀私記』の和訓はやや特殊な古語であるため[24]、多くは出典を明記して引用する。『本草和名』については、次項に述べる。

『倭名類聚抄』の基幹部分はこれら日本製の漢語抄類から成っている。その上に立って、中国製の辞書・漢籍等から本文を探し、裏付けをとる、漢語表記と和訓とを同定するという作業が行われた。

したがって、『倭名類聚抄』の項目の理想的な完成形は、以下のような形態となる。

(15)　掲出語　出典云　本文　漢語〔和訓〕

これを記述のままに受け取ると、その編纂過程は、まず掲出語に対する本文を探し、次に、その本文中に含まれる漢語（多くの場合、掲出語）に対する和訓を求めたように見える。

しかし、実際の編纂過程はその逆であったと思われる。つまり、和訓こそが項目の出発点なのである。漢語抄類によって与えられる「漢語―和訓」のセットを基礎として、その漢語を含む本文を中国の書物から探し、見出しとしてふさわしい掲出語を与え、適当な位置に分類配列した、というのが大部分の項目にあてはまる編纂順序であろう。

3 『本草和名』

項目が和訓を出発点に作られていることは、『本草和名』の使われ方を見るとよくわかる。『本草和名』は、単に和訓の材料としてではなく、項目全体の材料として用いられている。[25] 次の⒃⒄において、右が『倭名類聚抄』、左が『本草和名』である。対比されたい。

⒃ 牡丹 本草云、牡丹一名鹿韮〔挙有反、布加美久佐〕（⑩六オ）
牡丹 一名鹿韮 一名…… 和名布加美久佐一名也末多知波奈（『本草和名』上三二ウ）

⒄ 蚱蜢 本草云、蚱蜢、〔作猛二音、伊奈古万侶〕貌似螇蚸而色小蒼、在田野間者也（⑧六五オ）
蚱蜢〔上音側格反、下音莫更反、貌似螇蚸而色小蒼、在田野間〕……和名伊奈古万呂（『本草和名』下二七ウ）

これはなるほどもっともなことで、本文と和訓を示すことを目的とする『倭名類聚抄』にとって、『本草和名』は非常に使いやすい材料であった。[26] というのも、『本草和名』は中国製の『新修本草』（唐・蘇敬等、六五九年）を下敷きに、末尾に和訓を加えた編纂物なので、『新修本草』の項目を取り込んでいる。つまり、『本草和名』によって、漢籍による本文（『新修本草』等による記述）と和名（『本草和名』が付した和訓）とが同時に手に入るわけだ。[27] 基本的には、記述の全体を『本草和名』によりながら、出来上がりは、漢籍の本文を引き、和名を対照させるという理想的な注文を形成できる。[28]

五　和訓の典拠

1　典拠を持つ和訓

本文に日本製の漢語抄類をあげている場合、それに続いて引かれる和訓は基本的にその漢語抄類にあったものと認められる。

(18)　承鞚　弁色立成云、承鞚〈美豆岐、俗云三都々岐〉一云七寸（⑤五九ウ）

和訓「美豆岐」は『弁色立成』によるものだろう。同様の漢語抄類を素材にしたと考えられる『新撰字鏡』によっても確認できる。(29)

漢語抄類による本文は「仮」の本文であった。漢籍に本文が求められた場合、本文が置き換えられる。

(19)　馬杷　唐韻云、杷〈白賀反、一音琶、弁色立成云、馬杷、宇麻久波、一云馬歯〉（⑤七六ウ）

このように、和訓の出典が「〈出典名〉云」の形で明示されているものが典拠を持つことはいうまでもない。(30)これらの和訓に対しては、原則として「和名」を冠しない（築島 一九六三）。

しかし、『倭名類聚抄』の中で、和訓の出典表示は必須でなかった。和訓の出典は示さないのが原則である。出典名が必要なのは本文であって、和訓ではなかった。多くの場合、出典名は略され、「和名」とのみ記される。(31)「その和訓に「和名」を冠するものは、和訓と「本文」の漢字との対応が、当時ごく一般的であったと見てよいであろう。その和訓が漢語抄類に由来するものであっても、漢字と和訓の対応が一般的なものであれば、出典名を「漢語抄云」の如く一々示すことは無かったものと考えられる」（宮澤 一九八六：二八五）。すなわち、「和名」は「弁色立成云」「漢

語抄云」等を置き換えたものである。これらの和訓は、出典こそ明示されないが、漢語抄類をもとに記入されている。(32)
次の⒇も「和名」とのみあるが、(21)の『新撰字鏡』の記述により、漢語抄類に由来することを推定できる。

⒇　外祖父　爾雅云、母之父為外王父〔和名母方乃於保知〕（①一一七ウ）

(21)　外祖父〔波々加太乃於保知〕（『新撰字鏡』九〇4）

⒇が『倭名類聚抄』にあって、最も一般的かつ理想的な形態である。漢籍によって本文を示し、漢語抄類による和訓を対応させる。本文が、掲出語あるいは漢語の注釈となっておればなおよい。

和訓を導く注記にはいくつかの種類がある。「和名」が最も一般的だが、「師説」「俗云」「俗用」「俗語云」「此間云」「和語云」「訓」「読」のような形で注記されることもある。これらは、和訓を導くという機能の点で等価であり、さらに進めて言えば、和訓に冠する「〈出典名〉云」とも等価である。(33)

これらの和訓は典拠を持つ和訓であることが強く推定される。多くの項目は、漢語抄類に見られる「漢語―和訓」のセットを出発点にして形成されたものであった。

2　典拠を持たない可能性がある和訓

一方、『倭名類聚抄』では、一つの項目の中に、複数の和訓が配置されることがある。これら並列、あるいは付加されている、第二番目以降の和訓は典拠を持つのであろうか。これらの和訓は、付加された形態であり、また「俗云」等の注記を伴うことが多い。そのため、これらは編者源順によって記入された和訓で、典拠を持たない可能性が考えられる。

たしかに、第二番目以降の和訓は、第一番目の和訓の出典として掲げられた書物には、含まれていなかったと考えられるケースがある。

俗　云

まず、「俗云」という注記を見てみよう。単独でも用いられるが、多く「A俗云B」の形で二つの和訓を対照して示す[34]。この場合、和訓Aには根拠があるとしても、和訓Bは「現在普通にはこのように言われることがある」という意味で[35]、源順が付した可能性がある。次の(22)であれば、「ウケノミタマ」「ウカノミタマ」二訓のうち、前者は『日本紀私記』に基づくが、後者はそれによらないと考えられる。

(22)　稲魂　日本紀私記云、稲魂〔宇介乃美太万、俗云宇加乃美太万〕（①四〇ウ）[36]

たしかに、『日本紀私記』に、

(23)　倉稲魂〔宇介乃美太万〕（『日本紀私記』〈乙本〉）[37]

とあり、「宇介乃美太万（ウケノミタマ）」が典拠を持つことを確認できる一方で、「俗云」の後に位置する「宇加乃美太万（ウカノミタマ）」は現存の『日本紀私記』には見あたらない[38]。しかし、そもそも『日本書紀』自体に「倉稲魂、此云宇介能美挓磨」（神代紀上・一書第八[39]）とあり、『日本書紀』の字音に従えば「ウカノミタマ」である。また、『延喜式』の祝詞に、

(24)　屋船豊宇氣姫命登〔是稲霊也。俗詞宇賀能美多麻。……〕（『延喜式』巻八・大殿祭[40]）

とある[41]。『倭名類聚抄』の注文が『延喜式』のこの記述によったかどうかはともかくとして[42]、「宇加乃美太万」が何らかの根拠を持っていた可能性があり、「俗」という価値判断も、あるいは祝詞注の「俗詞」によっているのかもしれない[43]。

(25)　鴂　唐韻云、鴂〔胡瓦反、上声之重、豆不奈岐、俗云豆不々之〕……（②四三ウ）

　　趺〔……豆夫不志又豆夫奈支又安奈比良〕（『新撰字鏡』一三八3）

(26)　箭　……或謂之鏃〔……訓夜佐岐、俗云夜之利〕……（⑤三七オ）

　　笴〔……也佐支又世志利〕（享和本は「世」を「也」に作る）（『新撰字鏡』四七五3）

(27)　轡　兼名苑云、轡〔音秘、訓久豆和都良、俗云久都和〕一名钀〔魚列反〕楊氏漢語抄云、韁鞚〔薑貢二音、和名同上〕一名馬鞚（⑤五八オ）

　　鞚〔口送反、勒也、轡也、久豆和又久豆和豆良也〕（『新撰字鏡』二七五8）

これらの「俗云」和訓も、『新撰字鏡』に見えることから、『倭名類聚抄』の材料である漢語抄類に含まれていた可能性が高い。

つまり、「俗云」は典拠のあるなしによるのではなく、「A俗云B」のA・Bは共に根拠を持つ和訓であり、それに「俗」という価値判断を加えたのが編者源順であったと考えられる。

一　訓

同様の形態をとる「一訓」を見よう。

(28)　鐵落　本草云、鐵落、一名鐵液〔鐵乃波太、一訓加奈久曽〕……（③八一オ）

本文の出典に「本草云」とある。『本草和名』を見ると、以下のようである。

(29)　鐵落　一名鐵液、和名久呂加祢乃波太（『本草和名』上七ウ）

和訓「クロガネノハダ」（『本草和名』「久呂加祢乃波太」・『和名抄』「鐵乃波太」）を確認できる一方で、「一訓」の後に

引かれる和訓「加奈久曽（カナクソ）」には典拠がないように見える。しかし、『倭名類聚抄』で「鐵落」の次に位置する項目、

(30) 鐵精 陶隠居曰、鐵精、一名鐵漿〈加禰乃佐比〉……（③八一オ）

を見、その典拠である、『本草和名』の記述、

(31) 鐵精〈陶隠居云雑練者也〉一名鐵漿〈出兼名苑〉和名加奈久曽一名加祢乃佐比（『本草和名』上七ウ）

を見ると、『本草和名』の「鐵精」に対する和訓「加奈久曽」を「鐵落」の和訓として当てていることがわかる。順は『本草和名』を材料に、そのように判断・同定したのだろう。

つまり、「A 一訓 B」のBも典拠を持つ場合のあることがわかる。

此 間 云

「此間云」についても同様である。

(32) 蹇 説文云、蹇〈音犬、訓阿之奈閇、此間云那閇久〉……（②六一ウ）[44]

(33) 癖〈……足奈戸也〉（『新撰字鏡』一六一8）

驣〈……足奈戸久馬〉（『新撰字鏡』二六六7）

完全に一致はしないが、ナヘグの語が漢語抄類にあってもおかしくない。次の例も同様である。

(34) 蹴鞠 ……漢成帝好蹴鞠〈此間云末利古由……〉（②九六ウ）[45]

(35) 蹢〈……宇久豆久万利古由又乎止留〉（『新撰字鏡』一四〇1）（享和本は「万利古由」の前に「又」あり）

今案和名

また、「今案和名」という注記が見える。「今案」の後に引かれていることから、編者順による和訓であるように見える。

㊱　𢥞　孫愐云、𢥞〈子例反〉寝言也〈今案和名禰古止〉（元和本③二〇ウ）

しかし、これも『新撰字鏡』に、

㊲　寱語　〈寝語談也、祢己止〉（『新撰字鏡』七七〇6）

とある。「𢥞＝禰古止」の対応に確信が持てなかったため、「今案」を付したものであろうか。それはともかく、「今案和名」とある場合の和訓でさえ、典拠を持つ可能性があることは注意されてよい。(46)

説明的長訓

『倭名類聚抄』には、次の㊳「シリヨリクチヨリコクヤマヒ」のように、「むりやりに和語を付けたと思ぼしきもの」（乾　一九九五：二六五）も見える。

㊳　霍乱　……〈霍乱、俗云之利與理久智與理古久夜万比〉（②七〇オ）

あるいはこのようなものは、源順が、『倭名類聚抄』を編むにあたり、可能な限り和名を付すという原則に立って、捻出した説明的・人工的な和訓なのかもしれない。

しかし、このように不自然な和訓が現れるそもそもの原因は、語彙の乏しい日本語を用いて、語彙の豊富な中国語・漢語を説明しようとするところから来るものであり、ひとり『倭名類聚抄』に限定された現象ではない。『新撰字鏡』にもこのような説明的長訓（例えば次の㊴「ツイカキノヤレタルトコロ」）がしばしば見られることから、これも順オリジナルではなく、漢語抄類にあったものであろう。

(39) 垝 〔……豆伊加支乃破處〕（『新撰字鏡』二九九7）

3 上記（前項）にも典拠がある

以上より、網羅的に実証することは困難ながら、[47]「俗云」「此間云」「一訓」「今案和名」等の注記を冠し、編者源順によって増補されたように見える和訓の中にも、典拠を持つ可能性のあるものが含まれていることがわかる。「俗」「此間」「一訓」「今案」などの注記にそれぞれどのような意味合いを読みとるべきかは検討が必要であるが、「和名」と記されたものには典拠があり、「俗」「此間」「一訓」「今案」注記のものには典拠がない、というように、典拠の有無で対立しているものではないと考えられる。

このことから敷衍して推定すれば、『倭名類聚抄』の和訓は基本としてすべて根拠を持つ和訓であり、[48]それらを漢語表記と照らし合わせて同定し、価値判断したのが源順であったと考えることができる。素材はみな材料からとり、それらを組み合わせ、価値付けすることが編者源順の仕事であった。

4 根拠・出典

「今案」について、序文に「若此之類注加今案、聊明故老之説、略述閭巷之談」と述べていることは先に見た。[49]同じく序文に「或漢語抄之文、或流俗人之説、先挙本文、正説各附出於其注」と言う。「故老之説」「閭巷之談」「流俗人之説」も何らかの根拠と呼ぶことはできようが、どの範囲までを根拠・出典といってよいのかが問題となる。

注文のすべてに「出典」と呼びうるような根拠があったかどうかはわからない。『倭名類聚抄』の注文には、和訓以外にも、音注や字体注が加えられることがある。音注には反切注と類音注とがあり、反切注は『玉篇』『切韻』等によったもの[50]、類音注も基本的に『切韻』系の音韻体系に一致する（柏谷　一九六七、柏谷　一九六八[51]）と言われる[52]。その類音注の中には、「撰者の読書音」が含まれる、との指摘がある（小松　一九七一[53]）。つまり、いちいち『切韻』系韻書を繙いてみたわけではなく、編者の頭の中にあるものが記入されることがあったということである。しかし、順が学習し記憶していたのはおそらく『切韻』系韻書の音韻体系であろうから、正確に記憶している限り、いずれにせよ現れる結果は同じになる可能性がある。見ながら書いたか、見ないで書いたか、というだけの違いになる。

このような、学習・記憶・経験までも根拠と見なすべきかどうかは議論があろうが、問題が拡散してしまう可能性があるので、ここでは問題を提起するのみにとどめ、判断を保留する。

ただし、『倭名類聚抄』、そして古辞書全般の傾向として、記述に際しては、何らかの根拠、可能であれば、文字として固定された文献的明証を希求したであろうことは疑えない。何の根拠もなく辞書に文字を記入することは容易ではなかった。

六　和訓のない項目

1　なぜ和訓がないのか

以上の考察をうけ、『倭名類聚抄』に和訓を持たない項目があるのはなぜかという最初の問いに対して、単純な解答を与えよう。和訓がないのは、『倭名類聚抄』が材料とした諸書の中に、その語に対する和訓が示されていなかったからだ、と考える。すなわち、和訓を付すこともできたが省略したのではなく、材料を欠いたため、和訓を付すことができなかった、と解釈する。

第四節では、和訓こそが項目形成の出発点であることを見た。和訓のない「日」項目を例にとろう。もし、漢字「日」に対して和訓「ヒ」を示すような材料があったならば、この項目はそれを出発点に形成され、和訓ヒが示されたであろう。ここで、材料があるにもかかわらず、わざわざ和訓を省略する理由は考えにくい。この項目が和訓を持たないということは、「日―ヒ」を示す材料がなかったということである。

第五節では、『倭名類聚抄』の和訓のすべてが典拠を持つ可能性について考えた。「和訓は基本的にすべて典拠を持つ」ということと、「和訓を欠く項目は、和訓を示す材料がなかったのだ」ということは、ちょうど表裏の関係にある。

ここで再び、棭斎が和名を載せないとしてあげた「日・月・風・人・子・目・口・毛・身」を取り上げてみよう(54)。これらに期待される基本的な訓は、それぞれ、ヒ・ツキ・カゼ・ヒト・コ・メ・クチ・ケ・ミであろう。まず、これらの語に対しては、『倭名類聚抄』の材料である漢語抄類でも、「日―ヒ」といった「漢語―和訓」の対応が見られなかったであろうことが推定できる。漢語抄類と深い関係を有する『新撰字鏡』を見ても、これらの項目に和訓はない。つまり、項目は立てられているが、そこに和訓が付されることはない。

(40) 月　牛厥反太陰精也闕也（『新撰字鏡』三二3）

口　苦厚反上所以食也（『新撰字鏡』一〇八8）

これらは、和訓を付して意味を説明するということが適さない種類の語彙だったということであろう。訓点資料を見ても、これらの文字単体に対して和訓が示されることは稀である。『新撰字鏡』が材料とした漢語抄を中心とする諸書にも、これらの語に対する和訓は示されていなかったと推測できる。これらの語が、『倭名類聚抄』と同様、『新撰字鏡』でも和訓のない項目となっているということは、この現象が『倭名類聚抄』の問題ではなく、『新撰字鏡』と『倭名類聚抄』の共通の材料である漢語抄類の問題である可能性を示唆している。

逆に、これらの文字は『新撰字鏡』の中で正訓字として用いられているものが多い。(55) つまり、それ自体の和訓は示されることがなく、漢字＝和訓の結びつきを所与のものとして、その和訓が日本語の表示に活用されているということである。

(41)　旭　日乃氐留（『新撰字鏡』二九1）
　　佐客　人尓阿戸須（『新撰字鏡』七六八5）
　　吮　口須々久又須不（『新撰字鏡』一一一1）

第一番目「旭」の例でいえば、辞書内部で、日＝ヒは示されず、それを当然のこととして、和訓「ヒノテル」の表示に「日」が用いられている。

これらの漢字に対しては和訓が非常に早くから固定していたと考えられる。上にあげたすべての文字が『萬葉集』で訓字として用いられている。また、音義書や訓点資料の和訓表示にもこれらの文字が正訓字として用いられていることが、小林（一九七四）に指摘されている。そのように早く訓が固定した基礎的な語に対しては、漢語抄等においても和訓が注されることがなかった、ということだろう。狩谷棭斎が(3)で言う「衆人所明知、無可疑」とは、実はこのようなことを意味していたと理解すべきであろう。

漢語抄類を主材料とする『倭名類聚抄』も、基本的に同じ特徴を受け継ぐことになる。結果として、『倭名類聚抄』においては、わかりきった語には和訓がない（ことがある）、ということになる。しかし、それは決して、わかりきった語だから和訓を「略した」わけではない。和訓を付したくとも、その材料がなかったのである。

「日＝ヒ」のように和訓と強く結びついているもの、また、反対に、「栴檀」のように和訓と結びつくことが困難なもの、これら両極端の語彙集団については、漢語抄類においても漢語―和訓の対応が示されない。漢語―和訓の対応を示して意味があるのは、いわばその間にある語彙集団であった。

結局、これら和訓がない日・月・風……については、『倭名類聚抄』の材料の中でも、和訓を欠いていたであろうと想像できる。そうであれば、いかに当然の和訓であるとはいえ、根拠なく和訓を掲載することを良しとしない源順であれば、和訓なしとなるのは当然である。

「日・月・風・人・子・目・口・毛・身」は和訓を持たず、「星・雲・耳・鼻」は和訓を持つという偶発性は、材料において、それらの語に和訓が付されていたかいなかったかの偶発性に起因していると思われる。(56)

2 なぜ項目が立てられたのか

『倭名類聚抄』の項目は、基本的に、和訓を出発点として構成されていると考えられる。それではなぜ、和訓のない項目が項目として立てられたのだろうか。それは、「日・月・風・人・子・目・口・毛・身」といった語が非常に基礎的な語であり、辞書を構成する上で、欠くことができなかったからであろう。(57)

『倭名類聚抄』は、項目を意味によって分類配列する。十巻本は、天地部、人倫部、形體部から始まり、末尾に草木部が置かれる。その天地部は景宿類、風雨類、神霊類、水土類、山石類、田野類に分かれ、その下に各項目が並んでいる。項目は基本的に総称から個別名称の順に配列されている。景宿類であれば、大枠として「日―月―星」のように列べられ、「日」項目の後に「陽烏」、「月」の後に「弦月」「望月」、「星」の後に「明星」「流星」などが置かれ、「星」の前には「日月」両方に関わるものとして「暈」「蝕」が置かれるのである。

これら和訓を持たない項目は、部類の最初に位置する項目であることが多い。部類の中で何番目に位置する項目であるかを、十巻本によって示す。

(42)日	天地部	景宿類	1
月	天地部	景宿類	3
風	天地部	風雨類	1
人	人倫部	男女類	1
子	人倫部	子孫類	1
目	形體部	耳目類	4(58)
口	形體部	鼻口類	6
毛(59)	形體部	毛髪類	1
身	形體部	身體類	1

これらは、部類のはじめに位置する総称的・一般的な項目であり、辞書の構成上、項目を立てざるをえないが、そのようにして立てた項目・漢語に対して、適当な和訓を提供してくれる材料があるとは限らないということである。巻頭第一番目の項目に和訓がないことは、『倭名類聚抄』の本質を逆説的によく語っている。

註

（1）用例は基本的に箋注本によって引用する。必要に応じて、〈十巻本系〉真福寺本、松井本、京本、天文本、〈廿巻本系〉高山寺本、大東急本、元和本をもって校定する。「①一二オ」は巻一の一二丁表を表す。用例(1)の「声」字、諸本になし。箋注本により補う。

（2）双行割注部分を〔　〕で示す。

（3）松井本、「此間云」を「世間云」に作る。大東急本、元和本、「此間云」を「俗云」に作る。

（4）その中には「唯見るだけの文字（群）」（濱田 一九六七：四一三）も含まれよう。

（5）これらの語彙が日常において使用され、漢語抄類にも掲載されている以上、それらを排除する理由がなかったのだろう（山田健三（一九九二）参照）。『倭名類聚抄』序文に「雖非和名、既是要用」とある。

（6）ここで、和名を省略する・しないは源順の判断によると考えたとしても、必ずしもそれが、順自らが和訓を与えることを意味しない、と主張することも可能である。和訓はすべて先行の諸書を材料にするが、それを掲載するか否かは順の判断による。和訓のない項目の場合、材料には和訓があり、和訓を示すことも可能であったが、順の判断でそれを掲載しなかった、と考えればよい。しかし、そのような想定は成り立たないことを以下では示す。すなわち、「日」に対して和訓「ヒ」を示すような材料を順は手に入れることができなかったであろうと主張する。

（7）川口（一九五九）は、『倭名類聚抄』成立の背景に中国中晩唐社会における「通俗的類書・字書類の続出という現象」（三八三頁）を見る。しかし、これらにより似通っているのは、『倭名類聚抄』が材料とした漢語抄の類であろう。

（8）山口（一九六五）、西宮（一九六九）参照。

（9）応神紀十三年一書を指す。

（10）ただし、「今案」という注記を源順が常に付したかどうかはわからない。また、編纂・書写の過程でいつでも脱落が起こりうる注記である。そして、いったん脱するとそれが復元されることは難しい。現行テキストに「今案」がないことだけをもって、源順オリジナルの注でないとは断定できない。

（11）大東急本、「今案本文未詳」なし。

（12）『倭名類聚抄』においても、「和名」和訓の前に位置する出典が漢籍に偏ることについて、築島（一九六三）に指摘がある。

（13）原撰本で漢文注に「A、B也」とある場合に、改編本で漢字Aの和訓に、漢字Bに対応する和訓をあげることがあるということである。この点については、岡田（一九四四）、吉田（一九五八）などが指摘している。例えば、改編本・観智院本『類聚名義抄』の「濟」字（法上、4オ1）には「ワタル《ス》　スクフ　ナス《ル》　マサシ　サタマル　ハル　マスキ　ハマル　ウラヤム　ヒトシ　ヤム　マサル　ワタリ　イク」の和訓があがる（引用にあたっては声点を略した。以下同様。「マスキ　ハマル」は「マス　キハマル」の誤写であろう。蓮成院本は正しく作る）。原撰本・図書寮本『類聚名義抄』（九2）に見える和訓は、「・川云禾《（和）》名和太利・肝心

記須久保流不易 ワタス記《ル》 マス」のみである。一方、図書寮本の漢文注には「・中云渡《ル》也極也・又上止也・真云定也・玉云益也成也」とある。観智院本の和訓のうち、図書寮本に見えない和訓については、「成也―ナス 益也―マサル 定也―サタマル 極也―キハマル 止也―ヤム」のように原撰本の実字訓を和訓化したと考えると理解しやすい。

(14) 「俗云」については、後に触れる。

(15) 引用にあたり、一部字句を改めた。

(16) このような和製漢語が混入しうるのも、当時通用の通俗語彙集たる漢語抄の類を材料としたためである。

(17) 山田俊雄(一九七八)に「つまり、『辨色立成』や『楊氏漢語抄』を、出典解説の第一位に示すところの見出し項目は、まさに中国には典拠を求めがたい日本的用字か、もしくはペダントリーを以て中国の文献を引くまでもない文字連結――つまり極めてポピュラーな、その語の現実的な姿であったからである」(九六頁)と述べる。

(18) なかには「漢語―音読形」も含まれていたであろう。

(19) なかには、当然、孫引きも含まれよう。

(20) 「和名」類聚抄と名乗りながら、漢語で項目を立てていることについては、はやく本居宣長が批判している(『玉勝間』十の巻)。しかし、「公の記録や文書が全て漢字で書かれている時代に、語は、漢字表記であってこそその存在が確かであった」(山田俊雄一九七八:九五〜九六)と言うように、辞書を構成する明示的な単位として機能するのは、日本語よりもむしろ漢語であったことは理解できる。

(21) 名古屋市博物館本の序文には『方言要目』の名も見える。

(22) 宮澤(一九九八)。

(23) 漢籍の名は『文館詞林』『白氏事類(白氏六帖)』ぐらいである。これらは出典としては活用されていない。

(24) 序文にも「田氏私記一部三巻、古語多載、和名希存」と述べる。

(25) 『倭名類聚抄』の「本草云」が、『本草和名』を通しての、『新修本草』の孫引きであることは河野(一九八三)が指摘している。

(26) その『本草和名』において使用されていた和訓表示の形式が「和名……」であった。和訓を「和名……」で示すことは、古代において例が乏しい。『倭名類聚抄』以前では『本草和名』ぐらいであろう(築島一九六五)。『倭名類聚抄』が和訓の表示に用いる「和名……」という形式も、『本草和名』に範を仰いだものであるかもしれない。

(27)『本草和名』は『新修本草』の編次・項目配列を襲って、漢名で見出語をあげ、そこに諸書から異名を中心に注文を付加している。注文は漢名と和名の羅列が主であり、薬性・薬効といった薬学的記述は大部分略されている。

(28)正格な本文と和訓の両方を同時に入手できるものとしては、他に漢籍の訓読がある。『倭名類聚抄』では『文選』や『遊仙窟』などの訓読が、本文とあわせ、「師説」和訓として用いられている。

(29)「七寸〔美豆支〕」(『新撰字鏡』七八二6)。

(30)「馬歯〔馬鍬〕」(『新撰字鏡』七七八6)。

(31)用例(19)で和訓の出典「弁色立成云」が示されているのは、対象となる漢語「馬杷」が本文では「杷」であり、被注単位が異なっていたことも関係しよう。

(32)『倭名類聚抄』(20)は正訓字「母方」を用いており、『新撰字鏡』(21)とは表記が異なっている。しかし、『新撰字鏡』の親族部を見ると、「外祖〔母方乃波々〕」(九〇5)、「従父〔父方乃伊止古〕」(九〇6)のような例があり、『倭名類聚抄』が材料とした漢語抄類に「母方乃於保知」とあったと考えられる。正訓字による表記はむしろ、漢語抄の類に特徴的である。

(33)宮澤(一九八六:二八五)参照。

(34)「俗云」については、新野(一九八六)が詳しい。「A俗云B」の形を五六組集めて整理している。そして、「順は、主に新古(これは典拠の有無とも関連するが)と日常語性という二つの観点からの考察をつき合わせて、A、Bを決定したのではないかと考える」(六六頁)と結論づける。

(35)「俗云」の解釈には諸説ある。ここでは踏み込まない。

(36)真福寺本、「俗云」を「俗」に作る。

(37)国史大系『日本書紀私記』(吉川弘文館、一九三二年、五九頁八行目)。

(38)『倭名類聚抄』が利用した『田氏私記』は現存しない。

(39)日本古典文学大系『日本書紀　上』(岩波書店、一九六七年、九七頁)。『日本紀私記』(乙本)に引く『日本書紀』の該当箇所は一書第六(九一頁)。

(40)日本古典文学大系『古事記　祝詞』(岩波書店、一九五八年、四一八頁)。

(41)神代紀の訓注と祝詞に見える「ウカノミタマ」は棭斎が『箋注』に引いている。そして、順が「介=カ」を知らなかったために、

「ウケノミタマ」と「ウカノミタマ」とを複出したと述べる。

(42)『延喜式』は、『倭名類聚抄』の序文に、本文未詳の際に「所用之仮字」を引く出典の一つとして、「三代式」の形で言及され、本文では「本朝式」（あるいは「式」）という表記で引用されている。したがって、『延喜式』は『倭名類聚抄』の主材料の一つであり、順が祝詞のこの部分を目にしていた可能性は高い。

(43)「俗詞」について、棭斎は「俗詞猶謂皇国語言、不與源君所言雅俗之俗同」（①四〇ウ）（祝詞のいう「俗詞」は日本のことばという意味であって、源順が雅俗の別として指摘する俗とは同じではない）と述べている。

(44) 松井本、「此間云」を「世間云」に作る。

(45) 松井本、京本、元和本、「此間云」を「世間云」に作る。大東急本、「此間云」を「云」に作る。

(46)「今案」について序文に「若此之類注加今案、聊明故老之説、略述閭巷之談」とある。「今案和名」の中には、「故老之説」「閭巷之談」も含まれているのかもしれない（山田健三 一九九二：五）。また、「今案俗云」の注記もある。

　絲鞋　弁色立成云絲鞋（伊止乃久都（已上本注）今案俗云之賀伊）（④28オ）

「已上本注」の注記があり、音読形「之賀伊」は源順によって加えられた語形に見える。『新撰字鏡』にも「絲鞋　之賀伊」は見えない。しかし、『新撰字鏡』の臨時雑要字の部分（漢語抄類そのものが移載されたと考えられている。大槻（二〇〇二）〈本書第二部第一章〉参照）にある次のような項目を見れば、漢語抄類に「絲鞋　之賀伊」のような字音形があげられていた可能性を想定できる。

　麻鞋　音波加伊訓乎沓（『新撰字鏡』七七九5）

　線鞋　□世尓加伊[以]糸作也（『新撰字鏡』七七九5）（□は虫損と推定補読）

(47) 漢語抄類の多くが残存せず、比較対照できる材料が乏しいためである。それを補うため、ここでは『新撰字鏡』を多く用いた。『倭名類聚抄』と同様、『新撰字鏡』の和訓注も漢語抄類を主たる材料にしているからである。

(48) ここで、根拠を持つ和訓とは、被注字そのものに対する和訓であるとは限らない。材料となった漢語抄類においては、他の掲出語に対する和訓であったものもあろう。

(49) 序文末尾に「古人有言、街談巷説猶有可採」とも言う。

(50) ただし、これらは大部分が『東宮切韻』からの孫引きであろうとされる（上田 一九八四：四七九）。

(51) 柏谷は「広韻系の韻書」と言っている。小松（一九七一）の指摘に従い、「切韻系」と改める。
(52) しかし、類音注については、「複数の出自のものが混在していることは確実であるから」「その出自によって弁別した上で調査することが必要である」（河野 一九八六：七〇）との批判がある。類音注の中にも、出典を持つもの（例えば『本草和名』に記された音注）のあることが指摘されている。
(53) それでも、「源順が類音注を付するにあたって、自分自身の内省によるのではなく、何らかの根拠によった可能性も否定できない」（河野 一九八六：七二）との意見もある。
(54) 狩谷棭斎が用例(3)で、和訓を持たない例として並べる「顔」「鳥」は、以下のような理由で除外した。「顔」は「顔面」で項目を立て「訓與面同」とある（同項目後半では「面子」に対して和訓「加保波世一云保々豆岐」も示される）。「鳥」は漢文注の中の「禽」字に対して十巻本系に「和名與鳥同」、廿巻本系に「和名與鳥同止里」（元和本「止里」を「土里」に作る）とある。また、「鳥」項目内には、「鳥之雄雌」に対して和名「乎度利」「米度利」も見える。
(55) 『新撰字鏡』で正訓字としての用例がないのは、「月」のみ。『倭名類聚抄』では和訓表示に正訓字を用いることは少ない。
(56) もちろん、材料のレベルにおけるその偶発性がどのように発生したのかをさらに問題とすることもできよう。しかし、あまり生産的な議論になるとは思えない。なお、『新撰字鏡』との比較で言えば、「星・雲・耳・鼻」も和訓が示されず、正訓字として使われるという特徴を「日・月・風」などと共有している。
(57) また、材料となった漢語抄類や中国製の辞書・類書などにおいて、すでにこれらの項目があったことも原因の一つであろう。
(58) 六番目であるのは、鼻口類として先に鼻に関わる項目が五つ並ぶためである。口に関わる項目としては一番目である。
(59) 掲出は「毫毛」。

使用テキスト

『倭名類聚抄』は『諸本集成 倭名類聚抄 本文篇』（京都大学文学部国語学国文学研究室編、臨川書店、一九六八年）による。

『新撰字鏡』は『天治本 新撰字鏡 増訂版 附享和本・群書類従本』（京都大学文学部国語学国文学研究室編、臨川書店、一九六七年）による。

『本草和名』は日本古典全集『本草和名』（日本古典全集刊行会、一九二六年）による。

図書寮本『類聚名義抄』は『図書寮本類聚名義抄』（勉誠社、一九六九年）による。
観智院本『類聚名義抄』は『類聚名義抄　観智院本（天理図書館善本叢書）』（八木書店、一九七六年）による。

参考文献

池田証寿　二〇〇一「院政・鎌倉時代の寺院社会における宋版辞書類の流通とその影響―『類聚名義抄』を例として―」（国際ワークショップ　漢文古版本とその受容（訓読）〈科学研究費　特定研究（A）（2）　東アジア出版文化の研究〉於北海道大学、石塚晴通主催）
乾　善彦　一九九五『日本古辞書を学ぶ人のために』和名類聚抄の項（世界思想社）
上田　正　一九八四『切韻逸文の研究』（汲古書院）
太田晶二郎　一九八四「尊経閣　三巻本　色葉字類抄　解説」（『尊経閣　三巻本　色葉字類抄』勉誠社。『太田晶二郎著作集　第四冊』〈吉川弘文館、一九九二年〉所収）
大槻　信　二〇〇一「図書寮本類聚名義抄片仮名和訓の出典標示法」（『国語国文』七〇―三、本書第二部第三章）
大槻　信　二〇〇二「古辞書と和訓―新撰字鏡〈臨時雑要字〉―」（『訓点語と訓点資料』一〇八、本書第二部第一章）
岡田希雄　一九四四『類聚名義抄の研究』（一條書房）（手沢訂正本、勉誠出版、二〇〇四年）
柏谷嘉弘　一九六七「和名抄の類音字による字音注（上）」（山口大学文学会志、一八―二）
柏谷嘉弘　一九六八「和名抄の類音字による字音注（下）」（山口大学文学会志、一九―一）
川口久雄　一九五九「和名類聚抄の成立と唐代通俗類書・字書の影響」（『平安朝日本漢文学史の研究』〈明治書院、三訂版中巻、一九八二年〉による）
木島史雄　一九九四「類書の発生―『皇覧』の性格をめぐって―」（『汲古』二六）
河野敏宏　一九八三「『和名類聚抄』と『輔仁本草』の関係について―『和名類聚抄』漢文本文に関して―」（『岡大国文論稿』一一）
河野敏宏　一九八六「『和名類聚抄』の音注の文献的性格―『本草和名』の音注との比較による―」（『愛知学院大学論叢一般教育研究』三五―三・四）
河野敏宏　一九九〇「『新撰字鏡』所収の本草名の典拠について」（『愛知学院大学教養部紀要』三七―二）

小林芳規　一九七四　「新撰字鏡における和訓表記の漢字について―字訓史研究の一作業―」（『文学』四二―六）
小松英雄　一九七一　『日本声調史論考』（風間書房、該当論文初出は「平安末期における漢音の一断面」、『国語と国文学』四七―一〇、一九七〇年）
貞苅伊徳　一九八三　「『新撰字鏡』〈臨時雑要字〉と『漢語抄』」（『国語と国文学』六〇―一、貞苅伊徳『新撰字鏡の研究』〈汲古書院、一九九八年〉所収）
築島　裕　一九六三　「和名類聚抄の和訓について」（『訓点語と訓点資料』二五）
築島　裕　一九六五　「本草和名の和訓について」（『国語学研究』五）
築島　裕　一九六九　「国語史料としての図書寮本類聚名義抄」（『図書寮本類聚名義抄』勉誠社）
新野直哉　一九八六　「『和名類聚抄』の「俗云」の性格―「A俗云B」の場合について―」（『文芸研究』一一二）
西宮一民　一九六九　「和名抄所引日本紀私記について」（『皇學館大学紀要』七）
濱田　敦　一九六七　「和名類聚抄」（『山田孝雄追憶　本邦辞書史論叢』三省堂。『日本語の史的研究』〈臨川書店、一九八四年〉所収）
不破浩子　一九八三　「『和名類聚抄』撰述の方針について―順と棭斎の立場の相違を問題として―」（『叙説』八）
不破浩子　一九九一　「『和名類聚抄』の体例に関する一試考―「箋注」本文を対象として―」（『訓点語と訓点資料』八六）
宮澤俊雅　一九八六　「「和名類聚抄の和訓について」続貂―和訓に冠する「和名」の有無について―」（『築島裕博士還暦記念　国語学論集』明治書院）
宮澤俊雅　一九九八　「倭名類聚抄と漢語抄類」（『東京大学国語研究室創設百周年記念　国語研究論集』汲古書院）
山口角鷹　一九六五　「倭名抄と漢語抄」（『漢学研究』復刊三、山口角鷹『増補　日本漢字史論考』〈松雲堂書店、一九八五年〉所収）
山田健三　一九九二　「順〈和名〉粗描」（『日本語論究2　古典日本語と辞書』和泉書院）
山田俊雄　一九七八　『日本語と辞書』（中公新書494、中央公論社）
吉田金彦　一九五八　「観智院本類聚名義抄の参照文献」（『芸林』九―三）

第三章　図書寮本『類聚名義抄』片仮名和訓の出典標示法

はじめに

図書寮本『類聚名義抄』の片仮名和訓(1)に関し、その出典標示の仕組みを考える。ここで、「標示」というのは、和訓に対して直接に出典名が注記されていない場合にも、出典が示されていることがあるからである。そのような場合、出典は「表示」されていないが、「標示」されている。以下、「表示」は文字として表に現れるかたちで示すこと、「標示」は目印をたて何らかのシステムによって示すこと、という程度の意味で使い分ける。

図書寮本は出典を明示していることが大きな価値を持つとされる。それをうけ、引用原典との比較対照が概ね可能な漢文注部分の出典研究は、かなり進んでいる。(2)しかし、和訓、なかんずく片仮名和訓についていえば、その出典についてさえ、厳密に特定できているわけではない。

和訓の出典研究は、主として点本との比較を通して行われてきた。(3)出典研究である以上、当然のことであろう。しかし、和訓の出典は大部分が漢籍であり、平安後期以前の現存漢籍訓点本が乏しいことから、時代が降ったものとの比較や、場合によっては、和訓ではなく本文中の文字のあるなしで研究されるといった不完全さがあった。実証的な研究において、現存資料との対比は欠くことができないことを承知した上で、和訓出典についての比較対照研究は、方法論的に限界があることを認めざるをえない。

図書寮本の和訓を研究するためには、まず図書寮本内部における出典が特定されなければならない。つまり、図書寮本編者がその和訓の出典を何であると示そうとしているのかを明らかにする必要がある。方法は必然的に図書寮本の内部徴証によって標示方式を解明するということになる。

一　問題提起

片仮名和訓の出典は以下のような形で示される。

(1)　等比　宋云匕鼻邲三音　中云俾履反類也　コロホヒ論　ナラブ書　コノゴロ後　シキリニ　行円云タトヒ（一三四2）(4)

この項目は卜部に属し、漢文注は掲出字「等比」中の下字「比」に対して施されているから、「コロホヒ論」は、『論語』の「比」字に対して、『論語』加点本に和訓「コロホヒ」とあることを示すものと思われる。同様に、「ナラブ書」は『尚書』に、「コノゴロ後」は『後漢書』に、「比」の文字に対して、これらの和訓が見られるということであろう。「シキリニ」には直接の出典注記がない。「行円云タトヒ」は僧「行円」(5)が著した書物、もしくは加点した本に、「比」に対して「タトヒ」の和訓が存在するということであろう。

(2)　班宣　弘云補姦反別也次也賦也編也位也列也賜也布也還也　応云……　東云……　長孫訥言云……　麻杲云……　玉云……　アカツ巽　ツイヅ　アマネシ俞　ホドコス　永超僧都云ーーアカチノブ（一六九3）

この項目は玉部に属し、注文前半の漢文注は「班」字に対する注となっているから、「アカツ巽」「アマネシ俞」はそれぞれ『文選』『論語』に見える「班」字に対する和訓であろう。「ツイヅ」「ホドコス」には出典が付されていない。「永超僧都云ーー」の「ーー」は、掲出字「班宣」を略して再引することにより、被注字が「班」から「班宣」へと切り替わることを示す。つまり、「アカチノブ」は「班宣」全体に対する訓であり、その出典が「永超僧都」なのである。以下では、被注字ごとに分割した形で注文を取り扱う[6]。

これらを見ると、以下のような疑問が浮かぶ。

(3)　①出典の示されない「シキリニ」や「ツイヅ」「ホドコス」は出典を持つのであろうか。また、持つとすれば、何であろうか。

②出典を表示するという機能は同じであるのに、「行円云」「永超僧都云」はどうして、「論」「書」「後」「巽」の示し方とは異なって、このような形をとっているのか。

図書寮本では和訓の出典表示に二とおりの形態を用いている。「コロホヒ論」のように、和訓の末尾に小さく右寄りに出典名を表示する形式と、「行円云タトヒ」のように「(出典名)云(和訓)」の形をとるものとである。前者を「末尾型」、後者を「云型」と名付けよう[7]。

したがって、(3)に答えるためには、次の三点が明らかになればよい。

(4)　①「云型」出典表示の機能

②「末尾型」出典表示の機能

③「云型」と「末尾型」との使い分け

二　図書寮本の注文構成

図書寮本の注文構成に関しては、宮澤（一九九二）に詳しい。

(5)　一　字体注（主に「干」の引文）
　　二　正音注
　　三　義注・又音・異体等の引文
　　四　真仮名和訓（主に「川」の引文）
　　五　呉音注（主に「公」の類音注）
　　六　訓点本等による片仮名和訓
　　七　玉抄等による片仮名和訓
　　八　和音注（主に真興和音）

片仮名和訓として問題になるのは、(5)のうちの五・六・七である。同じ片仮名和訓であるのに、右のように分類されているのは、出典表示の形態が異なり、その間の配列も概ね定まっていると認められるからである。つまり、原則として、五・七は「云型」をとり、六は「末尾型」をとる。また、五・六・七の注文が見られたとすれば、その記述は五六七の順に並び、七五六のようにはならない。そして、五から七の各項に属する出典は、それぞれにグループとしてほぼ決定されている。

片仮名和訓を持つ例を、片仮名和訓部分を中心に引用する。

(6)　潰　……呉音公云四　ヒタス　ヒチテ集　ツク詩　真云シ（〇一一4）

(7)　諭　……サトス孝　タトフ集　真云ホム（一〇〇5）

(8)　誨　……真云教ｰ訓也　真云ヲシフ　真云クヱ（一〇〇6）

(9)　所都　【都】[8]……ミヤビカナリ詩　ナラヘリ巽　スベテ　ツブニ彦　真云コトヾヽクニ　玉抄云オク　ツフト　フツト　スヘテ　ミナ　ナカク　アツク（一七九3）

(10)　堆阜　【堆】……公云對　ウヅタカシ　季云支之　アツム集　タムレ聚土也　玉抄云ツチクル　真云又ツイ（二三〇1）

(5)の五「呉音注（主に「公」の類音注）」は、「公云」の形で「云型」をとり、呉音注に続き、もしくは音注なしで、片仮名和訓が引かれる。[9]用例(6)であれば、「ヒタス」の出典は「公」と認めてよいであろう。[10](10)の「ウヅタカシ」も「公」によるものであろう。[11]

(5)の六「訓点本等による片仮名和訓」が片仮名和訓の中心をなす。片仮名和訓の九〇%以上がこの六に属する。[12]基本的に「末尾型」で出典が示され、なかに出典表示の見られない和訓がある。(6)「ヒチテ集　ツク詩」、(7)「サトス孝　タトフ集」、(9)「ミヤビカナリ詩　ナラヘリ巽　スベテ　ツブニ彦」、(10)「アツム集　タムレ聚土也」のようであり、「スベテ」「タムレ」には出典表示がない。

(5)の七「玉抄等による片仮名和訓」は、主として「玉抄云」の形で引かれる和訓である。「云」は漢文注に見られるように、通常その後にかかっていくから、用例(9)において、オクはもちろん、ツフト・フツト以下の和訓の出典も「玉抄」と見なしてよかろう。和訓は複数訓が引かれることが多く、和訓の大半にはアクセントが示されない。築島（一九五九）[13]は、図書寮本には少なくとも一回の増補があり、その際に「玉抄」が加えられたとする。その根拠は和訓の大部分に差声がないこと、および、大部分が注の末尾に位置することである。

七には、「玉抄」以外に「云型」で表示される出典がいくつか含まれる。詳しくは第十一節で説明する。概して例数が乏しく、表示例数が一〇を超えるものは「真」（真興）しかない。「真云」は用例⑹⑻⑽に見られるとおり、通常和音注であり、注文の末尾、⑸の八に位置する。なかに⑻のように、「真」から、漢文注・音注とは別に片仮名和訓が引かれることがある。「真」による和訓は⑺⑼のように、概ね六の後に位置するが、

⑾　知ー（識）　【識】……真云サトル　シル記　モノシル（〇七三1）

のように、六に先立つこともあり（この一例のみ）、また、

⑿　況　……イフ易　コ、詩茲也　マス〳〵　ナラフ書　タトヘテ真（〇四四2）

のように、「末尾型」をとることもある。このように、「真」和訓（真興による和訓[14]）は漢文注・和音注と一連のものとして引用されず、かつ、その出現に一貫性を欠く。「真」の出典として複数の書物を考えるべきであるかもしれない[15]。本章では「真」をいったん議論の対象から外し、必要な場合に限って言及する。

さて、「玉抄云」について指摘したように、「云型」出典表示が後にかかっていくことは、漢文注部分と共通であり、ほぼ自明である。したがって、先の⑷①に対して、「云型」はその表示よりも後に影響を及ぼすという形で出典を標示する、と答えることができる。問題となるのは⑷②「末尾型」である。

三　「末尾型」

「末尾型」出典表示の機能につき、単純化して考えよう。「a　bァ　c」のように、ある被注字に対してabc三

つの和訓があり、acには出典が表示されず、和訓bの末尾に出典表示「ア」が付されていた場合、abcの出典はそれぞれいずれとみなすべきであろうか。出典標示には規則性があると仮定した上で、(16) 可能性は四とおりある。

⒀ Ⅰ 「a／bア／c」出典表示は直接付されている和訓にのみかかる。つまり、出典無表示和訓はどの位置にあるものも出典無標示。(17)

Ⅱ 「(a bア)／c」出典表示は前にかかる。cが出典無標示。

Ⅲ 「a／(bア c)」出典表示は後にかかる。aが出典無標示。

Ⅳ 「(a bア c)」出典表示は前後両方にかかる。

Ⅳは「a bア c dイ」となった場合に、和訓cの出典を正確に標示できないから、機能しうるのは前三者である。ただし、後にあげる理由で、Ⅰも除外されるので、実際にはⅡ・Ⅲのどちらであるかが問題となる。(18)

⒁ 言 ……季云和礼 朱曰伊布去々呂波 去々尓 コト記 モノイフ マウス巽 コトバ詩 トク切 (〇七〇1)

の「モノイフ」であれば、「朱曰」が「伊布去々呂波」「去々尓」両訓にかかるように、出典注記は後にかかり、Ⅲ「(コト記 モノイフ)(マウス巽)」であるか、逆に、後から前に働き、Ⅱ「(コト記)(モノイフ マウス巽)」であるか、どちらかであろう。

ここで、見込みとしてⅡであろうと考える理由がある。「云型」「末尾型」の両形態が同じ機能を果たすのだとすれば、異なった形態をとる意味がない。異なった形態をとる以上、異なった機能を果たすと考える方が自然である。また、「末尾型」は文字どおり和訓の末尾に位置するという点からいって、すでに働きかけは前方に向かっているのである。

この問題を解くため、出典が表示されていない和訓に着目する。

四　出典無表示和訓

出典が直接表示されていない和訓（「出典無表示和訓」と呼ぶ）を観察する。

⒂　蹶取　【蹶】……ウゴク詩　ツマヅク集　フム　玉抄云アシナヘ　ヲツク（一一〇4）

フム・アシナヘ・ヲツクには末尾に接する形での出典表示がない。しかし、和訓中に「玉抄云」とあるから、アシナヘ・ヲツクの出典は「玉抄」と見なしてよい。したがって、出典の帰属が問題となるのはフムのみである。出典無表示和訓のうち、出典の帰属がはっきりしないものは⑸の六の位置に現れる。用例⒁のモノイフもそうである。

したがって、同じ出典無表示和訓であっても、⑸の六に位置するものと七に位置するものとは区別しなければならない。用例⒂の出典構造を「詩、集、×、玉抄云、○」と略記しよう。「×」は出典表示がなく出典の帰属が問題となる和訓。「云型」は「某云」の形で示す。「○」はそれ自身出典表示を持たないが、直前に「云型」出典表示があって、その出典に含まれると考えられる和訓である。⒁は「記、×、巽、詩、切」となる。

そのままでは出典が特定できない出典無表示和訓×について、その例数と、和訓内での位置上の分布を見る。

まず、×の例数を数える。(19) 表1では、×の他、出典表示例数五〇以上の出典をあげる。ここでは、表示名が同一であるもののみを集計した。例えば、「集」に「白」などを加えていない。(20)

表1　出典表示例数

出典表示	例数
×	278
選（巽）	197
詩	169
集	139
記	100
易	66
書	63
遊	60
総　計	1,536

×の例数は他の出典表示よりもはるかに多い。それはもちろん、×といって

も単一の出典ではないからである。[21] また、この中には、ある出典に帰属させるべきものも含まれるであろうことが予想される。

次に、(5)の「六　訓点本等による片仮名和訓」内部で、出典無表示和訓×の位置的分布を調べる。(14)は「記、×、巽、詩、切」であるから「中に×」、(15)は「詩、集、×、玉抄云、○」で、一見「中に×」に見えるが、「玉抄」は後の増補が考えられ、「詩、集、×、（玉抄云、○）」と見なすべきであるから、六の内部では「末に×」となる。また、

(16)　陰陽　……上クル歳ｰ　下アキラカナリ巽　ミナミ　ケサ切（二〇九2）

の場合、出典構造は「【陰】×【陽】巽、×、切」であり、上字「陰」については出典無表示和訓のみで、頭とも末とも言えないから、「全部×」とし、下字「陽」については「中に×」とする。出典無表示和訓×の分布をまとめたのが表2である。[22]

表2を見ると、「末に×」と「全部×」が多い。位置的には、訓点本等による和訓内部で末尾に偏って現れていることがわかる。

表2　×の分布

頭に×	中に×	末に×	全部×	×を持つ被注字総計
18	41	89	99	241

このことから、(13)のⅠ「a／bｱ／c」は成立しないとわかる。なぜなら、もしすべての×が出典無標示和訓であり、同質なのであれば、位置的な制約なしに、どの場所にも偏らず出現することが予想されるからだ。したがって、×は同質ではない。同じ×であっても、性質の異なったものが混在していると考えられる。具体的には、×であっても何らかの出典に帰属しているものと、そうでないものとが存在すると考えられる。

この場合、末尾に著しく偏って現れていることを考えれば、末尾に位置するものと、その他とに分けて考えるべきであろう。末尾に着目すれば、すべてが×であるものも、末尾が×であることから、末尾に位置するものに加えるこ

とができる。その結果、末尾に位置する×は合計一八八例、末尾以外に位置する×は計五九例となる。つまり、×は主として末尾に位置する。[23]

出典の標示されない和訓が図書寮本に存在することは疑うことができない。すべてが×であるものは、明らかに出典無標示である。

それでは、末尾に位置する×とそれ以外の×の、どちらが出典無標示なのであろうか。「全部×」が出典無標示であることから、末尾に位置する×が出典無標示和訓であると考えられる。それ以外の×は、直接に表示されないが、何らかの出典に帰属するものであろう。

つまり、末尾以外に位置する出典無表示和訓は出典を持つ。これを、和訓の収集という観点から見れば、出典の標示される和訓をまず集め、後に出典の標示されない和訓を加えたと解釈できる。

「a　bァ　c」についていえば、末尾のcが出典無標示であり、aは出典を持つ。つまり、Ⅱ「(a　bア)／c」であろう。ただし、以上によっては、末尾に位置するものとそれ以外との性質が異なっていることを推測できるのみで、「a　bァ　c　dィ　e」のような場合のa・cの帰属を決定することはできない。

五　出典序列

さて、表示される出典名の配列には一定の序列のあることがすでに知られている。宮澤（一九九二）によれば、(5)の六の内部で次の(17)のとおりである。[24] 和訓は基本的に、この出典序列の順に記載されている。例えば、「詩」による和訓は、「易」の和訓よりも後に置かれ、「白」や「切」よりは前に置かれる。

⒄　易―書―詩・記・論・選―月―後―律・列・礼・集―白・遊・唱―切

出典序列に従って配列されている和訓の中に、わざわざ出典無標示和訓を混入することは考えにくい。したがって、「末尾型」出典表示和訓の前もしくは間に位置する無表示和訓は、出典表示和訓に準ずるものであろうと考えることができる。この点からも、Ⅰ「a／bァ／c」は否定される。

⒅　正　……タヾス易　カミ書　マツリゴト　ヤム詩止也　タヾシク巽　タヾ聿（一三一7）

⒅の出典表示を略記すれば、「易、書、×、詩、巽、聿」となる。易―書―詩・選―律の序列の中に、出典無標示和訓が一つだけ割り込むことは考えにくい。出典表示を持たない和訓「マツリゴト」は、前後に位置する出典表示「書」もしくは「詩」、いずれかに含み込まれるものと考えられる。

一方、第一番目の和訓が出典無表示である例が、表2のとおり一八例存在する。[25]

⒆　淪没　【淪】……マミレヌ　ヒキヰル詩　シツメリ後　ホロフ聿　カクル集……（〇二〇5）

第一訓「マミレヌ」には出典表示がない。しかし、「ヒキヰル」以下の出典表示和訓をさしおいて、出典無標示和訓が第一番目に掲出されることは考えにくい。この場合、「マミレヌ」の出典として考えられるものは、直後の「末尾型」出典表示「詩」しかない。⒆の出典表示「×、詩、後、聿、集」は、第一番目に出典無標示和訓を掲げたのではなく、「詩、詩、後、聿、集」と見なすべきであろう。「詩」が「マミレヌ」「ヒキヰル」両訓にかかるとすれば、「末尾型」出典表示は、表示位置より前に影響力を及ぼすものでなければならない。⒅も「易、書、詩、詩、巽、聿」であろう。

以上から、Ⅱ「（a　bァ）／c」であることを帰結できる。[26]

もし、Ⅲ「a／（bァ　c）」であれば、出典序列の存在と矛盾する。また、×が末尾に集中することも説明できない[27]。加えて、頭に来る一八例および全部×を除くすべての×が出典をもつこととなる。なぜなら、下にかかるとするとそれはどこまでもかかっていくことになるからである。

六 「云型」「末尾型」の出典標示方式

よって、「云型」「末尾型」二つの出典表示形態につき、次のように結論づけてよかろう。

(20) 「云型」は後にかかり、「末尾型」は前にかかる。その影響は、別の出典表示が示されるか、被注字がかわる、もしくは漢字—片仮名のように文字種がかわるところまで及ぶ。

また、和訓の配置に関し、原則として次のように考えられる。

(21) 片仮名和訓は、基本的に出典序列に従い、出典ごとにまとめて配置される。

(22) 出典標示和訓の後に、出典無標示和訓が配置される。

以上に従い、先の(3)①に対して答えておこう。用例(1)は「【比】(コロホヒ論)(ナラブ書)(コノゴロ後) シキリニ (行円云タトヒ)」であり、「シキリニ」が出典無標示和訓。用例(2)は「【班】(アカツ巽)(ツイヅ アマネシ侖) ホドコス【班宣】(永超僧都云ーーアカチノブ)」であり、「ツイヅ」の出典は「侖(論)」、「ホドコス」が出典無標示和訓である。

七 変換

以上をうけて、出典無表示であった「○」と「×」とにつき(第四節参照)、○はそのすべてを、また、×について

表3 変換後の例数

				合計
選 214	選云 1			215
× 206				206
集 143	白 42	白氏文集 1	文集 1	187
詩 177				177
記 103	記？ 1			104
易 67				67
書 65				65
遊 65				65
切 48	小切 6	小切韻 1	切— 1	56
論 52	論語注 1			53
玉抄云 53				53
公云 49	公任卿云 1	公任云 1		51
			総 計	1,536

はその一部を出典に帰属させることが可能になる。

○は直前の「云型」出典表示に帰属し、×は直後の「末尾型」出典表示に帰属する。例えば、用例(9)の出典表示は「詩、選、×、彦、真云、玉抄云、○、○、○、○、○、○」であり、これは結局、「詩、選、彦、彦、真云、玉抄云、玉抄云、玉抄云、玉抄云、玉抄云、玉抄云、玉抄云」を標示していると考えられる。

この手続きに従い、出典を変換した後の例数を表3に示す。[28] これは、ある出典に属する片仮名和訓が何語存在するかを示していることになる。和訓を五〇語以上もつ出典の例数を、今度は同一出典の可能性があるものを合わせて示す。変換後も×として残るものが出典無標示和訓である。[29]

片仮名和訓は実際の出典注記（表示）の有無、および出典標示の有無によって、次の三種に分類できる。[30]

(23) X 出典表示「有り」 出典標示「有り」

Y 出典表示「無し」 出典標示「有り」

Z 出典表示「無し」 出典標示「無し」

Xが出典表示和訓、Y＋Zが出典無表示和訓である。Yは直接の表示を欠くが、前または後の出典表示が及ぶため、間接的に出典が示されているものである。○のすべてと×の一部が該当する。よって、X＋Yが標示システムにより出典が示されている出典標示和訓、Zが出典無標示和訓である。(5)の六の末尾に位置する×と全部×とがZにあたる。

同じ×で示したが、表1の×は出典無表示和訓（Y＋Z）[31]であり、表3の×は出典無標示和訓（Z）である。表3においても、×の例数、すなわち出典無標示和訓の数が多いことが知られる。これは、おそらく種々雑々の書から和訓が採取されたためであろう。

加えて、この表から、例数の多いものは大半が「末尾型」で標示されていることを知ることができる。表3で「云型」をとるのは、「玉抄」「公」のみである。集中的な採録が行われたと考えられる出典については、(5)の六の位置に「末尾型」で標示されていると考えてよかろう。

このように、図書寮本の片仮名和訓には、多くの出典無標示和訓が含まれている。このことから、出典無標示和訓の採録が編纂上ある一定の役割を果たしていたであろうと考えられ、また、これら多くの出典無標示和訓をそれとして示すシステムが必要とされたであろうと考えられる。つまり、図書寮本には基本的に出典を可能な限り明示しようという姿勢が見られる以上、無標示のものも無標示であることを明示する必要があるということである。そうでなければ、出典を標示したい和訓の出典を明確に示すこともできなくなる。

八　「末尾型」はなぜこの方式をとるのか

ただし、以上の研究によっては、なぜ「末尾型」出典表示がこの方式をとらなければならないのかわからない。つまり、(13)のⅡ「(a　bア)／c」であれ、Ⅲ「a／(bア　c)」であれ、一貫して用いられれば、十分機能したはずであるのに、なぜⅡの方式をとっているのかわからないのである。

ふつう記述を上から下へとたどる利用者にとって、記述をさかのぼらねばならないⅡは、あまり有効な標示法とは思われない。にもかかわらずそれをしたのは、編纂上の必要からであろう。

この問題を、出典無標示和訓が末尾に集中している事実をもとに、再度検討してみよう。

点本和訓（5）の六）末尾に集中して位置する出典無標示和訓とは、いったいどのような性格の和訓なのであろうか。まず常識的に、重要な文献からの採録が先に行われ、その後、それにもれたものから採録されると考えてよいだろう。出典無標示和訓は、出典を明示する必要がない、もしくは明示できない雑々の書から採取された和訓であろうと考えられる。

辞書は情報が追加されてゆく本質を持つ。[32] 和訓についても、編纂の過程で増補していくことが前提としてあったように思われる。（17）に見た出典序列も増補の過程で発生したものであろう。[33] 序列に含まれる各出典から集中的に和訓が採録され、その後も種々の書物から和訓が増補された。それらが出典無標示和訓として末尾に集中していると考えられる。

それでは、増補を前提として出典を標示する、その方法について考えよう。つまり、和訓を書き加えていくために（そして、時に出典無標示和訓を加えるために）、どのような出典標示方法が望ましいかを考えてみよう。

「a　bア　c」において、もしⅢ「a／（bア　c）」のように、bの出典表示「ア」が下にかかるとすれば、そこに出典無標示和訓を追補することはできない。末尾に出典無標示和訓dを加え、「a　bア　c　d」となれば、その標示するところは「a／（bア　c　d）」となり、和訓dはア出典と紛れてしまうからである。同様の理由で、「云型」もこのような場合の出典標示には適していないことが明らかである。

したがって、「末尾型」出典表示はもっぱら上にかからねばならない。和訓を書き加えていくという方式をとる限り、ここまでがこれこれの出典を持つ和訓だ、と示す必要があったと考えられる。「末尾型」出典表示は、上にかかることによって、次々と和訓を書き足していくのに都合がよく、また、出典を明示しない和訓を末尾に加えることができる、という利点がある。

以上のように考えれば、編纂作業の実際に照らしても、Ⅱ「(a　bア)／c」であることが証される。図書寮本という浩瀚な辞書を編むにあたって、出典の紛れを可能な限り避けるための手段が採用されていた[34]。

また逆に、この方式をとることを可能にしている条件は何であろうか。「末尾型」が前にかかっていくことが可能なのは、「末尾型」片仮名和訓群の前には漢字しか位置しないからである。(5)の一から五までは、万葉仮名和訓も含むが、基本的に漢文注であり、漢字―片仮名という形で、境界は明らかである[35]。

九　出典標示と出典

ここで申し添えておかねばならないのは、図書寮本が示す出典が何であるかということと、標示された出典が正確かどうかということとはおのずから別問題だということである。本章で考えたのは図書寮本内部で出典を再構成するための手続きであって、実際その出典点本に該当語・和訓が存在するかどうかは別の問題となる。

現存訓点本との比較から、Ⅲのように出典表示が下にかかる場合もあるのではないか、との見解が提出されている[36]。図書寮本内部にもすでに矛盾が存在する[37]。出典標示システムの一貫性が、必ずしも守られていない例と理解してよいかもしれない。

システムの一貫性は次の二つのレベルで損なわれうる。一つは一貫性そのものが維持されない場合。もう一つは維持する意思があってもそれが果たされない場合である。前者は、例えば(13)のⅡⅢを混用するなど、編纂者が恣意的にふるまうことによってシステムが損なわれるケースであり、後者は誤写等によってシステムが保たれないケースである。

もし図書寮本において、前者の恣意性を広く認めるべきだとすれば、出典標示に法則性を見出そうとする本章の議論は無効となる。しかし、可能な限り出典を明示しようとする図書寮本の全般的態度に鑑み、出典標示には規則性があったと考えるべきだろう。片仮名和訓における「云型」「末尾型」の使い分けにも、出典を正確に示そうとする意思が読みとれる。

ただし、意思があったとしても、それが必ずしもそのままに実現されるとはかぎらない。出典表示の誤りは、多く後者の理由によって生じたものと推測される(38)。

誤写が避けられないことはどのような文献についても言えることであるが、とりわけ辞書においてはその傾向が強い。というのも、辞書という書物が複雑な編纂過程を要することに加え、基本的に記述が文脈をもたないため、一度誤られると修正が困難であるか、もしくは全くできないからである(39)。なかでも出典表示は、漢字とも訓とも本来無関係であり、その位置にその出典が示されていることに何の必然性もない。ある和訓の出典がしかじかの文献でなければならないというのは、その訓を採取した時点でしか言えない。ひとたび誤られると、それを訓点本にまでたちかえって確認するということは、現実的にほぼ不可能である。すなわち、出典表示は、採録・編纂・書写それぞれの段階で誤られることはあっても、正されることはない、そのような性格の注記だと考える必要がある。したがって、図書寮本に表示されている出典が完全に正しいものであるということは、そもそも考えがたい。

結局、以上の研究によっては、現在みる図書寮本の姿に照らし、和訓出典標示のあるべきシステムはこのようなものであったに違いない、と言いうるに過ぎない。その意味で、訓点本との比較研究が依然として必要であることは明らかだ。むしろ逆に、このような理論的処理を基盤として、対照研究を行うべきであろう。つまり、図書寮本内部の標示方式に従い決定される出典を、点本との比較によって、可能な限り確認・補訂するべきである。

十　出典表示形態の相違

以上で、(3)①および(4)①②の検討を終えた。続いて、(3)②および(4)③の問題、すなわち出典表示形態の相違について考える。

出典の表示形態には、上にも見たとおり、「ミヤビカナリ詩」のように、和訓の末尾に小さく右寄りに出典名を表示する「末尾型」と、「玉抄云オク」のように「(出典名) 云 (和訓)」の形をとる「云型」とがある。問題は、この出典表示形態の違いが何に基づくものなのか、ということである。

築島(一九五九)は、出典の性格によって、おおよそ両形態のいずれをとるかが決せられていると説明する。つまり、訓点本からの傍訓は「末尾型」をとり、辞書・音義等からの注文の引用は「云型」をとる、とされる。以下、この考えを「築島説」と呼ぶ。

たしかに、漢文注部分のように、辞書・音義類から本文を引用する場合には、「云型」が用いられているのだから、和訓でも辞書・音義類の本文中に記されたものは「云型」で引用される可能性がある。『倭名類聚抄』その他から引かれる万葉仮名和訓もほぼすべて「云型」で出典標示されている。(40) 逆に、訓点本傍訓のように、本文に対して二次的・従属的な記述を引用するにあたって、本文引用のための「云型」とは異なった形式が用いられることは、考えられることである。つまり、原テキストに存在する記述の引用には「云型」を用い、原テキストに書き加えられた記述の引用には「末尾型」をもってしていると理解できる。もし「渡　詩云ワタル」とあれば、これは奇妙な記述である。『毛詩』本文に見えるのは漢字「渡」であって、和訓「ワタル」ではない。その意味で、傍訓を「云型」で引用することには抵抗があろう。図書寮本では「渡　ワタル詩」の形をとる（〇五一―1）。

しかし、築島説のこの分類のみで、すべてが解明されるわけではなく、同一の出典が両型をとる場合があったり、文献の性質とは食い違った表示形態をとる場合がある。統一的な説明は、別の観点からなされるべきであろう。

また、上記は「異なるべき（異なった方がよい）」理由ではあっても、「異ならねばならない」理由ではない。二種類の表示形態を使い分けることによって、本文からとった和訓なのか、傍訓からとったものかを示し分けているのだとすれば、なぜその違いを明示する必要があったのかが説明されねばならない。

両者間に重要度の違いがあり、それを示す必要があったと考えることもできそうである。ところが、重要度からいえば、本文からの記述（「云型」で示されるはずだ）が優先されてしかるべきであるのに、実際には、「云型」出典表示和訓はごく少数であり、その出現も散発的である。位置的にも、「云型」は概ね配列の中で後に置かれる。「云型」の代表である「玉抄」については、その和訓の多くにアクセントが付されていない。逆に、集中的に和訓が採録されたと見られる出典については、ことごとく「末尾型」で表示されている。つまり、重要度で劣るはずの傍訓（「末尾型」）が明らかに優先されているという矛盾がある。

文献の性質とは別に、出典表示形態が「異ならねばならない」理由が存したというのが私見である。(5)六の出典表示形態を考えてみよう。六の位置で「末尾型」が用いられるのは、文献の性質によるというよりもむしろ、六という位置そのものによっている。末尾に出典無標示和訓を加えるためには、「末尾型」をとらねばならないのである。それでは、「云型」はどうであろうか。

十一「云　型」

片仮名和訓の出典表示で「云型」をとるものは表4[41]のとおりである[42]。

片仮名和訓は(5)の五・六・七に現れ、出典表示形態は概ね、五「云型」、六「末尾型」、七「云型」である。

「云型」で最も例数が多いのは、五に属する「公云、公任云、公任卿云」（藤原公任撰『大般若経字抄』か）であるが、「云型」をとっているのは、「公」が、築島説が言うように、辞書・音義類であるからというよりも、用例(6)(10)のように、「公」によって呉音注が引かれるからである。つまり、「公」が「云型」をとるのは、(5)の一から四の漢文注の出典表示形態の延長と考えられる。

「公」を除く「云型」について、以下のような特徴を指摘できる。

(24)　1　例数が少ない。
　2　片仮名和訓末尾に位置する傾向が強い。
　3　表示形態に例外が多い。

まず、「公」「玉抄」「真」を除き、「云型」は用例が極めて乏しい。このことから、これらは六の「末尾型」出典標示和訓収集の後に参観された雑々の書と考えてよかろう。本格的な和訓採取の対象であったとは

表4「云　型」

「云　型」		「末尾型」	
公云	44	公云	1
公任云	1		
公任卿云	1		
玉抄云	28		
真云	12	真	1
真云？	1		
行円云	4	行円	2
憲云	2		
口傳云	2		
延喜式云	1	延喜式	1
萬葉集云	1	萬葉集	1
勝曼云	1		
永超僧都云	1		
季云	1		
選云	1	（選	197）
「云型」合計	101		

思えない。例えば、『萬葉集』など、その気になれば、多くの和訓を採取できたはずである。[43] 見るに従い、恣意的に採取された和訓としか思えない。

また、これら「云型」は、片仮名和訓全体の末尾に位置する傾向が強い。例外は「真」に一例（用例⑾）と「口傳」に一例のみである。「口傳」は次の全二例。

㉕　希望【望】……口傳云平ノゾム去ノゾミ　ノゾムシニ巽　ウラム詩　ワスル遊（一六八6）

㉖　思察【思】……オモヒ巽　恤云又音司　口傳云去声者オモヒ平声者オモフ（二三八2）

㉕では、「末尾型」出典標示和訓に先立っている。「平」「去」「去声」「平声」等の記述が含まれていることから、辞書・音義に類するものであったかもしれない。これらを除き、「云型」はその全てが末尾に位置する。

なかでも注目されるのは、用例⑴に「コロホヒ論　ナラブ書　コノゴロ後　シキリニ　行円云タトヒ」とあって、「行円」が出典無標示和訓「シキリニ」の後に位置していることである。また、「勝曼」も、

㉗　信受……マコト易　ノブ後中也　オモヒデ遊　カタミ　勝曼云ーツカヒ（〇七三3）

と末尾にあり、出典無標示和訓「カタミ」の後に位置している。

前者で、もし「行円」が「末尾型」をとっていれば、出典標示が混乱することは明らかである。「タトヒ行円」とあれば、「（コロホヒ論）（ナラブ書）（コノゴロ後）（シキリニ　タトヒ行円）」と理解され、「シキリニ」は出典無標示和訓ではなく、「行円」によるものと理解されてしまう。後者も同様に、「勝曼」が「末尾型」をとれば、「カタミ」の出典が「勝曼」に誤られる。[44] 用例⑽⒂の「玉抄」も「末尾型」で示すことはできない。

このような出典の紛れを避けようと思えば、表示は必然的に「云型」をとらねばならない。つまり、出典無標示和訓の後に、出典を明示してさらに和訓を加えるためには、「云型」をとる以外にないことがわかる。

「勝曼」はおそらく『勝鬘経』にほどこされた和訓であろう。築島説によれば「末尾型」をとってしかるべきである。しかし、上記のような位置に置かれた場合に、なお出典を明示しようとすれば、「云型」をとるよりない。(45)
「延喜式」は傍訓からとられた和訓であろう。築島説に従えば「末尾型」のはずであるのに、

(28) 石清ー《（水）》　延喜式云イハシミヅ（〇〇四4）

のような「云型」が見られる。もう一例は、

(29) 堦　イヌイキ延喜式（二三一5）

と「末尾型」をとっている。これは、『延喜式』のように追加して参観された諸書の出典は、本来「云型」をとるべきであるが、単一訓のように、出典の紛れが生じる可能性がない場合には、片仮名和訓の出典表示の大半（九〇％以上）(46)が「末尾型」であることにひかれて、「末尾型」をとったものと理解できる。(47)

結局、(24)の1「例数が少ない」ことは、これらが和訓の収集にあって補助的な文献であることを示し、2「片仮名和訓末尾に位置する傾向が強い」ことは、これらの和訓が「末尾型」出典標示和訓よりも後に増補されたものであることを示していると思われる。3「表示形態に例外が多い」のは、2の結果、出典無標示和訓よりも後に位置することがあったため、基本として「云型」が用いられたが、和訓出典は通常「末尾型」をとることから時に混乱を生じたということであろう。

最後に、築島説によれば「云型」をとるべきであるのに、「末尾型」をとっている出典についてふれる。(48)「切」「切ー」「小切」「小切韻」の形で示される『小切韻』である。出典表示例数は五一例。片仮名和訓出典中八番目に多い。逸書であるが、『小切韻』の名称から推して、辞書・韻書のたぐいであろうと想像される。一例であるが、「望」項「……平モチ切」（一六九1）のように、「平」と示すものもある。にもかかわらず、すべて「末尾型」である。

これは、(5)の六に含まれるような、集中して和訓の採録を行った出典については、そのすべてを「末尾型」で統一的に表示したためであろう。[49]「末尾型」の中に「云型」を混入させると、出典標示に混乱が生じてしまう。『小切韻』(切)は(17)のように序列の最後尾に位置するとはいえ、

(30)　潜轉　【潜】……呉ト公云瞻　ヒソカニ　一乗義私記云　カクシテ選　クヾル小切　シヅム（〇一三5）

のように、後に出典無標示和訓が置かれることもあるのだから、もし「小切云クヾル　シヅム」と「云型」をとっていれば、末尾の出典無標示和訓「シヅム」も『小切韻』に摂せられてしまう。

十二　出典表示形態の相違は何に基づくか

(5)の五・六・七において、五の表示形態が「云型」であるのは、漢文注の表示形態の延長であろう。六が片仮名和訓の中心部分をなす。出典標示和訓が概ね出典序列に従って配され、最後に出典無標示和訓が加えられることがある。ここで、末尾に出典無標示和訓を加えるためには、六の出典表示形態は「末尾型」でなければならない。また、これらの後に位置する七は、出典無標示和訓の後に位置することがある。出典の紛れを避けるためには、「云型」をとらねばならない。この表示形態の決定にあって、出典ごとの文献の性質は問題にならない。

たしかに「云型」「末尾型」という表示形態は文献ごとにほぼ定まっている。しかし、それは文献の性質に応じて定まっているというよりも、文献ごとにおかれる位置が定まっているのである。五「云型」・六「末尾型」・七「云型」において、出典表示形態を規定しているのは、それぞれに属する文献の性質ではなく、このような配置そのものであると理解することができる。七に引用される諸書について言えば、辞書・音義類であるから、七の位置に置かれ

たのではなく、七の位置にあったから、「云型」をとったと考えるべきであろう[50]。

築島説は、「云型」「末尾型」という表示形態の「起源」を説明するものとして肯われるものである。しかし、起源と実際の運用とは必ずしも一致しない。

以上より、出典表示形態「云型」「末尾型」を決定しているのは、主として片仮名和訓中の配置であると考えてよいと思われる。そして、その配置は大筋において採録順序と対応すると見ることができる。辞書の記述の線状性を、そのまま編纂の先後として受けとることはもちろんできない。しかし、図書寮本の片仮名和訓について、その記載順序は編纂過程を概ね反映していると理解できる。

図書寮本の引用態度は原文に対し非常に厳密である。和訓についても、典拠とした文献で万葉仮名であるものは万葉仮名で、片仮名であるものは片仮名で引用している[51]。また、出典表示が図書寮本にのみあり、改編本諸本に見られないことはよく知られている。このような忠実さを、「学術的な色彩[52]」、「本文主義[53]」と見ることはできるにしても、現代的な価値基準にしたがい、文献学的良心として評価することは妥当でない。それはむしろ、素材をそのままに掲載した、記述としての未精錬と見るべきであろう。つまり、それぞれの引用が辞書という統一体にまだ溶かされきっていないからこそ、原典に忠実なのである。

和訓の出典間に序列が存在することはすでに見た(17)。その序列にどんな意味があるかを問う前に、序列があることとそれ自体の意味を問うべきである。これらの出典からの和訓の採録は、おそらく集中的に、一つの書物から和訓をまとめて書き抜くという形で行われたものと想像される。序列はそのために「結果として」発生したものと考えることができる。

観智院本『類聚名義抄』の和訓配列は、利用の便宜を図り、改良が加えられているという説がある[54]。一方、採録の過程を色濃くとどめる図書寮本において、和訓の収録後、その配列が調整されたと考えるよりも、原則として、採取の順に付け加えられていったと見る方が蓋然性が高いであろう。

和訓については、まず、呉音注に伴い「公」の和訓が引かれる。次に、限定された数の訓点本その他から集中的に和訓を採取し、その出典を「末尾型」で示す。その後、種々の書物から和訓が追補され、多くは出典が標示されなかったが、とくに出典を標示する場合には「云型」をもってそれを示した。(55)「玉抄」はおそらく字書体であり、(56)和訓の収集に都合がよかったこともあって、ややまとまった分量の和訓が引かれた、(57)ということではなかろうか。

おわりに

「云型」「末尾型」の特徴は次のとおりである。

(31)「云型」は一連の記述を引用するのに適しているが、そのために末尾に出典無標示和訓を加えることができない。

(32)「末尾型」は一連の記述であることを明示するにはあまり適さないが、次々と和訓を書き足していくことに適し、末尾に出典無標示和訓を加えることができる。

それぞれの特徴を巧みに組み合わせることによって、出典の紛れることがないよう注意が払われている。

そして、「云型」「末尾型」両型を並存させることによって、出典無標示和訓をそれとして標示している。すなわち、出典無標示和訓は両型の狭間にあることによって示される。(58)

(33)（a　bァ）c　d（イ云e　f）

「末尾型」出典表示「ア」は前にかかり、「云型」出典表示「イ」は後にかかる。その間に挟み込まれる形で、出典無標示和訓c・dが存在している。

出典を標示するという同一の機能を果たすために、「云型」「末尾型」という両型が並存し、「云型」は後に、「末尾型」は前にかかる。一見不規則・不統一に見えるこれらの現象も、出典標示の混乱を避けるという意味で、合理的かつ一貫性を持つものであった。二通りの出典表示形態の並存は、出典の紛れを最小限に抑え、かつ出典無標示和訓をそれとして明示するための方法として、編者自身によって採用されたものと考えられる。

註

(1) 傍訓は問題としない。注文に含まれる片仮名和訓のみを対象とする。「五 絁《トコロ》ヌヒメセリ詩」(三〇二2)であれば、「トコロ」はとらず、「ヌヒメセリ」を出典「詩」としてとる。「三〇二2」は複製本の頁数と行数。行数は標出字の位置により示す。

(2) 池田(一九九一ab・一九九二ab・一九九三・二〇〇〇a)、池田・小助川・浅田・宮澤(一九八八)、築島(一九六三b)、原・山本(一九八三)、宮澤(一九七三・一九七七・一九八六・一九八七・一九八八・一九九二)、望月(一九九二)、山本(一九九一・一九九二・一九九三・一九九四)、吉田(一九五四ab・一九五五)等を参照。

(3) 和訓に関する研究は、呉(二〇〇〇)、小助川(一九九八)、築島(一九五〇・一九五九・一九六九)、中村(一九七五・一九七九・一九八〇・一九八七)、山本(一九八五・二〇〇〇)等を参照。

(4) 原文で注文部分は割注形式。引用にあたって、声点等を省略し、複声点の明らかなものは濁音形で引用した。また、片仮名表記を一部通例の文字に改めるなど、表示困難な文字・記号を適宜別の表記に改めた場合があるので、詳しくは複製本を見られたい。

(5) 行円を、吉田(一九五四b)は「興福寺の学僧」(二九頁)とし、「和訓は行円の点本から採録したのであろう」(三〇頁)と述べる。築島(一九六九)は「行円(一〇〇五頃の人)は天台宗三井寺の僧侶で、唐房阿闍梨と称せられ、訓点本の類にも極めて屢々引用されてゐる」(三三頁)と述べる。「行円」は和音注の出典の一つでもある。

(6) 「惻愴」項「……イタム易……下……イタムラクハ唱　イタマクハ　ーーイタム巽」(二五三4)であれば、「【惻】イタム易　【愴】

イタムラクハ唱　イタマクハ【惻愴】イタム巽」と分割する。

(7) 築島（一九五九）では、(イ)型「項出漢字―出典名―云―和訓」・(ロ)型「項出漢字―和訓―出典名（小字）」として整理される。(イ)型が「云型」、(ロ)型が「末尾型」に相当する。

(8) 【　】は被注字を示す。

(9) 音注に伴われ、和訓が注文内で上部に位置することもある（用例⑽）。他に「紅環」項（一六一4）・「瑕疵」項（一六四2）。

(10) 『大般若経字抄』に「漬四《ヒタス》」と見える（二二ウ7）。

(11) 『大般若経字抄』に「堆音臺《ウツタカシ》」と見える（一三ウ3）。

(12) 片仮名和訓総数は一五三六例。論者の集計によれば、(5)の五に属するものが五一例、六が一四〇〇例、七が八五例である。計量により小差はあろうが、六が大半を占めることは動かない。

(13) 築島（一九六三a：九七五）。

(14) 真興については、田尻（一九七二）、築島（一九五九・一九七三）、沼本（一九八二）、山本（一九九二）、吉田（一九五四b）を参照のこと。

(15) 築島（一九五九・一九六三a：九六五〜九六六）を参照のこと。和訓の出処も一つではないかもしれない。

(16) もちろん、規則性がない、という可能性もある。しかし、論者は出典標示に規則性があると考えている。第九節を参照のこと。

(17) ここで、「出典無標示」とは、出典注記がない（出典無表示）ことに加え、図書寮本の出典標示システムによっては出典が特定できない、ということである。第七節を参照のこと。

(18) 「図書寮本類聚名義抄仮名索引」（築島・宮澤　一九七六、以下では「仮名索引」と略称する）は、Ⅱのように、和訓ａｂはアに属し、ｃは「出典無記載及不明」としている。ただし、その根拠については明示されていない。その後、この点につき直接論じたものも管見に入らない（本章初出時点）。加えて、なぜそのような標示方式を用いているのかについては、いまだ研究が行われていないように思う。

(19) 調査方法は以下のとおり。①図書寮本に見える片仮名和訓につき、その出典を調査する。②出典名略称は原本どおりとするが、一部漢字字体を現行通用のものに改めた（巽→選など）。③標出字および注文中の片仮名傍訓はとらない。④抹消されている片仮名和訓はとらない。⑤後筆が疑われるもの、欄外に記入されたもの、入紙部分（二〇九〜二一二）に見られるものはひとまずとる。

(20)「集」と「白」はともに『白氏文集』を示す可能性が高い。

(21)「出典表示」対「出典無表示」という形で比較すれば、一二五八対二七八となる。

(22)調査方法は以下のとおり。①×の現れる位置によって、「頭」「中」「末」「全部」に分類する。②×の数は問題にしない。その位置に現れるという現象が何回見られるかを調べる。「×、詩、論、×、遊、×、列、×、×」のような場合、「頭」一、「中」一、「末」一とカウントする。また、「×、×、×」は「全部」一となる。③したがって、「頭」「中」「末」「全部」の合計値は、「×」の合計とも、「×を持つ被注字数」の合計とも一致しない。④「……×、玉抄云、……」のような場合の×は末尾と見なす。「×、玉抄云、…」は「全部×」と見なす。

(23)ここで、「末尾型」出典表示は後から前の方向に観察すべきであると推測できる。なぜなら、末尾がそれとして意味をもつのは、列を後から観察した場合であるからだ。

(24)「詩・記・論・選」などは、その内部で序列を確定できないことを示す。

(25)一八例は以下のとおり。「酒ー《(池)》」項(〇〇七4)、「沐浴」項(〇一七1)、「淪没」項(〇二〇5)、「涸」項(〇三三1)、「清ー《(冷)》」項(〇六七4)、「潔潔」項(〇六七6)、「論議」項(〇七一上)、「審密」項(一三七6)、「崖岸」項(一三八5)、「崢嶸」項(一四四4)、「隅」項(二〇四2)、「衷ー《(恕)》」項(二四二5)、「慱慱」項(二六九7)、「帔」項(二八〇1)、「ー《(經)》營」項(二八八2)、「綃縠」項(二九三6)、「功績」項(二九六4)、「結ー《(繚)》」項(三二一6)。最後の「結繚」項については本書第一部第一章で触れた。

(26)ただし、ここで、前にかかるとしても、「a　b　cア」のような場合を問題にできよう。つまり、出典表示アは前にかかるとしても、いったいどこまでかかるのかという問題である。しかし、これは上と同じ理由で、すべてにかかると考えられる。「×、×、ア」のアがもし直前の和訓一つにしかかからず、「×、ア、ア」であるとすれば、第一番目に出典無標示和訓が現れることになる。したがって、「×、ア、ア」は「ア、ア、ア」と見なすべきである。例えば、「縁」項(二八九6)には「メグル巽　ヨリテコトノモト　シタガヒテ列　ツラナル集　モトホシス」の片仮名和訓があり、出典を略記すれば、「選、×、×、列、集、×」である。この場合、「×、×」の直後に位置する出典表示「列」はその前の×すべてにかかると見なすべきである。出典は「選、列‖、列‖、列、集、×」となる。

(27)×は中と末に偏りなく現れるはずだ。

(28) 表3中の「記?」は「誤人」項「アヤマリナラシ」（〇九八7）の虫損による。

(29) ちなみに、この変換によって、「×」が七三減少し、「〇」が三一減少する。

(30) 組み合わせは四とおりだが、出典が表記されていてかつ出典を持たないものは存在しないので、三種類となる。

(31) ただし、Yからは〇を除いたものである。

(32) 『類聚名義抄』でも原撰本→改編本において、その傾向を見て取ることができる。また、『新撰字鏡』序文の「自尓以後、筆幹不捨、尚随見得、拾集無輟」（享和本・群書類従本による。天治本は「自尓以後筆幹不捨集無輟」と作る）も参考になる。

(33) この点については、本章第十二節と本書第二部第四章を参照のこと。

(34) 以上の考察を通じて、いまだ判明していない根本的な問題が一つある。それは、個々の和訓に出典が示されないのはなぜか、という問題である。出典無表示のような形を取らず、出典を示したいものには、そのいちいちに出典名を施せばよいように思われる。そうすれば、出典標示の紛れを最も少なくできることは明らかだ。この問題に対して、現在のところ明確な解答を示すことができないが、①すべてに出典を施すことは煩雑である（書写の際にも、かえって誤りやすいと思われる）。②出典表示形態は、漢文注に用いられる「云型」が基本であって、「云型」で注は一連のものとして示される。③和訓採録作業との関わり。これらを考慮すべきではないかとの私見をいだいている。

(35) しかしながら、五には片仮名和訓が位置することがある。例えば、用例(6)では、和訓「ヒタス」に対し、直前・直後の出典表示「公云」と「集」とがともに、両方向からかかる可能性があるため、出典の所属が分明ではない。このような構造上の欠陥があり、出典の標示は完全に明確というわけではない。「公」に複数訓ある場合も確実な標示が困難である。そのためであろうか、「潰爛」項「……呉音公云火以　モル／又ツユ　真云火イ」（〇一一3）・「涎沫」項「……公云音泉　ツハキ／又ヨダリ」（〇五九2）（「／」は割注内の改行を示す）のように、複数訓の場合、両訓が「公」によるものであることを明確に示すため、「又」が用いられている。ただ、この場合、改行されていることも、原因の一つであるかもしれない。ちなみに、『大般若経字抄』には、「潰」に対して「モル ツユ」（一八ウ7）、「涎」に対して「ツハキ」（四ウ4）・「ヨタリ」（四ウ上）、と確かに存する。当然「又」字はない。逆に、「又」を欠くものは出典が疑われ、そのようなケースが一例ある。「忻」項「……公云音欣通用欣字歟　ミル　ウヤマフ　ツ、シム」（二三九7）の三訓は「公」であろうか。『大般若経字抄』には該当字が見えないので（現存『大般若経字抄』は図書寮本『類聚名義抄』編者が参照したものと同一ではない）、何とも言えない。これらは「公」のものではない可能性もある。逆に言えば、この位置にある和訓について、出典無標示であることを積極的に示すことはできない。ただ、標示方式に則れば、「公云」がかかると解釈されるので、今回の計量ではひとまず「公云」とした。仮名索引は出典を「公」としている。

（36） 築島（一九五九・一九六三a：九六六〜九六七）参照。また、築島（一九九四）は「「詩」といふ出典表示はその上の訓だけでなく、下の訓にもかかつてゐるものと思はれる」（四四二頁）と言う。山本（二〇〇〇）は『史記』点本と図書寮本「記」表示和訓との比較により、「出典表示「記」が、次位の直接出典表示のない和訓にも及ぶことが相互に明らかになる」（四七一頁）と述べ、注に「このような和訓の出典の示し方は図書寮本全般に及ぶ原則と考えられる。但し、他出典例において個別には次位には及ばないと見られる例も少例存する」（注14）としている。

（37） 例えば、「懐」字に見られるような、同一字に対する和訓注相互間での出典の異なりがある。「懐」項「……ナツク書　ハラム記　イダク　ヤスシ詩　オモフ《ヒ》　イタル　ナツカシムズ俞　キタス異来也　ムダク列　ヨル　フトコロ礼　フトコロニス集」（二四四6）と「懐」項「……ナツク書　ハラム記　ヤスシ　イダク　イタル　オモヒ異　キタス来也　ムダク列　ヨル　ナツカシムス論　フトコロ礼　オモフ詩　フトコロニス礼」（二七三1）を見よ。また、和訓注内で和訓が出典ごとに連続せず、再度出典が示されることもある。一例は、右の「懐」項（二七三1）であり、もう一例は、「経緯」項「詩、論、選、論、詩、令、列、遊、白、切」（二八七4）である。この二例からも考えられることだが、和訓出典序列には例外が存在し、厳密に序列を決定することを困難にしている。

（38） 本書第一部第一章参照。

（39） 観智院本『類聚名義抄』に見られる不可解な和訓等はその例と見ることができる。逆に言えば、恣意的改変は避けられる傾向が強いと言えるかもしれない。

（40） 万葉仮名和訓の出典は基本的に「云型」で示されるが、なかに「末尾型」を用いる例もある。「一忽」項「比止余利乃糸朱」（二七五7）。

（41） 表4中の「真云？」は「不思議」項（〇七二5）の「ハカラク」である。仮名索引は出典を「真」とするが、直上の漢文注末に朱の句点があり、和訓には声点がない（これ以外の「真云」全一二例に含まれる片仮名和訓にはすべて声点が存する）ことから、出典無標示和訓である可能性がある。「季云」は通常万葉仮名で和訓が示されるが（全八六例）、「錯｜(該)」項（〇七九5）のみ「季云マジハリソナハレリ」と片仮名で和訓が示されている。「選云」は「｜(漑)注」項（〇〇九6）。

（42） ただし、「派流」項「……選曰歳月如｜ナカル……」（〇一七5）や「陰」項「……書云会《モダス》黙也注云｜……」（二〇二7）のように、引用した本文に和訓を付している場合は、本文引用のため「云型」をとったと考えられるので、数より除く。また、「踊躍」項「……上倭名或本云亦作踴ヲドル保止波之流……」（一〇七3）で、「ヲドル」は「踴」に対する傍訓が紛れ込んだと考えられるので、「倭名或本」は万葉仮名和訓の出典と見る。「一乗義私記」は、用例(30)「潜轉」項（〇一三5）に見えるが、当該出典に関し注文の構造が不明であり、「渉入」項「……一乗義私□登ー《ノホリノホル》陟歟」（〇五四7）も本文引用であるので、例に加えていない。

(43)　『萬葉集』は全二例。「万ー《（歳）》」項「ヨロヅヨ萬葉集」（一三四1）・「月ー《（比）》」項「萬葉集云ツキコロ」（一三四4）。逆に、出典無標示であっても『萬葉集』などに由来する訓があるかもしれない。

(44)　用例(2)の「永超僧都云」も同様に見えるが、この場合は被注字が異なっているから、「末尾型」で表示しても出典の混乱は起きない。註(6)にあげた「惻愴」項（二五三4）を参照のこと。ここで「云型」をとるのは「永超僧都」が後補和訓であるからであろう。また、被注字間の境界表示には「云型」の方が適しているという理由も働いているかもしれない。註(41)の「選云」一例もあるいはそのためであろうか。

(45)　築島（一九五九）は「勝鬘経音義」を想定している（築島　一九六三a：九六三）。

(46)　片仮名和訓総数は一五三六例。そこから出典表示がない「×」二七八例・「〇」三一例を減ずると一二二七例。このうち、「云型」は一〇一例、「末尾型」は一一二六例である。

(47)　他の例外は以下のとおりである。「公云」は形態上すべて「云型」であるが、一例のみ和訓の後に位置する。「無ー《（端）》」項「アヂキナシ公云」（一二五5）。仮名索引（出典別索引）では「出典存疑」とするが、『大般若経字抄』にも見え（三二オ3）、上で検討したように、「末尾型」にひかれることがあったと考えれば、「公」と見なしてよいように思われる。また、「真」も一例だけ「末尾型」が見られる（用例(12)）。「行円」も「末尾型」をとるものが二例ある。「泊湘」項（〇二五3）・「躡」項（一〇八4）。「行円」は和音注で「末尾型」をとることもある。「皁」項（一八六1）。「萬葉集」の一例は「万ー《（歳）》」項（一三四1）。いずれの場合も、「末尾型」をとることで、出典標示に混乱が生じる可能性はない。

(48)　築島（一九五九）はこの点を説明するため「……少し穿ち過ぎかも知れないが、この部分だけは別な人の増補かとも考えられる」と言う（築島　一九六三a：九六六）。

(49)　「末尾型」をとることについて、これらの和訓は『小切韻』に書き加えられた傍訓であったと解釈する可能性もある。

(50)　「云型」の中心が辞書・音義であるように見えるのは、そもそも『類聚名義抄』の編纂材料が辞書・音義に偏っているからである。

(51) 築島(一九五九)。

(52) 小松(一九八五)。

(53) 山田健三(一九九五)に「原撰本があれだけ引用文献を明示するのは、類書に代表される平安朝の学問形態(本文主義)と関わりがあり」(八七頁)とある。

(54) 本間(一九九七)を参照のこと。

(55) ただし、出典無標示和訓と(5)七の「云型」和訓とを同一レベルでとらえることができるかどうかは問題がある。これら「云型」の後に出典無標示和訓を加えることはできない。「云型」は最も後の段階で、すなわち出典無標示和訓採集作業よりも後に追加されたと見るべきであるかもしれない。とりわけ、「玉抄」などは後の追補と考える余地がある。

(56) 「玉抄」について、吉田(一九五五)は「玉篇抄」とし、『玉篇』の日本版抄録仮名本のごときものを想定している(七三頁)。確かに、単字注しか見えない。また、池田(二〇〇〇b)に「私見によれば、玉抄の引用は玉篇前半部分に対応する掲出字に偏する」(六一頁)とある。足部・山部・玉部・邑部・土部にのみ用例がある。

(57) 小松(一九七一)に「和訓の収録数のはなはだおおい『玉篇抄』所収の和訓を最後におぎなったものであろう」(一七〇頁)とある。

(58) 狭間といっても、実際には両型の一方が欠けていることも、また両方が欠けていることもある。

〔追記〕

図書寮本『類聚名義抄』の和訓の出典標示に関わる研究として、本章の初出発表に前後して、

。呉　美寧　二〇〇〇「図書寮本類聚名義抄における論語の和訓について」(『国語国文研究』一一六)

。山本秀人　二〇〇〇「類聚名義抄における史記の訓の採録について―図書寮本における不採録の訓を中心に―」(『鎌倉時代語研究』二三)

があり、発表後に、

。山本秀人　二〇〇一「図書寮本類聚名義抄における出典無表示の和訓について―国書の訓との関わりを中心に―」(『高知大国

文』三二）
◦山本秀人　二〇〇六「図書寮本類聚名義抄における毛詩の和訓の引用について―静嘉堂文庫蔵毛詩鄭箋清原宣賢点との比較から―」（小林芳規博士喜寿記念『国語学論集』汲古書院）
◦高橋宏幸　二〇〇四「『図書寮本類聚名義抄』所引「月令・月」の和訓について」（『国文学論考』四〇）
◦高橋宏幸　二〇〇五「『図書寮本類聚名義抄』所引「律」をめぐって　附、「允亮抄」」（『国文学論考』四一）
◦高橋宏幸　二〇〇六「『図書寮本類聚名義抄』所引『古文孝経』の和訓について」（『国文学論考』四二）
◦高橋宏幸　二〇〇七「『図書寮本類聚名義抄』所引「顔氏家訓」の和訓について」（『国文学論考』四三）
◦高橋宏幸　二〇〇八「『図書寮本類聚名義抄』所引『遊仙窟』のテキストと和訓について」（『都留文科大学大学院紀要』一二）
◦申　雄哲　二〇一三「図書寮本『類聚名義抄』における「詩」出典表示の片仮名和訓について」（『訓点語と訓点資料』一三一）
◦岩澤　克　二〇一五「図書寮本『類聚名義抄』における和訓―引用方法とアクセント注記について―」（『訓点語と訓点資料』一三四）

などがある。とりわけ山本秀人（二〇〇〇・二〇〇一・二〇〇六）、高橋宏幸（二〇〇四・二〇〇五・二〇〇六・二〇〇八）は本章に対する反証（「末尾型」出典表示が下に働く場合のあること）として重要である。本章の註(36)も参照のこと。

使用テキスト

図書寮本『類聚名義抄』は『図書寮本類聚名義抄』（勉誠社、一九六九年）による。

『新撰字鏡』は『天治本　新撰字鏡　増訂版　附享和本・群書類従本』（京都大学文学部国語学国文学研究室編、臨川書店、一九六七年）による。

『大般若経字抄』は『古辞書音義集成　第三巻　大般若経音義・大般若経字抄』（汲古書院、一九七八年）による。

参考文献

池田証寿　一九九一a「図書寮本類聚名義抄所引玄応音義対照表（上）」（『信州大学人文学部人文科学論集』二五）
池田証寿　一九九一b「図書寮本類聚名義抄と玄応音義との関係について」（『国語国文研究』八八）

池田証寿　一九九二a　「図書寮本類聚名義抄所引玄応音義対照表（下）」（『信州大学人文学部人文科学論集』二六）
池田証寿　一九九二b　「図書寮本類聚名義抄と干禄字書」（『国語学』一六八）
池田証寿　一九九三　「図書寮本類聚名義抄と篆隷万象名義との関係について」（『信州大学人文学部人文科学論集』二七）
池田証寿　二〇〇〇a　「図書寮本類聚名義抄と玄応音義との関係について（資料）」（『古辞書とＪＩＳ漢字』三）
池田証寿　二〇〇〇b　「図書寮本類聚名義抄出典略注」（『古辞書とＪＩＳ漢字』三）
池田証寿・小助川貞次・浅田雅志・宮澤俊雅　一九八八　「法華釋文竝類聚名義抄引慈恩釋対照表」（『北大国語学講座二十周年記念論輯　辞書・音義』汲古書院）
呉　美寧　二〇〇〇　「図書寮本類聚名義抄における論語の和訓について」（『国語国文研究』一一六）
小助川貞次　一九九八　「図書寮本類聚名義抄における「記」注記の和訓について」（訓点語学会研究発表）
小松英雄　一九七一　『日本声調史論考』（風間書房）
小松英雄　一九八五　『日本古典文学大辞典』「類聚名義抄名義抄」の項（岩波書店）
田尻英三　一九七二　「図書寮本類聚名義抄の和音注の性格」（『語文研究』三三）
築島　裕　一九五〇　「類聚名義抄の倭訓の源流について」（『国語と国文学』二七―七）
築島　裕　一九五九　「訓読史上の図書寮本類聚名義抄」（『国語学』三七、築島　一九六三a所収）
築島　裕　一九六三a　『平安時代の漢文訓読語につきての研究』（東京大学出版会）
築島　裕　一九六三b　「図書寮本類聚名義抄と和名類聚抄」（『国語と国文学』四〇―七）
築島　裕　一九六九　「国語史料としての図書寮本類聚名義抄」（『図書寮本類聚名義抄』勉誠社）
築島　裕　一九七三　「真興撰大般若経音訓について」（『長沢先生古稀記念　図書学論集』三省堂）
築島　裕　一九九四　「静嘉堂文庫蔵毛詩鄭箋古点解説」（『毛詩鄭箋（三）』古典研究会叢書　漢籍之部3、汲古書院）
築島裕・宮澤俊雅　一九七六　「図書寮本類聚名義抄仮名索引」（『図書寮本類聚名義抄　本文編・解説索引編』勉誠社）
中村宗彦　一九七五　「文選訓より見たる類聚名義抄」（『大谷女子大国文』五）
中村宗彦　一九七九　「類聚名義抄の疑問訓」（『訓点語と訓点資料』六二）
中村宗彦　一九八〇　「観智院本「類聚名義抄」補訂試稿」（『訓点語と訓点資料』六四）

中村宗彦　一九八七「類聚名義抄和訓の定位」（『国語国文』五六—九）
沼本克明　一九八二『平安鎌倉時代に於る日本漢字音に就ての研究』（武蔵野書院）
原卓志・山本秀人　一九八三「図書寮本類聚名義抄における玄応一切経音義引用の態度について」（『鎌倉時代語研究』六）
本間　貴　一九九七「観智院本『類聚名義抄』の和訓の配列の原則」（訓点語学会研究発表）
宮澤俊雅　一九七三「図書寮本類聚名義抄に見える篆隷万象名義について」（『訓点語と訓点資料』五二）
宮澤俊雅　一九七七「図書寮本類聚名義抄と妙法蓮華経釈文」（『松村明教授還暦記念　国語学と国語史』明治書院）
宮澤俊雅　一九八六「図書寮本類聚名義抄と倭名類聚抄」（『松村明教授古稀記念　国語研究論集』明治書院）
宮澤俊雅　一九八七「図書寮本類聚名義抄と篆隷万象名義」（『訓点語と訓点資料』七七）
宮澤俊雅　一九八八「図書寮本類聚名義抄と法華音訓」（『北大国語学講座二十周年記念　論輯　辞書・音義』汲古書院）
宮澤俊雅　一九九二「図書寮本類聚名義抄の注文の配列について」（『小林芳規博士退官記念　国語学論集』汲古書院）
望月郁子　一九九二『類聚名義抄の文献学的研究』（笠間書院）
山田健三　一九九五「奈良・平安時代の字書」（『日本古辞書を学ぶ人のために』世界思想社）
山本秀人　一九八五「改編本類聚名義抄における文選訓の増補について」（『国文学攷』一〇五）
山本秀人　一九九一「図書寮本類聚名義抄における真興大般若経音訓の引用法について—叡山文庫蔵息心抄所引の進行真興大般若経音訓との比較より—」（『訓点語と訓点資料』八五）
山本秀人　一九九二「図書寮本類聚名義抄における標出語の採録法について—注文の出典との関連を視点に—」（『小林芳規博士退官記念　国語学論集』汲古書院）
山本秀人　一九九三「図書寮本類聚名義抄における玄応一切経音義の標出語の摂取法について」（『鎌倉時代語研究』一六）
山本秀人　一九九四「図書寮本類聚名義抄における信行撰書について」（訓点語学会研究発表、『訓点語と訓点資料』九五に要旨あり）
山本秀人　二〇〇〇「類聚名義抄における史記の訓の採録について—図書寮本における不採録の訓を中心に—」（『鎌倉時代語研究』二三）
吉田金彦　一九五四a「図書寮本類聚名義抄出典攷　上」（『訓点語と訓点資料』二）
吉田金彦　一九五四b「図書寮本類聚名義抄出典攷　中」（『訓点語と訓点資料』三）

吉田金彦　一九五五「図書寮本類聚名義抄出典攷　下一」(『訓点語と訓点資料』五)

第四章　辞書と材料

――和訓の収集――

一　目的と方法

一般的に、つまり、古代から現代に至るまで、辞書というものがゼロから作られることはない。辞書はあくまで〈二次的な〉編纂物だ。材料がなければできない。何らかの材料に基づいて、多くの場合、先行の辞書類を材料として作られている。

それ故、現在までの辞書研究を見ても、辞書相互間の影響関係を論じるものが少なくない。古辞書の研究においては、出典論こそが研究の主流であるといってよい(1)。

しかし、具体的影響関係の指摘が蓄積される一方、そもそも材料に基づくということが一体どういうことであるかについては、十分に考察されてこなかった。つまり、材料に基づくとはどういうことを意味するのか、また、材料への依存が辞書にどのような結果をもたらすのか、という点について議論されることはほとんどなかった。

そこで、本章では、日本古代の三つの辞書（『新撰字鏡』『倭名類聚抄』『類聚名義抄』）を取り上げ、辞書と材料との関係について考える。その際、和訓を一つの鍵とする。というのも、中国辞書をベースとする日本古代の古辞書においては、和訓という異質な存在が、辞書と材料との関係を見る上で、有効な手がかりを与えてくれるからだ。

以上の問題設定から明らかなように、本章は、これらの古辞書が「何に、そして、どのように依存しているか」よりもむしろ、「依存しているとはどういうことか」について考える。そして、可能な限り、明晰で、合理的、かつシンプルな解答を目指す。

本章では、「古辞書は、そのあり方の根本的なレベルにおいて、材料による制約を受ける」ということを主張したい。

結論を要素に分解して示せば、以下のとおりである。

1　古辞書は材料に依存している。
2　材料への依存は、古辞書のあり方に影響を及ぼす。
3　具体的には、古辞書にある種の不統一をもたらす。
4　平安時代の古辞書では、とくに和訓において、不統一が現出しやすかった。

二　不統一

『新撰字鏡』、『倭名類聚抄』、図書寮本『類聚名義抄』という平安時代に編纂された三つの古辞書には、共通した特徴を見出すことができる。不完全・不整合・不統一であるという特徴である。本来期待される姿に合致しない現象がそれぞれに見られる。

『新撰字鏡』は、基本的に部首分類体の単字辞書であるが、意義分類体・熟字掲出となっている部分がある。『倭名類聚抄』は、「和名」を類聚しているはずであるのに、和訓を欠く条項がある。図書寮本『類聚名義抄』は、本質的に漢漢辞書であるにもかかわらず、漢文注を持たず、和訓のみの条項が見られる。

つまり、これらの古辞書はいずれも、本来の基本的属性にそぐわない現象が見られるという点で共通しているのである。

なぜそのような現象が見られるのか、その原因はさまざまなレベルに求めることができよう。辞書としての完成度や、それぞれの辞書の性格、編纂過程のありようなど、各辞書個別の問題として考えることも可能である。

しかし、いずれの場合にも、「本質的な部分で」統一が損なわれていること、そして、そのような不整合が「共通して」見られることは注目に値する。これらの現象は、個別の問題として偶然に発生しているのではなく、辞書という編纂物の本質に関わって、必然的に現出している可能性が高い。これらを共通の現象として括り出すことが可能なのであれば、共通の現象は共通の原因によって説明されることが望ましい。そして、説明としては、現象を個別に扱う説明よりも、より一般性の高い説明の方が優れている。

本章では、これらの現象のよって来るところを考え、そして、これら互いに無関係に見える現象の根（原因）が実は一つであることを示したい。時代を追って、『新撰字鏡』、『倭名類聚抄』、図書寮本『類聚名義抄』の順に見ていこう。

『新撰字鏡』と『倭名類聚抄』についてはすでに論じたことがある（大槻 二〇〇二〈本書第二部第一章〉、大槻 二〇〇四〈本書第二部第二章〉）。以下では、これら前稿のうち、本章のテーマに関わる部分を略述し、続いて、図書寮本『類聚名義抄』について考察する。

三 『新撰字鏡』

『新撰字鏡』に見られる不統一については、大槻（二〇〇二）（本書第二部第一章）で取り上げた。本章に関わる議論を要約すれば、以下のとおりである。

『新撰字鏡』は、基本的に部首分類体の単字辞書であるが、その基本的特徴に合致しない、不統一な部分を含みもっている。意義分類体・熟字掲出となっている部分があり、そのような部分に和訓が集中的に見られる。基本的特徴から外れる部分の存在は、用いられた材料の違いに還元できよう。すなわち、和訓を含み持つ材料を活用することが不統一をまねいたと考えられる。

『新撰字鏡』において、基本的特徴（単字掲出・部首分類体・漢文注主体）をみたす部分は、主として、『一切経音義』『玉篇』『切韻』など中国製の材料によって構成されている。一方、熟字掲出・意義分類体をとり、注文が和訓中心となっている部分は、日本製の本草書と漢語抄類とを材料としている。本草書は、書物の性格上、意義分類体であり、熟字による掲出も多かったと考えられる。また、漢語抄類は、日本語を漢字で表記するための実用的な対訳語彙集であり、ことばの単位としては日本語を基準にしている。熟字掲出項目も多い。日本語による音引きが発達していない時代に、日本語から漢字表記を導き出すためには、意義分類体をとっていたであろう。本草書や漢語抄類に含まれる和訓を活用しようとすれば、『新撰字鏡』の中に異質な要素をまねき込まざるをえないのである。

平安時代の辞書・類書等に特徴的に見られる、典拠に基づいて記述を行おうとする態度を「本文主義」と呼ぶ(2)。しかし、古辞書の中には、典拠を持つ記述を集成していながら、出典を明記しないものも多い。したがって、古辞書における本文主義とは、典拠が「何であるか（を示すこと）」よりも、典拠を「持つかどうか」の方がはるかに重要であったと考えた方がよい。掲出字や注文を、典拠を持つ記述によって構成しようとする態度は古辞書に共通して見られる。そして、典拠を求めて記述を作り上げる限り、典拠たる材料の側に寄りかかった編纂方法しかとれない。つまり、辞書のあり方が材料によって規定される。先に見た、基本的特徴から外れる部分の特徴（熟字掲出・意義分類体・和訓注主体）は、材料である本草書・漢語抄類の特徴と一致している。材料に依拠した編纂が、不統一の原因の一つであったと考えられる。

『新撰字鏡』では、和訓によってつなぎとめられた熟字が、辞書全体の構成を乱していた。それは、日本語と中国語とでは、語としての最小単位が必ずしも一致しないためである。日本語では、和訓が漆喰となって、熟字が一つの単位となるという現象が起こりえた。和訓によってつなぎとめられた文字連結は、単字掲出を基本とする『新撰字鏡』において、破格な存在とならざるをえない。

結局、『新撰字鏡』という漢漢辞書において、和訓注は、日本語—中国語という質的な面でも、また、和訓を掲載する材料の形態的特徴からも、異質な存在であり、和訓を収集すること自体が原理的に不統一をまねくものであった。

四　『倭名類聚抄』

『倭名類聚抄』に見られる不統一については、大槻（二〇〇四）（本書第二部第二章）で取り上げた。要約すれば、以下のとおりである。

『倭名類聚抄』は「和名」を「類聚」しているはずであるのに、和訓を欠く項目がある。「栴檀」のように音読されたであろう語彙はおくとしても、「日月風人子目口毛身」等の非常に一般的・基礎的な語に対して、和訓が示されないことがある。容易に与えることができそうな和訓をなぜ注文に加えないのだろうか。

従来、漠然と、『倭名類聚抄』の和訓の中には、編者・源順によって加えられた和訓があると考えられてきた。しかし、本文主義に基づく類書的編纂物である『倭名類聚抄』において、和訓だけが何の根拠もなく記入されているとは考えにくい。実際に和訓を調査してみると、源順によって追補されたと見える和訓の中にも典拠を持つものがある。

このことから敷衍して推定すれば、『倭名類聚抄』の和訓は基本的にすべて根拠を持つ和訓であったと考えられる。素材はみな材料からとり、それらを組み合わせ、価値付けすることが編者・源順の仕事であった。

とすれば、『倭名類聚抄』に和訓を持たない項目があるのは、『倭名類聚抄』が材料とした漢語抄類の中に、その語に対する和訓が示されていなかったからだ、と考えられる。これら基礎的な語は、和訓を付して意味を説明することが適さない語彙であったため、材料である漢語抄類においても和訓が示されていなかったと推定される。つまり、和訓のない項目については、和訓を付すこともできたが省略したのではなく、材料を欠いたため、和訓を付すことができなかった、と理解すべきである。

五 『類聚名義抄』

1 和訓のみの項目

最後に、『類聚名義抄』について見る。

図書寮本『類聚名義抄』において、和訓は補助的な存在であり、和訓の収集そのことが第一の目的ではなかった。

改編本『類聚名義抄』が「漢和」辞書を指向しているのに対して、原撰本と称される図書寮本はやはり「漢漢」辞書であり、和訓には補助的な機能しか与えられていない。注文として、まずは漢文注があり、そこに和訓が添えられる形をとる。

(1) 講 弘云古項反詰也謀也習也論也和也 玉云和解也読也 方云教後進也 中云薛峋云談聖典義也 カマフ詩
カムカフ巽(〇九二5)[3]

「弘」は弘法大師空海編の『篆隷万象名義』、「玉」は顧野王編『玉篇』、「方」は『蔣魴切韻』、「中」は仲算編『法華経釈文』からの引用である。これら漢文注を引いた後に、和訓「カマフ」「カムカフ」が付されている。

しかし、その従属的な位置付けにもかかわらず、図書寮本には、漢文注がなく、注文が和訓のみである項目が見られる。

(2) 手洗 タラヒ(〇一六6)
(3) 未ー(足) イマタアキダラス書(一〇二3)
(4) 関ー(情) コ、ロツキ遊(二三七5)
(5) 慾期[4] スグス易(二五〇5)
(6) 悶 イキドホル易(二六二2)
(7) 非ー(常) メヅラシ遊 ハナハダシ アヤフシ(二七八1)
(8) ー(經)營 トメグル トイトナムシトギ巽(二八八2)

和訓は単訓である場合が多く、(8)のように時に二訓が見え、(7)のように三訓を有するものは二例のみ。[5] 標出語は(6)のように単字であることもあるが、八〇%以上が熟字である。

片仮名和訓を持つ項目数は総計九六四条で、[6] そのうち注文が片仮名和訓のみの項目が二〇七条存するから、二〇％強が片仮名和訓のみの項目である。これは少ない数とは言えない。[7]

和訓のみから成る項目は、常識的に判断して、和訓の存在によって立項されたと考えてよかろう。項目内に和訓数が少ないのも、その和訓によって項目が立てられたことを物語っている。つまり、ある出典（この場合、訓点本[8]）に「漢語―和訓」のセットが見られたことのみを起因として、項目が立てられる場合があるということになる。これらの項目において、標出語が先行して存在していたとは考えにくい。これらは、標出語が先にあって、それに対する和訓が探し出されたのではなく、逆に、和訓に伴って、項目自体が新設されたものと理解できる。

注文に和訓のみを掲載する項目の標出語については、内典はおろか純粋漢文には現れないであろうと考えられる語も含まれている。⑵の「手洗」はもちろん「漢語」ではない。つまり、正格な漢文を読むために、この項目は役に立たないのである。「石清(水)ー　延喜式云イハシミヅ」（〇〇四4）も同様である。[9]

漢文注を主体とした、内典を読むための「一種の仏教辞典」（吉田　一九五八：三七）である図書寮本『類聚名義抄』において、なぜこのような現象が見られるのだろうか。

2 訓点本

図書寮本『類聚名義抄』の片仮名和訓の出典は、その大部分が訓点本である。⑴の「カマフ詩　カムカフ巽」でいえば、「詩」は『毛詩』、「巽」は『文選』、それぞれの訓点本から採取された和訓と考えられる。図書寮本『類聚名義抄』の編纂材料となった『毛詩』の訓点本には、「講」字に対して「カマフ」の和訓が付されており、[10]『文選』には和訓「カムカフ」を付すものがあったということであろう。[11]

先の(1)の記述をそのままに受け取れば、「講」という標出語に対して、まず、諸書から「講」字に関わる漢文注が集められ、次に、「講」字の和訓が諸訓点本よりとられたように見える。しかし、少なくとも和訓に関しては、そのような形で収集することは不可能だ。

訓点本の本文の中で、語は予測不可能な位置に現れる。また、ある語を求めたところで、存在しないことも多い。あらかじめ標出語を想定して、ある語・ある文字に対する和訓を訓点本から見つけだしてくるといった作業は、ほとんど考えられない。

古代において、典籍のうちあるものが暗誦されていた可能性は高い。しかし、図書寮本の引用にあるような漢籍の本文と和訓とをすべて諳んじていたとは考えられない(12)。また、図書寮本全体に見られる原拠に忠実な引用態度から考え、実際に訓点本の現物を見ながら収集作業を行った可能性が高い。

例えば、(1)のように、「講」字の和訓を収集したいとする。『毛詩』からこれを探して、全巻を通読する。それをメモするなり記憶するなりして、続いて『文選』に目を通し、同字に対する和訓を探す、などといった方式はおよそ現実的ではない。『毛詩』と『文選』に「講」字が現れ、それに和訓が付されていることが、はじめから明らかであればまだ良い。実際には、どの訓点本にどの語・どの和訓が現れるかは、探してみるまでわからない。つまり、標出語に対して和訓を探すという収集方法では、和訓が見つかったケースの背後に、いちいちの標出語に対して、和訓は採取できなかったが斜め読みされた膨大な諸書を想定しなければならなくなる。あらゆる標出語に対して、『周易』『尚書』『毛詩』『論語』『文選』『礼記』『白氏文集』『遊仙窟』等々、片仮名和訓の出典となっている訓点本のすべてが、そのたびに読み返されたなどと言うことはとうてい考えられない。標出語に対して和訓を集めることは不可能である(13)。

まとまった分量の記述（この場合、和訓）を採取する予定の書物に対しては、それを前から見ていき(14)、和訓を抜き出していく方式[15]がもっとも効率的だ。(1)で言えば、あらかじめ「講」という標出語を想定し、「講」に対する和訓を求めて、諸本をひもとくのではなく、標出語とはある程度無関係に、諸訓点本から種々の和訓を抜き書きしておき、結果として、その中に「講」に対する和訓も含まれていた、という方式で和訓を集めるしかない。

加えて、当時の書物は、多くが巻子本の形態で利用されていたであろうことがある。巻子本は、その構造上、前から順に見るしかなく、最後まで読んだ後は巻き戻す必要がある。巻子本という形態は、通読・通覧には向いても、ランダムアクセスができないため、検索には適さない。標出語を基準に記事を探すといった利用法よりも、材料とする諸書を前から見ていき、記述を摘記したと考える方が合理的だ[16]。

また、標出語との関係でいえば、そもそも掲出語に見合った和訓を発見することがかなり難しい。図書寮本『類聚名義抄』の掲出語は、主として、編纂材料の中心となった字書・音義類の掲出語を襲っていると言われ[17]、熟字掲出が多い。掲出語が熟字「ＡＢ」であった場合、単字「Ａ」「Ｂ」、熟字「ＡＢ」に対する訓を集めようとしても、実際には、材料となった諸文献の中で、熟字「ＡＣ」「ＤＡ」「ＥＢＦ」のような別の形で出現することが考えられる。掲出語・漢文注に見合った和訓を引こうとしても、なかなか適当な形で現れないということがあるだろう。

そもそも、日本語と中国語とでは意義分節が異なっているため、語彙としての最小単位が必ずしも一致しないという根本的障壁がある。一般に、中国語においては語の孤立性が強く、語と語との結びつきは常に語と句・文との間を揺れ動いているため、その熟合度は低い。一方、「日本語の場合はこの句と語の行き来を遮断し、全部語のレベルで一括されている」（陳 一九九八：四五四）。その結果、中国語で二語と認識されるものが、日本語では一語として認識されるといった事態がしばしば発生する。

例えば、「常」は「常」「五常」「尋常」（図書寮本・二七七）の形で立項し、漢文注を引く。しかし、単字「常」はともかく、漢籍の中で、都合よく「五常」「尋常」の語が現れ、それに和訓が付されているとは限らない。[18]「常」を求めても、熟字「非常」に対して「メヅラシ」「ハナハダシ」「アヤフシ」といった形で和訓が出現したとすれば、そのままで掲載するしかない（先掲用例(7)）。

『尚書』の訓点本に「未足《イマタアキタラス》」とあるのを、先掲用例(3)のようにノートしておけば、後々、「未　イマタ」「足　アキタル」として分割利用することが可能かもしれない。「足」項の材料として消化することもできたはずだ。[19]それがたまたま項目として残ったとも考えられよう。しかし、やや熟合度の高い表現であれば、単字への分割は難しく、全体を項目として使用する以外に活用の方法がない。たとえば、「情」は「有情」（図書寮本・二三七4）の形で立項されている。[20]ここで、『遊仙窟』に「眼細強関情」とあり、「関情《コヽロヅキ》」（醍醐寺本・一四オ6）のように付訓されていれば、熟字「関情」で立項するしかない（先掲用例(4)）。また、先掲用例(8)のように文選読みで採取したような訓も、単字に分割しては利用しにくい。和訓のみの項目に熟字掲出が多いことには、このような背景も作用していよう。

3　注の収集

注の収集には、大きく分けて、

1　標出語に対して諸注を集める。

2　諸注を標出語に分配していく、ある場合には項目を立てる。

という、二とおりの方法がある。

1は標出語主体の収集であり、2は出典主体・材料主体の収集である。もちろん、1と2には重なり合う部分があり、現実の作業としては、両者が併用されたであろう。1にあっても、標出語を立てる第一段階では、何らかの書物が参照されるにちがいない。2でも、収集の基礎となる記入台帳があった方が効率的であろう。しかし、1のように、あらかじめ想定された標出語に対する記事を求めて出典各書に臨むか、2のように、出典各書を下敷きに、それを再構成して記述を作り上げようとするかでは、基本姿勢が全く異なっている。情報の集め方として、前者はランダム・参照的であり、後者はシーケンシャル・読書的である。[21]編集の方式として、前者は集約型・校勘方式であり、後者は順次追加型・重ね塗り方式と言ってよかろう。

この問題に関し、主として漢文注部分についてであるが、宮澤俊雅と池田証寿とにそれぞれの論がある。池田証寿(一九九四)のまとめによれば、

宮澤の研究方法は、図書寮本撰者が各出典を同時に参照して行ったことを仮説として立て、その上で採録の序列を確定して行ったのである。(池田証寿 一九九四:二七下)

とある。宮澤説は、言うなれば「各出典同時参照説」であり、収集方法として1に重点を置いて解釈しているようである。なぜなら、各出典を同時に参照するためには、それに先立ち標出語が判明していなければならないからである。しかし、この考えは漢文注の収集にはあてはめられても、和訓の収集作業にはあてはめられない。上に述べたように、標出語に対して和訓を集めることは困難であり、各出典を同時に参照することなど、そもそも不可能であるからだ。[22]

一方、池田説は、

図書寮本の実際の編纂作業は、作業の効率から考えて、各出典をある一定の順序に従って見て行くことでなされたであろうと推測される。(池田証寿 一九九四:二七下)

とのことであり、「各出典順次参照説」といってよい。採録作業は2に重点を置いてなされたと考えているようである。[23]

漢文注については、例えば、慈恩撰書や玄応『一切経音義』などを基盤に、仮標出語を立て、それらに諸注を書き加えていくことも可能性として想定できる。しかし、上に述べたとおり、和訓の収集には2の方法しかとれない。

以上は、図書寮本（原撰本）編纂時に、漢籍訓点本から直接に和訓が収集されたことを前提として論じた。和訓全体が某書からの孫引きであれば、図書寮本（原撰本）の問題とはならない。漢籍について和訓も掲載した音義書（注釈書）に類するものが存在しなかったか、もしくはあっても利用しなかった場合を想定して、ここまで議論を進めた。既存の外典音義があれば、和訓の収集にかなりの便宜がある。しかし、それに近いものとしては、『周易抄』を見ることができるぐらいであって、ほとんど現存しない。外典の音義は、築島（一九六四）によれば、平安初期には制作が想定できても、その後、平安中期に博士家の家学が固定したのに伴って、滅びたものと推定されている。濱田（一九六七）は、その原因を「よむ「人」の問題」、「「よみ方」の問題」（四〇二～四〇三頁）として指摘する。つまり、漢籍を読むほどの人は漢漢辞書を利用すればよいのであり、漢籍は専門学者によって音読されていたため、音義類は発達しなかったと見る。小林（一九七八）は、「これは本邦における漢籍の読解と授受という学問形態が、平安時代までは大学寮を中心として行われて来たことと密接な関係があり、漢籍の「師説」「私記」が撰述されたことも影響していると思われる」（二〇三頁）と言う。和訓については孫引きがしにくい状況だったと言ってよい。逆に言えば、漢籍の音義がなければこそ、『類聚名義抄』において漢籍の傍訓を収集する必要・意味があったとも言える。

4　和訓の収集

結局、和訓の収集は、材料である訓点本を中心に作業を進めるよりない。つまり、ある漢語の和訓を求めて、訓点本をひもとくのではなく、標出語とはある程度無関係に、訓点本に現れる和訓を順次書き抜いていくほかないと思われる。

辞書の完成形態からは、標出語に対して諸注が集められているように見える。しかし、完成形態と実際の編纂作業とは別のものである。現実の編纂作業は、少なくとも和訓の収集に関しては、材料を主体に行われたと考えられる。

さて、訓点本に現れる和訓を順次書き抜くという形で和訓の収集を進めた場合、当初期待された項目（漢文注を持つ項目）とは必ずしも一致しない「漢語―和訓」のリストが出来上がることになるであろう。図書寮本における和訓の従属的な位置づけから見て、本来、和訓は漢文注を補足する目的で、二次的に収集されたものと考えられる。所期の目的としては、すでに漢文注を持つ項目に対して、和訓を追補できればそれでよかったはずである。しかし、現実には、そのように都合よく、期待された項目に対応する和訓だけを収集することはできない。必要な和訓を確保しようとすれば、求めている和訓以外の和訓も集めることになる。そして、それはまた、結果として、辞書編纂には望ましいことでもあったろう。(24)

訓点本を主体に和訓を収集すると、先掲用例(1)のように、漢文注と統合することが可能な和訓が集まる場合もある。本来、それが目的であろう。その一方で、標出語に対応する和訓が一つも見つからない場合もあるであろうし、逆に、漢文注集成の段階では存在しなかった語に対する和訓が見つかることもある。その結果、第一の場合、注文は「漢文注＋和訓」となり、第二の場合は「漢文注のみ」、第三の場合は新たに項目が立てられ「和訓のみ」になると考えられる。

つまり、これら和訓のみの項目は、材料によってもたらされたある種の余剰と考えることができる。(25) 和訓採録作業が、訓点本という材料を主体に行われたために、片仮名和訓のみの注文を持つ項目が少なからず存在するものと考えられる。[26]

5　序　列

材料の利用の仕方、また、編纂作業のあり方が辞書の出来上がりを左右する。それについて、ここではまた別の角度から論じてみよう。

図書寮本『類聚名義抄』では、注文の採録・配列に関し、出典に応じた序列が見られる。漢文注を構成する主要八出典の序列は、以下のとおりである。[27]

(9)　慈恩撰書―篆隷万象名義―一切経音義―法華経釈文―大般若経音訓―東宮切韻―玉篇―倭名類聚抄

例えば、慈恩撰書と『一切経音義』とに同一の記事が見られた場合、その出典として、図書寮本の表面には、採録序列でより高位に位置する慈恩しか現れない。また、複数の出典から異なった記事が引用される場合、その引用は基本的に(9)の順序に従い配列されている。[28] 注文の採録序列と配列序列とは、理論的には、別のものである。記事を優先する順番と、それを掲載する順番とが同じである必要はない。しかし、実際に両者はほぼ一致する。[29] 採録の重要度に従い、さまざまな出典から順に記述を追補・重ね塗りしていけば、結果として、配列の順序も採録の順序とほぼ一致するということであろう。そして、これら辞書表面に見られる序列の背後には、そのような序列につながる実際の編纂作業があったと考えられる。つまり、種々の材料から記述を収集する順序も、ほぼその序列に一致していたと考えると理解しやすい。採録にも配列にも出典を軸とした序列が見られるということは、編纂作業も出典という単位をキーとして、各出典ごとに順次記事の採取が行われた可能性が高いということである。配列における序列は、それ自体を目的としたというよりも、結果としてそのような序列が出力されたと考えた方がよいかもしれない。たしかに、重要度の高い文献から優先的に記事を採録し、そこへ、段々に、それよりは重要度の劣る文献によって記述を付加していくという形をとれば、効率的に注文を収集・配列できる。

ただし、現実に、そのように理想的な形で事が運ぶとは限らない。はじめから出典間の序列が確定しており、その順序に従ってすべての文献を利用することができれば、序列に例外は生じないはずである。しかし、実際に図書寮本『類聚名義抄』を見ると、序列と食い違う例も少なくない。それは、後になって、より重要な文献が追加されたり、それに伴い、序列が変更されることがあったりしたためであろう。また、標出語、音注、義注、といったそれぞれのレベルで、各文献の優先順位が異なることから来る混乱も考えられる[30]。さらに、より実際的な問題として、いりくんだ複数の注文を編纂整理していく過程で、複雑な割り込みや添削が生じたことが、不整をまねいたと考えられる。

さて、和訓の出典に関しても、その配列に序列がある。つまり、複数の片仮名和訓が引かれる場合、出典に応じて、その配列順序がほぼ定まっている。

(10)　正　……タヾス易　カミ書　マツリゴト　ヤム詩止也　タヾシク巽　タヾ聿（一三一7）

(10)であれば、出典は「易―書―詩―選(巽)―律(聿)」の順で配置されている。その順序を、図書寮本全体にわたって整理した宮澤（一九九二）によれば、主として訓点本に基づく片仮名和訓について、次のとおりである。

(11)　易―書―詩・記・論・選―月―後―律・列・礼・集―白・遊・唱―切

この出典序列について考える際、その順序にどのような意味があるかを問う前に、序列があることそれ自体にどのような意味があるのかを問うべきであろう[31]。辞書利用の便宜を考えれば、現在の漢和辞典のように、一般性や重要度に従って和訓を配列してもよさそうであるが、図書寮本『類聚名義抄』においてはそうなっていない。右のように、出典に従い、なかば機械的に和訓が配列されている。それはなぜであろうか。

出典名が標示されるような訓点本からの和訓の採録は、おそらく集中的に、一つの点本から和訓をまとめて書き抜く形で行われたものと想像される。片仮名和訓出典に見られる序列は、そのために発生した可能性が高い。つまり、文献を見るごとに和訓を書き加えたため、そのような序列が存在するものと考えられる。(32)

和訓収集作業を効率化しようと思えば、規範・典拠となりうる重要な文献を先にする、分量の多いもの、もしくは加点の詳密なものを先にする、といった方針で望むことが有効であろう。序列の決定要因は明白ではないが、おそらく、ある定められた序列に従い、順次収集が行われたのではないか。(33)つまり、出典配列の序列は、概ね収集作業の順序と重なり合うものと考えたい。

結　論――辞書と材料

辞書をゼロから生み出すことはできない。したがって、辞書が材料に依存することは、常識的に考えられることである。材料への依存は、古辞書の表面にも現れている。『新撰字鏡』『倭名類聚抄』では、その序文において、材料について語られ、『倭名類聚抄』・図書寮本『類聚名義抄』では出典注記という形で材料が明記されている。これらによって材料への依存は明らかである。しかし、ここで問題なのは、辞書が材料に依存しているとはどういうことか、何を意味し、どのような結果をもたらすかということだ。

『新撰字鏡』では、部首分類体・単字辞書という辞書全体の基本的性格に背く、意義分類体・熟字掲出部分が見られた。この現象は、和訓を掲載した材料の使用に起因すると考えられる。「和名」を類聚しているはずの『倭名類聚抄』に、和訓を欠く条項が見られた。これは、材料である漢語抄類にその和訓が存在しなかったためであろう。図書寮本『類聚名義抄』では、漢文注を持たず、和訓のみの条項が見られた。それは、訓点本という材料から和訓を抜き出すことに伴って生じた現象と考えられる。

以上、いずれも、辞書が材料に依存することによって生じた現象として理解できる。これら三つの辞書においては、とりわけ、和訓を収集することによって不統一がもたらされている。それは、これらの古辞書にあって、和訓を収集することが、新たな、そして、それ故に意味のある試みであり、旧来の材料によって和訓注を形成することが困難であったことを示していよう。

材料は完成品に影を落とす。何かを作り上げるには、材料を使わねばならず、そのようにして使われた材料は、完成品に対して、何らかの形で作用する。辞書は、さまざまな材料を素材として活用しながら、ある意味で、材料に従属しているのだ。材料が辞書のあり方を制約し、限界づける。

今回取り上げた古辞書について言えば、材料によって、辞書の基本的属性に変更が加えられ（『新撰字鏡』）、辞書がみたすべき記述に欠落が生じ（『倭名類聚抄』）、また逆に、辞書の記述に余剰が生じている（図書寮本『類聚名義抄』）。

ここで、辞書によって不整合の現れ方がそれぞれに異なっているのはなぜであろうか。それは、各辞書の特性によると考えてよいだろう。『新撰字鏡』は部首分類体の単字辞書を志向しながら、そこに和訓を掲載しようとした。しかし、和訓を提供してくれる材料は、必ずしも部首分類・単字掲出に適合した形態であるわけではない。『倭名類聚抄』は和名を類聚することを第一の目的としている。しかし、掲出すべき見出し語すべてに和訓が見つかるとはかぎらない。図書寮本『類聚名義抄』は漢文注を補うものとして和訓注を採用し、主として訓点本から豊富な片仮名和訓を収集している。しかし、訓点本から和訓を集成しようとすれば、材料である訓点本を作業の中心に据えるよりなく、余剰の和訓も収集される。このように、それぞれの辞書の特性に従い、不整合が現出している。その辞書が新たに追求しようとした特性にこそ、不統一は現れやすかった。

辞書の歴史は剽窃の歴史である（グリーン　一九九九：三〇）。どの辞書も先行の辞書に依存して作られる。しかし、完全な依存は複製でしかない。依存するということは、ある意味で、そこから離れていくことでもある。あるものに依りながら、それとは異なったものを作り出す。それが依存の本質だ。辞書が作られるのは、その時点でそのようなものがなく、新たに作り出す必要があるからだ。そして、それまでにないものを、その時点ですでにある材料によって作り上げようとする限り、そこには不整合が避けえない。

そのような不整合が、平安時代の古辞書では、和訓においてとくに現れやすかったことには理由がある。これらの辞書においては、和訓を盛り込むことが新機軸であったのだ。新たな試みにこそほころびは現れやすい。

日本の辞書の歴史は、中国製辞書の移入に始まり、それを解体、日本化していくことで展開する。漢文訓読の定着、また、それと密接に結びついた知識層の拡がりとともに、漢字を漢字漢文によって説明する中国製の辞書そのままでは、次第に用を果たさなくなる。辞書における意味の説明は、日本語（和訓）により、「そのものズバリ」（濱田　一九六七：四一五）を説明する方向へと推移していく。和訓注の割合を高め、漢文注の割合を低める、という方向で、辞書の日本化が進められた。

結局、その時点で、十分に和訓を集成した既存の辞書がなければこそ、これらの辞書は編まれる必要があった、と言える。条件に合致した材料が乏しいなか、和訓を収集しようとすれば、そこにいくらかのムリ・ムダ・ムラが生じることは不思議ではない。

以上をうけ、結論を再度示す。

1　古辞書は材料に依存している。

2　材料への依存は、古辞書のあり方に影響を及ぼす。

3　具体的には、古辞書にある種の不統一をもたらす。

4　平安時代の古辞書では、とくに和訓において、不統一が現出しやすかった。

註

（1）このような視点は、例えば、池田証寿（一九九四：二三）「辞書は先行するさまざまな書物を類聚し、それらに取捨選択を加え、時に編者の見解を織り混ぜて成り立つ。したがって先行資料と当該の辞書との差を見極めることで、その辞書の性格が明らかになる」によく表れている。

（2）本文主義については、池田源太（一九六九）を参照。古辞書と本文主義については、山田（一九九五）、宮澤（一九九八）を参照。

（3）「〇九二5」は複製本の頁数と行数。行数は標出字の位置により示す。原本で注文部分は割注。引用にあたっては、声点等を省略し、複声点の明らかなものは濁音形で引用した。また、片仮名表記を一部通例の文字に改めるなど、表示困難な文字・記号を適宜別の表記に改めた場合があるので、詳しくは複製本を見られたい。

（4）左傍に一二点あり。

（5）もう一例は「悠哉」項（二七〇7）。

（6）図書寮本の全標出語数は三六五七条。片仮名和訓が付されている項目は全体の約二六%となる。

（7）今回、標出字や注文に施された傍訓は問題としなかったが、「丨《(帔)》子」項「遊仙窟云春著領巾秋著丨丨《ウハオソヒ》」（二八〇3）や「詳　譽《イツハテホムルマネス》　太子《ヲ》史記世界」（〇九九4、「世界」は「世家」の誤りか）などの項目も、それらに準ずるものとして考えられる。

（8）訓点本以外の出典で、注文が和訓のみという項目は『小切韻』による「慵」（二六〇3）しかない。

（9）ただし、「手洗」「石清水」は、標出語としては、『倭名類聚抄』によっている可能性もある（宮澤（一九八六：二五三）によれば、これらの項目は「和名抄との関連に於て立項せられたと考えられるもの」である。例えば、(2)について、『倭名類聚抄』に「盥　説文云盥〔……楊氏漢語抄云澡手多良比俗用手洗二字〕……」〈⑥三二オ〉とある。ただし、図書寮本『類聚名義抄』では和訓が片仮名で示されているから、和訓を含めた項目全体が『倭名類聚抄』によるとは言えない。また、「石清水　イハシミヅ」も

『倭名類聚抄』のいくつかの写本に見えるが〈「妙美井」項〉、いずれも『延喜式』には触れず、和訓は万葉仮名表記である〈「以波之三豆」〉。また、「ー(磐)戸イハト古」（一四八1）、「神ー(部)　カムドモ」（一七九1）、「祝ー(部)　ハフリベ」（一七九1）や、傍訓形式であるが「常磐《トキハ》　堅《カキハ》ー宣命」（一四八2）などは、『倭名類聚抄』による立項も考えられない。

(10)　静嘉堂文庫蔵『毛詩鄭箋』・巻第十五・小雅魚藻・瓠葉「習禮講道藝也」（『毛詩鄭箋（二）』古典研究会叢書漢籍之部2、汲古書院、一九九三年、三八〇頁）の「講」字に「カマフ」とある。左には「カンカフ」とあり。

(11)　九条家本『文選』・序「講藝」（中村宗彦『九条本文選古訓集』風間書房、一九八三年、二頁下）の「講」字の右に「カンカヘ」、左に「考也」とある。上野本は同じ箇所、「カムカヘ・カマヘ」とある。九条家本『文選』八五頁下に「カマフ」の訓もある。

(12)　もしすべて記憶しているのであれば、少なくとも編者自身にとっては、このような辞書を編纂する必要がない。

(13)　収集の一般的方法として不可能だと言っている。特定の標出語に対して、ある出典が想起され、その和訓が求められるケースまでも否定しているのではない。

(14)　全巻とは限らない。例えば、中村（一九七五）は図書寮本に見える文選語がほとんど巻一・二に集中することを指摘している。また、採録順が巻序に従わない場合も想定できる。

(15)　すべての和訓を抜き出したとは限らない。おそらくそうではないだろう。山本（二〇〇〇）および本章の註(26)参照。

(16)　このことは、漢文注の原拠となった諸書についても言えることである。

(17)　標出語に関する研究は山本（一九九二・一九九三）を参照のこと。

(18)　「常」項に和訓「ツネ切」が見える。「五常」「尋常」には和訓なし。

(19)　図書寮本では直前の「足」項（一〇二1）に「アク集」とあり、観智院本では「足」項（法上38オ1）に「アキタル」とある。

(20)　和訓については、「有情」項目内で、「情」字に対して「ナサケ」「コ、ロ」の訓が引かれる。

(21)　1・2の違いは、材料をどの程度まで利用するかとも関わってこよう。1は部分的な利用に適し、2は全体的な利用に適している。全載を予定している書物については2の方法が望ましい。

(22)　ここで、収集と編纂とは分けて考えるべきだという批判がありえよう。各書から記述を集める作業と、集めた記述を編纂して注文を作り上げる作業とはたしかに別である。漢文注の集成にしたところで、現実的に、同時参照は困難であろう。漢文注の材料は大半が辞書・音義であるとはいえ、辞書ならば「引く」ことも可能であるが、音義ではそれも難しい。したがって、「各出典同時参照説」も、その前提として、各書を前から順に見ていき、必要な記述を摘記しておくという作業が想定されているのかもしれない。そうであれば、どちらの説にせよ、最初の作業は同じになる。つまり、材料を主体にした記述の集成が出発点となる。

(23) 出典を順次参照したであろうことは、望月（一九九二）も指摘している。「図書寮系原本編纂の作業の現実を考えてみると、注の典拠とする文献を、編纂者の決定した優先順位に従って、文献毎に、順次参照しながら、注文を書き記していったであろうから、……」（一一六頁）。

(24) 『類聚名義抄』において、原撰本から改編本への改編は、その方向を推し進めたものとも言える。

(25) なかには、いずれ同一字を含む標出項目に包摂することを考えて、仮に項目として立てたものもあるであろう。例えば、先掲用例(5)の「慫期　スグス易」などは、前項「慫咎」にまとめることも可能だ。標出語「慫期」の左傍には一二点があり、和訓「スグス」は「慫」にのみ対応するのであろう。観智院本『類聚名義抄』では「慫」項（法中43ウ2）に「スグス」とある。

(26) といっても、和訓の収集が、項目の増加を直接の目的としていたというのではない。収集作業の副産物と見てよいであろう。漢文注のみで和訓を持たない項目の方が、和訓のみで漢文注を持たない項目よりも、当然はるかに多い。また、和訓については、全載されたわけでもないだろう。ある訓点本から収集可能な和訓のすべてが掲載されたとは考えにくい。和訓と項目との関係は、「和訓によって項目が立てられることもある」という次元にとどまる。

(27) 宮澤俊雅、山本秀人、池田証寿の研究による。『東宮切韻』と『玉篇』との先後は、『玉篇』の前半部分と後半部分とで違いがある。この点については、宮澤（一九九二）および池田証寿（二〇〇三）を参照のこと。

(28) この序列は、正音注や義注など、注文の性格に応じたグループの内部で見られる。詳しくは宮澤（一九九二）を参照のこと。また、掲出語の採録についても、同様の序列が見られることを山本（一九九二）が指摘している。

(29) 宮澤（一九九二）参照。

(30) 池田証寿（一九九一）は、玄応『一切経音義』について、標出語・注文の収集は『篆隷万象名義』に先行したが、その後、『篆隷万象名義』の注文を追補し、その際、注文は『篆隷万象名義』のものが優先されたと述べる。

(31) 大槻（二〇〇一：一七）参照（本書第二部第三章）。

(32) ここで、漢文注に見られるような採録序列が存在するのかどうかも問題になる。つまり、同じ和訓が複数の文献に出現した場合、それを編者がどのように処理したのかという問題だ。ただし、この問題については、図書寮本が材料とした訓点本そのものが現存しないため、解決が難しい。

(33)　易―書―詩―(月)・礼の順は、『隋書』経籍志、『漢書』芸文志などの基本的な経典配列と一致する。

使用テキスト

『倭名類聚抄』は『諸本集成　倭名類聚抄　本文篇』（京都大学文学部国語学国文学研究室編、臨川書店、一九六八年）による。

図書寮本『類聚名義抄』は『図書寮本類聚名義抄』（勉誠社、一九六九年）による。

観智院本『類聚名義抄』は『類聚名義抄　観智院本（天理図書館善本叢書）』（八木書店、一九七六年）による。

『遊仙窟』は『醍醐寺蔵本遊仙窟総索引』（築島裕他編、古典籍索引叢書13、汲古書院、一九九五年）による。

参考文献

池田源太　一九六九「平安朝に於ける「本文」を権威とする学問形態と有職故実」（『延喜天暦時代の研究』古代学協会編、吉川弘文館）
池田証寿　一九九一「図書寮本類聚名義抄と玄応音義との関係について」（『国語国文研究』八八）
池田証寿　一九九四「類聚名義抄の出典研究の現段階」（『信州大学人文学部人文科学論集』二八）
池田証寿　二〇〇三「図書寮本類聚名義抄と東宮切韻との関係について」（『訓点語と訓点資料』一一〇）
大槻　信　二〇〇一「図書寮本類聚名義抄片仮名和訓の出典標示法」（『国語国文』七〇―三、本書第二部第三章）
大槻　信　二〇〇二「古辞書と和訓―新撰字鏡〈臨時雑要字〉―」（『訓点語と訓点資料』一〇八、本書第二部第一章）
大槻　信　二〇〇四「倭名類聚抄の和訓―和訓のない項目―」（『国語国文』七三―六、本書第二部第二章）
グリーン　一九九九『辞書の世界史』（ジョナサン・グリーン：三川基好訳、朝日新聞社）
小林芳規　一九七八「新訳華厳経音義私記　解題」（『新訳華厳経音義私記』古辞書音義集成1、汲古書院）
陳　力衛　一九九八「語構成から見る和製漢語の特質」（『東京大学国語研究室創設百周年記念　国語研究論集』汲古書院。陳力衛『和製漢語の形成とその展開』〈汲古書院、二〇〇一年〉所収）
築島　裕　一九六四「中古辞書史小考」（『国語と国文学』四一―一〇）

中村宗彦　一九七五「文選訓より見たる類聚名義抄」（『大谷女子大国文』五）
濱田　敦　一九六七「和名類聚抄」（『山田孝雄追憶　本邦辞書史論叢』三省堂。濱田敦『日本語の史的研究』〈臨川書店、一九八四年〉所収）
宮澤俊雅　一九八六「図書寮本類聚名義抄と倭名類聚抄」（『松村明教授古稀記念　国語研究論集』明治書院）
宮澤俊雅　一九九二「図書寮本類聚名義抄の注文の配列について」（『小林芳規博士退官記念　国語学論集』汲古書院）
宮澤俊雅　一九九八「倭名類聚抄と漢語抄類」（『東京大学国語研究室創設百周年記念　国語研究論集』汲古書院）
望月郁子　一九九二『類聚名義抄の文献学的研究』（笠間書院）
山田健三　一九九五「奈良・平安時代の辞書」（『日本古辞書を学ぶ人のために』西崎亨編、世界思想社）
山本秀人　一九九二「図書寮本類聚名義抄における標出語の採録法について—注文の出典との関連を視点に—」（『小林芳規博士退官記念　国語学論集』汲古書院）
山本秀人　一九九三「図書寮本類聚名義抄における玄応一切経音義の標出語の摂取法について」（『鎌倉時代語研究』一六）
山本秀人　二〇〇〇「類聚名義抄における史記の訓の採録について—図書寮本における不採録の訓を中心に—」（『鎌倉時代語研究』二三）
吉田金彦　一九五八「観智院本類聚名義抄の参照文献」（『芸林』九—三）

第三部　解題・凡例

第一章　平安時代辞書解題(1)

一　『新撰字鏡』解題

平安時代に編まれた日本の古辞書。現存最古の漢和辞書。一二巻。昌住撰。昌泰年間（八九八〜九〇一）成立か。項目数は約二万。

現存最古の完本は、天治元年（一一二四）に法隆寺一切経書写に伴って写されたもので、天治本と称する（宮内庁書陵部蔵）。『新撰字鏡』といえば、一般にこの書を指す。他に和訓のある項目のみを抜き出した抄録本がある。天治本と抄録本とでは祖本が異なっていることから、両者の対校が必要。影印複製は『天治本 新撰字鏡 増訂版 附享和本・群書類従本』（京都大学文学部国語学国文学研究室編、臨川書店、一九六七年）を用いることが多い。

『新撰字鏡』は『一切経音義（玄応）』『玉篇』『切韻』といった中国製の辞書を基礎に、日本製の本草書、漢語抄類、さらには訓点本などから和訓等を加えた平安時代初期の辞書である。中国製辞書の流用から脱し、日本人専用の辞書へと向かう初期段階に位置する。

漢字の標出字に対して、その音、意味、和訓などを漢字で記す。字音は反切注、同音字注の他、一部日本化した和音の形で示す。和訓はすべて万葉仮名で書かれ、上代特殊仮名遣コの甲乙を区別する（有坂秀世説）。和訓が総計三七

○○条ほどあり、現存最古の漢和辞書とされるが、和訓を持つ項目は全体の一五％程度であり、漢漢辞書に漢和の要素が一部加えられたものと考えた方がよい。

編者昌住の伝は未詳だが、南都の仏僧であろう。本書の成立過程は序に詳しい。序によると、検索に不便な玄応『一切経音義』を部首引きに再編成して三巻としたのが寛平四年（八九二）夏（この三巻本は現存しない）、その後も改訂を続け、昌泰年中に『玉篇』『切韻』ならびに『私記』などを得て改編し、一二巻としたという。

そのような編纂事情を反映して、各部首内部で、『一切経音義』『玉篇』『切韻』それぞれに依拠した部分をある程度まとまって見出すことができる（貞苅伊徳『新撰字鏡の研究』）。それらの部分は、『玉篇』『切韻』の原形態を知る上でも貴重である。加えて、『正名要録』『書中要』などの中国製字書、音義書の他、日本製の本草書、小学篇、漢語抄類、訓点本などが使用されているが、多くの場合、出典名は示されない。

基本的に、偏旁に従った部首分類体の単字辞書である。全体は、「天部」から「臨時雑要字」にいたる一六〇部で構成される。「雑字」を置くなどして、部首数を減らしているのは、実用性を重んじたためであろう。「文尻八点」「品字様」など他に例を見ない部首もある。篇目は天部・日部・月部から始まり、人部・父部・親族部を経て、身部・頁部・面部と続くように、天文・人倫・身体といった意義に従って分類配列されている（阪倉篤義説）。また、「王部」に「玉部」が続くように字形の類似によって配列した部分もある。この意義分類は、『藝文類聚』など中国の類書や『倭名類聚抄』と類似するが、『新撰字鏡』の部首分類・配列と完全に一致するものは見出されていない。

部首分類・単字掲出が基本だが、「高祖」「曾祖」から始まる親族部があることからもわかるように、意義分類・熟字掲出も併用する。意義分類・熟字掲出となっているのは、天部後半、親族部、本草木異名、本草草異名、本草鳥名、臨時雑要字である。これらの部分には和訓注が多い。

重点・連字も熟字掲出である。重点は「浪々」のような重言を集成したもので、『一切経音義』、『爾雅』釈訓、『玉篇』釈義によるものが多い。連字は「不肖」「嵯峨」といった熟字をあげ、その前半「已上諸経論之内連字」とある部分は『一切経音義』による項目が多く、「已下出従外書」とある部分は『文選』によるものが大半で和訓を交える。連字末尾の「已下随見得耳」とある部分は和訓のみが注される項目が多く、出典として『遊仙窟』『日本霊異記』が指摘されている。

臨時雑要字は舎宅章、農業調度章、以下九章を持つ意義分類体の語彙集成であり、原材料である漢語抄の一つがそのまま附載されたものと考えられている。注文は基本的に和訓のみである。また、小学篇字と称する部分が数箇所に見られる（木部、草部ほか）。標出字と和訓のみによって構成されており、標出字には和製漢字を含むことが指摘されている。

部首分類・単字掲出と意義分類・熟字掲出の別は主として出典の違いによる。前者の部分は主に『一切経音義』『玉篇』『切韻』等の中国製諸書により、後者の部分は主に本草書、漢語抄類などの日本製諸書による。漢文注と和訓注の統合こそが『新撰字鏡』の新機軸であったが、それは同時に辞書全体の統一を困難にするものであった。『新撰字鏡』は後世、『類聚名義抄』の改編に用いられ、世尊寺本『字鏡』の主材料のひとつとなっている。

二　『倭名類聚抄』解題

事典・辞書。十巻本と二十巻本とがある。源順撰。承平四年（九三四）頃成立。

［概略］「倭名」は「和名」、「抄」は「鈔」とも書かれ、「和名抄」「順和名」とも称される。平安時代中期に編ま

れた百科事典的、類書的な辞書。見出漢語を意義により分類配列し、漢籍による本文と漢語抄類による和訓を注して漢・和を対照させる。掲出項目は事物名中心。諸本に十巻本と二十巻本とがあり、収録内容が異なる。平安時代の語彙資料として大きな価値を持ち、古典注釈に頻用されるほか、字音や地名などの研究にも豊富な材料を提供する。

〔編纂〕編者源順（みなもとのしたごう、延喜十一～永観元年〈九一一～九八三〉）は嵯峨天皇の玄孫。梨壺の五人に選ばれ、三十六歌仙人。和漢に博識であったが、官位には恵まれなかった。『倭名類聚抄』は、醍醐天皇の第四皇女勤子内親王の令旨により、若き源順が撰進した書である。成立の事情は序文に詳しい。醍醐帝の死後、書画の戯れのみを慰めとした勤子内親王が、「万物の名を訪」ねんとして、縁故の深い順に編纂の教命を下す。和名が捨ててかえりみられない風潮のなか、『文館詞林』『白氏事類』等の中国製類書では「世俗の疑を決」するのに十分ではないことから、「汝、かの数家の善説を集めて、我をして文に臨みて疑ふ所無からしめよ」として、和訓を持つ漢語抄類（『弁色立成』『楊氏漢語抄』『和名本草』『日本紀私記』）の記述を集成整理することが順に求められた（序文は原漢文）。漢語抄とは奈良時代から見られる簡便な漢和対照語彙集であり、当時複数のものが並び立っていたためである。漢文読者層拡大という背景のなかで、和訓を伴い類書的側面をも満たした、簡略で実用的な日用百科辞書が漢文読解の道具として求められたものである。序文に「先帝」とする醍醐帝が没したのが延長八年（九三〇）、「僕之老母」と呼ぶ源順母の没年が承平五年、天慶元年（九三八）には勤子内親王が没していることから、本書は承平年間、おそらく承平四年頃に成立したと考えられている。承平四年であれば、順二十三歳、勤子三十一歳である。

〔体例〕『倭名類聚抄』では、項目を意味によって分類配列している。たとえば十巻本は、天地部、人倫部、形体部から始まり、末尾に草木部が置かれる。その天地部は景宿類、風雨類、神霊類、水土類、山石類、田野類に分かれ、その下に各項目が並んでいる。序文に「上挙天地、中次人物、下至草木」というこの分類配列は、『藝文類聚』『初学記』『白氏六帖（白氏事類）』など中国の類書と類似し、日本の『新撰字鏡』『幼学指南抄』『本朝文粋』などとも似るが、完全に一致するものはなく、独自の分類となっている。十巻本は二四部一二八門、二十巻本は三二部二四九門（門＝類）からなる。項目は、基本的に総称から個別名称の順に配されている。景宿類であれば、大枠として「日―月―星」のように列べられ、「日」項目の後に「陽烏」、「月」の後に「弦月」「望月」、「星」の後に「明星」「流星」などが置かれ、「星」の前には「日・月」両方に関わるものとして「暈」「蝕」が置かれる。項目数は、十巻本で二六〇〇余条、二十巻本で三三五〇余条である。各項目は、「嵐　孫愐切韻云、嵐〔盧含反、和名阿良之〕山下出風也」のように、漢語を見出語に立て（上例では「嵐」）、それに対する出典（「孫愐切韻」）と本文（「嵐山下出風也」）をあげ、和訓（「阿良之」）を添える。複数の見出語を掲げる項目もある。本文とは当該の漢語表記を含み持つ典拠のことで、義釈としての説明機能をになうこともあるが、単なる表記例である場合も少なくない。和訓は万葉仮名で書かれるため、全文漢字表記である。ある語が漢語としてどの文献にどのような形で現れているかを示し、それに和訓を対応させるというのが基本的な体例となっている。加えて、音注を伴う項目が多く、時に字体注も見える。音注には反切注と同音字注とがあり、反切注は『玉篇』『切韻』等によったもの、同音字注も基本的に『切韻』系韻書の体系に一致する（音注には「此間云・俗音」等と示されることもある）。引用書は三〇〇種程度。本文は漢籍から、和訓は漢語抄類から引くことが多い。本文は出典名をあげて引き、『唐韻』『本草』『爾雅』『説文解字』『玉篇』『釈名』などが多く引用されている。仏書は少ない。中国書では『兼名苑』『四声字苑』『文字集略』、日本書では『楊氏漢語抄』『弁色立成』『東宮切韻』などの佚書も含む。本文として、正格な漢籍が求められたことは言うまでもないが、それが見えない場合には、次善として漢語抄類や『類聚国史』『萬葉集』などの日本文献を本文にあげることがある。それに伴い、「喚子鳥」「女郎花」のような日本的表記が見出語となっている項目もある。

［和訓］　約三〇〇〇ある和訓は基本的に漢語抄類から採られている。序によると、編纂の中心となったのは『弁色立成』『楊氏漢語抄』『和名本草（本草和名）』『日本紀私記（田氏私記）』、その他の漢語抄である（名古屋市博物館本の序には『方言要目』の名も見える）。これらの漢語抄類を集大成した上で、漢籍から典拠とすべき本文を加え、適当な見出語を付すことで項目が形成されている。和訓については、出典名を略して、「和名」とのみ書かれることが多い。他に、「師説」「俗語云」「此間云」「和語云」「訓」「読」のように、和訓の前に注記されることもある。師説としては、『史記』『後漢書』『文選』『遊仙窟』『日本書紀』などの師説が引かれる。また、字音で定着した漢語については、「灯心　和名、度宇之美」のように和訓にかえて字音語形が記されるものがある。一方で、「日・月・風・人・子・目・口・毛・身」などには和訓も音読形も注されていない。

［影響］　漢語抄類を材料として用いるという点で、『倭名類聚抄』は『新撰字鏡』（九〇〇年頃成立）と共通するが、『倭名類聚抄』自体は『新撰字鏡』を引用しない。『倭名類聚抄』は『類聚名義抄』、『色葉字類抄』、世尊寺本『字鏡』をはじめ、後続の辞書に多大な影響を与えた。例えば、『類聚名義抄』書名中の「類聚」は『倭名類聚抄』によると言われ、原撰本『類聚名義抄』では主要八出典の一つとなっている。『倭名類聚抄』は仙覚『万葉集註釈』など学問的な著述に多く引用され、くだって近世以降も写本・版本として流布した。長期にわたり最も広く行われた古代辞書である。

［諸本］　諸本は大きく十巻本と二十巻本とに分かれる。十巻本を略本、二十巻本を詳本・広本と呼ぶこともある。両者は、部類もその配列も異なるところがあり、職官部、国郡部（郷里部）などは二十巻本にのみ見える（歳時部・音楽部曲調類・香薬部薬名類なども二十巻本のみ）。職官部は官職名、国郡部は地名を列挙し、二十巻本の巻五から巻九に及ぶ。これらの部分は、漢語ではなく日本の固有名を列挙し、出典・本文・和訓を伴わない部分を含む点で、他の

部分とは大きく様相を異にする。このような「物尽し」を含むように、二十巻本はより実用百科事典的である。また、十巻本・二十巻本に共通する項目でも、配列、見出語、注文についての異同が少なくない。十巻本と二十巻本との先後については古くから議論があるが、今も結論を見ない。現存最古の国書目録である『本朝書籍目録』（鎌倉末期成立か）には十巻本・二十巻本両者があがる。江戸時代の考証学者狩谷棭斎（安永四～天保六年〈一七七五～一八三五〉）は、十巻本を原撰と見て、注釈書『箋注倭名類聚抄（倭名類聚抄箋注）』（文政十年〈一八二七〉稿、明治十六年〈一八八三〉刊）を著した。その後、図書寮本『類聚名義抄』、前田本『色葉字類抄』など、院政期成立文献に引用されるテキストが二十巻本である高山寺本に近いことなどから、二十巻本原撰説が主張された。十巻本と二十巻本との関係は、十巻本を増補して二十巻本となったか、二十巻本を節略して十巻本となったかのどちらかだが、二十巻本原撰の確証がない現時点では、十巻本からそれほど時をおかず二十巻本に改編されたと考えるのが穏やかであろう。十巻本には、1京本、2尾張本（真福寺本、弘安六年〈一二八三〉写、巻一・二）、3伊勢本、4昌平本、5曲直瀬本、6下総本（天文本）、7松井本、8高松宮本、9箋注本などがある。二十巻本には、10高山寺本（平安末期写、巻六～十）、11大東急本、12名博本、13伊勢広本、14温古堂本、15元和古活字本（元和三年〈一六一七〉、那波道円）、16整版本（大字本・小字本）などがある（9箋注本は1を底本にして、参訂諸本に2～6、13～16をあげる）。二十巻本の序文には「四十部二百六十八門」とあるが、現存二十巻本諸本には三二部二四九門しかない。このことから、他に四〇部二六八門を持つ二十巻本も存在したのではないかと言われることがある。諸本には万葉仮名和訓に声点を加える写本もあり、アクセント資料となる。見出語・注文に仮名や訓点を加えた写本・版本もある。

三 『類聚名義抄』解題

院政期に編まれた日本の古辞書。中国・日本の音義書・辞書、訓点本和訓の集大成。原撰本：図書寮本、一帖（零本、完本は六帖か）。改編本：観智院本、一一帖（本文一〇帖、篇目一帖）。編者未詳。原撰本は一一〇〇年頃、改編本は十二世紀後半の成立。見出語は図書寮本で三六〇〇強、観智院本で三万二六〇〇余。

『類聚名義抄』には原撰本と改編本とがあり、原撰本を増補改編して改編本がなったと考えられている。原撰本の現存伝本は図書寮本（零本。法前半。【41水】〜【60衣】）のみ。改編本には、完本である観智院本をはじめ、蓮成院本（零本。三冊。上一、中一、下一・下二。もと全六帖で、仏上、法上の一部、僧上、僧下が残存。各冊とも欠損あり。【1人】【3辵】〜【20肉】、【41水】〜【43言】、【81艸】〜【120雑】）、高山寺本（零本。仏の前半、巻上一・二を一冊に収める。【1人】〜【19田】）、西念寺本（零本。首尾欠。【1人】〜【12女】）、宝菩提院本（零本。【21舟】〜【30犬】）がある。(2)

原撰本と改編本とでは辞書としての性格がかなり異なる。主要な相違点を対照して示せば、次のとおりである。以下では、原撰本（図書寮本）を中心に述べ、必要に応じて改編本に触れる。(3)

【原撰本】	【改編本】
熟字掲出	単字掲出
	異体字を含む豊富な見出
漢文注中心	和訓注中心
仏教事典的・音義書的	漢和字書的

学術的	実用的
出典表示	出典無表示
和訓は万葉仮名・片仮名	和訓は片仮名、活用は終止形に統一

図書寮本『類聚名義抄』は部首分類体の漢字字書である。各字に対して字体・音・義・和訓等を注記する。和訓を多く集成すること、注文（漢文注・和訓注）のいちいちに出典を明示すること、引用が正確であること、声点を加えていることなどが資料としてすぐれた特徴とされる。真興『大般若経音訓』、『東宮切韻』、『季綱切韻』、『玉抄』など逸書の逸文を多く含む。

『類聚名義抄』は、片仮名で和訓を示した辞書として現存最古の文献であり、平安時代に編纂された辞書として最大規模のものである。

部首総数は一二〇。部首数が少ないことについては、『一切経類音決』など字様との関連が指摘されている。部首は意味と字形の類似によって配列されている（酒井憲二・福田益和説）。一二〇の部首を四〇ずつに分け、仏・法・僧の三部構成としている。仏部は「人」、法部は「水」、僧部は「艸」から始まる。図書寮本はその法部前半（二〇部首）に相当する。

見出語の多くは玄応『一切経音義』など編纂材料の中心となった字書・音義類の掲出語を襲い、熟字掲出が多い。見出語の掲出順序は改編本と相違するところが多い。図書寮本の注文構成は以下のとおり（宮澤俊雅説）。

①　字体注（主に『干禄字書』の引文）
②　正音注
③　義注・又音・異体等の引文

④　真仮名和訓（主に『倭名類聚抄』の引文）
⑤　呉音注（主に『大般若経字抄』の類音注）
⑥　訓点本等による片仮名和訓
⑦　玉抄等による片仮名和訓
⑧　和音注（主に真興による和音）

上記①～③の漢文注の出典は『篆隷万象名義』『倭名類聚抄』『玉篇』などの辞書類、玄応撰『一切経音義』、慈恩撰書（『法華音訓』等）、中《（仲）》算撰『法華経釈文』などの内典音義類を中心とし、その配列に序列がある。④⑥⑦が和訓注であり、和訓を持つ項目数は全体の四分の一程度である。図書寮本においては、漢文注が主、和訓注は従となっており、その点が改編本と相違する。和訓の多くは漢籍訓点本の傍訓によるもので、『毛詩』『文選』『白氏文集』『史記』などが多く引かれる。和訓の中には出典中の表現のままに引かれ、語尾が終止形となっていないもの、助詞・助動詞などが付属したものもある。和訓注にも出典による配列序列がある。

原撰本は漢文（主として仏教経典）の読解を目的に、漢・和の辞書音義類を大成し、和訓を加えた辞書である。一方、改編本は原撰本から仏教事典的な要素を除き、見出語も単字中心に改めている。また、原撰本にあった漢文注や出典注記を略し、和訓の万葉仮名を片仮名に改め、和訓・異体字を大幅に増補することで、より実用的・一般的な漢和字書へと改編されている。

原撰本も改編本も編者は未詳である。ともに僧侶と考えられており、原撰本は引用文献などから法相宗の僧侶、改編本は書写・利用の状況などから真言宗の僧侶の可能性が高いと言われる。

註

（1）本章の参考文献は、研究史がたどりやすいよう、発表年順に掲載した。
（2）残存部分を観智院本の【部首番号・部首】で示す。
（3）改編本、とくに観智院本については、大槻（二〇一八）を参照のこと。

参考文献（発表年順。雑誌論文等が後に単著にまとめられている場合、単著のみをあげ、初出時の雑誌論文を掲載しないことがある）

一『新撰字鏡』解題

山田孝雄　一九一六　『新撰字鏡攷異幷索引』（六合館）
有坂秀世　一九三七　「新撰字鏡に於けるコの仮名の用法」（『国語と国文学』一四―一、有坂秀世『国語音韻史の研究』〈増補新版、一九五七年〉所収）
京都帝国大学文学部国語学国文学研究室編　一九四四　『新撰字鏡』（古典索引叢刊3、澤瀉久孝解題、全国書房。増訂版、臨川書店、一九六七年）
阪倉篤義　一九五〇　「辞書と分類―『新撰字鏡』について」（『国語国文』一九―一二、阪倉篤義『文章と表現』〈角川書店、一九七五年〉所収）
佐藤喜代治　一九五一　「新撰字鏡の本文について」（『東北大学文学部研究年報』一）
貞苅伊徳　一九五五　「世尊寺本字鏡について」（『国語学』二三、貞苅　一九九八所収）
京都大学文学部国語学国文学研究室編　一九五八　『新撰字鏡国語索引』（古典索引叢刊3、京都大学文学部国語学国文学研究室内国文学会。増訂再版、臨川書店、一九七五年）
吉田金彦　一九五九　「新撰字鏡とその和訓の特質」（『芸林』一〇―五、吉田　二〇一三所収）
貞苅伊徳　一九五九　「新撰字鏡の解剖〔要旨〕―その出典を尋ねて―」（『訓点語と訓点資料』一二、貞苅　一九九八所収）
貞苅伊徳　一九六〇　「新撰字鏡の解剖〔要旨〕　付表（上）」（『訓点語と訓点資料』一四、貞苅　一九九八所収）
貞苅伊徳　一九六一　「新撰字鏡の解剖〔要旨〕　付表（下）」（『訓点語と訓点資料』一五、貞苅　一九九八所収）
青木　孝　一九六一　「新撰字鏡（序）〈訓注付き〉」（『国語国文学研究史大成15　国語学』三省堂）

山口角鷹　一九六三「小学篇と漢語抄」（『日本中国学会報』一五、山口角鷹『増補 日本漢字史論考』〈松雲堂書店、一九八五年〉所収）
福田益和　一九六四「新撰字鏡「本草部」の記載形式とその構成」（『語文研究（九州大学）』一八）
阪倉篤義　一九六七「新撰字鏡の再検討―享和本を中心に―」（『本邦辞書史論叢』山田忠雄編、三省堂）
前田富祺　一九六七「世尊寺本字鏡の成立―「新撰字鏡」と「類聚名義抄」との比較において―」（『本邦辞書史論叢』三省堂）
京都大学文学部国語学国文学研究室編　一九六七『天治本 新撰字鏡 増訂版 附享和本・群書類従本』（臨川書店。解題など一部改訂、臨川書店、一九七三年）
高松政雄　一九七〇「新撰字鏡小学篇について」（『訓点語と訓点資料』四一）
福田益和　一九七一「古辞書における部首排列の基準（上）―新撰字鏡と類聚名義抄―」（『長崎大学教養部紀要』一二）
福田益和　一九七二「古辞書における部首排列の基準（下）―新撰字鏡と類聚名義抄―」（『長崎大学教養部紀要』一三）
高松政雄　一九七三「新撰字鏡の「直音注」について」（『訓点語と訓点資料』五三）
阪倉篤義　一九七三「新撰字鏡　解題」（『天治本 新撰字鏡　増訂版 附享和本・群書類従本』臨川書店）
小林芳規　一九七四「新撰字鏡における和訓表記の漢字について―字訓史研究の一作業―」（『文学』四二―六）
京都大学文学部国語学国文学研究室編　一九七五『天治本・享和本　新撰字鏡国語索引』（増訂再版、臨川書店。初版、京都大学文学部国語学国文学研究室内国文学会、一九五八年）
古辞書叢刊刊行会編　一九七六『新撰字鏡』（大東急記念文庫蔵、原装影印古辞書叢刊8、雄松堂書店）
西原一幸　一九七九「『新撰字鏡』所収の『正名要録』について」（『国語学』一一六）
上田　正　一九八一「新撰字鏡の切韻部分について」（『国語学』一二七）
池田証寿　一九八二「玄応音義と新撰字鏡」（『国語学』一三〇）
湯浅幸孫　一九八二「新撰字鏡序跋校釋」（『国語国文』五一―七）
貞苅伊徳　一九八三「『新撰字鏡』〈臨時雑要字〉と『漢語抄』」（『国語と国文学』六〇―一、貞苅　一九九八所収）
三保忠夫　一九八八「新撰字鏡小論」（『島根大学教育学部紀要（人文・社会科学）』二二―一）
貞苅伊徳　一九八九「日本の字典　その一」（『漢字講座2　漢字研究の歩み』明治書院、貞苅　一九九八所収）

河野敏宏　一九九〇「『新撰字鏡』所収の本草名の典拠について」（『愛知学院大学教養部紀要』三七―三）
山田健三　一九九五「奈良・平安時代の辞書」（『日本古辞書を学ぶ人のために』西崎亨編、世界思想社）
内田賢徳　一九九六「新撰字鏡倭訓小考」（『国語語彙史の研究』一六、内田賢徳『上代日本語表現と訓詁』〈塙書房、二〇〇五年〉所収）
蔵中　進　一九九八「『新撰字鏡』と『楊氏漢語抄』・『漢語抄』・『弁色立成』」（『国語と国文学』七五―一）
貞苅伊徳　一九九八『新撰字鏡の研究』（汲古書院）
大槻　信　二〇〇二「古辞書と和訓―新撰字鏡〈臨時雑要字〉―」（『訓点語と訓点資料』一〇八、本書第二部第一章）
張　　磊　二〇一二『《新撰字鏡》研究』（浙江師範大学語言学書系、中國社会科学出版社）
大槻信・小林雄一・森下真衣　二〇一三「『新撰字鏡』序文と『法琳別伝』」（『国語国文』八二―一）

二　『倭名類聚抄』解題

平田篤胤　一八一八『古史徴開題記』
狩谷棭斎（望之）一八二七『和名類聚抄箋注』（一八二七年成、一八八三年刊『箋注和名類聚抄』。『諸本集成　倭名類聚抄　本文篇』京都大学文学部国語学国文学研究室編、臨川書店、一九六八年）
邨岡良弼　一九〇二～〇三『日本地理志料』（東陽堂。『諸本集成倭名類聚抄　外篇』〈邨岡良弼著「日本地理志料―和名類聚抄国郡郷里部箋注―」、内務省地理局「和名類聚抄地名索引」〉、臨川書店、一九六六年）
山田孝雄　一九二六「眞福寺本　倭名類聚鈔　解説」（古典保存会『眞福寺本倭名類聚鈔』）
正宗敦夫校訂　一九三〇～三一『倭名類聚抄』（元和古活字本、自一巻至二十巻・索引、日本古典全集。風間書房復刊、一九六二年他）
岡田希雄　一九三三「和名類聚抄撰進の年代について」（『国文学誌』二―二）
岡田希雄　一九三三「和名類聚抄撰進の年代について（続）」（『国文学誌』二―三）
坂本太郎　一九三二「列聖漢風諡号の撰進について」（『史学雑誌』四三―七、『坂本太郎著作集　第七巻』〈吉川弘文館、一九八九年〉所収）

京都帝国大学文学部国語学国文学研究室編　一九四三『〔狩谷棭斎〕箋注倭名類聚抄』（古典索引叢刊1、澤瀉久孝解題、全国書房。諸本集成版、臨川書店、一九六八年）
京都帝国大学文学部国語学国文学研究室編　一九四四『箋注倭名類聚抄国語索引』（古典索引叢刊2、全国書房。諸本集成版・索引編、臨川書店、一九六八年）
山田孝雄　一九四三『国語学史』（宝文館）
岡田希雄　一九四四『類聚名義抄の研究』（一條書房）
秋本吉郎　一九五四「倭名類聚抄二十巻本成立考」（『国語と国文学』三一―一）
川口久雄　一九五九「和名類聚抄の成立と唐代通俗類書・字書の影響」（『平安朝日本漢文学史の研究』明治書院。三訂版〈明治書院、中巻、一九八二年〉）
青木　孝　一九六一「倭名類聚抄（序）〈訓注付き〉」（『国語国文学研究史大成15　国語学』三省堂）
築島　裕　一九六三「和名類聚抄の和訓について」（『訓点語と訓点資料』二五）
築島　裕　一九六三「図書寮本類聚名義抄と和名類聚抄」（『国語と国文学』四〇―七）
山口角鷹　一九六五「倭名抄と漢語抄」（『漢学研究』復刊3、山口角鷹『増補　日本漢字史論考』〈松雲堂書店、一九八五年〉所収）
池邊　彌　一九六六『倭名類聚抄郷名考證』（吉川弘文館、増訂版、一九七〇年）
濱田　敦　一九六七「和名類聚抄」（『山田孝雄追憶　本邦辞書史論叢』三省堂。濱田敦『日本語の史的研究』〈臨川書店、一九八四年〉所収）
京都大学文学部国語学国文学研究室編　一九六八『諸本集成　倭名類聚抄　本文篇・索引篇』（本文篇：箋注倭名類聚抄、真福寺本、元和古活字那波道円本、高山寺本。阪倉篤義解題、臨川書店。増訂再版、臨川書店、一九七一年）
天理大学出版部　一九七一『和名類聚抄　三宝類字集』（高山寺本和名類聚抄。渡邊實解題、天理図書館善本叢書、八木書店）
吉田金彦　一九七一「辞書の歴史」（『講座　国語史3　語彙史』大修館書店）
築島　裕　一九七三「古辞書における意義分類の基準」（『品詞別日本文法講座10　品詞論の周辺』鈴木一彦・林巨樹編、明治書院）
古辞書叢刊刊行会編　一九七三『和名類聚抄（二十巻本）大東急記念文庫蔵』（大東急記念文庫本）（雄松堂書店）
馬淵和夫　一九七三『和名類聚抄古写本声点本本文および索引』（風間書房）

古辞書叢刊刊行会編　一九七五『和名類聚抄（十巻本）静嘉堂文庫蔵』（松井本）（雄松堂書店）
古辞書叢刊刊行会編　一九七八『和名類聚鈔訂本』（内閣文庫蔵、狩谷棭斎校訂）（雄松堂書店）
中田祝夫編　一九七八『倭名類聚抄　元和三年古活字版二十巻本　附関係資料集』（勉誠社）
池邊　彌　一九八一『和名類聚抄郡郷里駅名考証』（吉川弘文館）
佐佐木隆　一九八三「国語史からみた『和名類聚抄』―十巻本と二十巻本の先後―」（『国語と国文学』六〇―七）
太田晶二郎　一九八四「尊経閣　三巻本　色葉字類抄　解説」（『尊経閣　三巻本　色葉字類抄』勉誠社、『太田晶二郎著作集　第四冊』〈吉川弘文館、一九九二年〉所収）
佐佐木隆　一九八四『『類聚名義抄』『色葉字類抄』所引の『和名類聚抄』」（『国語と国文学』六一―九）
杉本つとむ　一九八四『和名類聚抄の新研究』（桜楓社）
東京大学国語研究室編　一九八五『倭名類聚抄　京本・世俗字類抄　二巻本』（倭名類聚抄京本解題、宮澤俊雅、汲古書院）
川瀬一馬　一九八六『増訂　古辞書の研究』（雄松堂出版。初版〈大日本雄弁会講談社、一九五五年〉）
東京大学国語研究室編　一九八七『倭名類聚抄　天文本』（倭名類聚抄天文本解題・附校勘、宮澤俊雅、汲古書院）
辻村敏樹編　一九八七『棭斎書入　倭名類聚抄』一・二（早稲田大学出版部）
不破浩子　一九八九～九三『箋注倭名類聚抄の研究』（巻一―序から巻三―二まで、奈良女子大学国語国文学科遠藤研究室・長崎大学教養学部）
名古屋市博物館編　一九九二『和名類聚抄』（榎英一解説、名古屋市博物館）
山田健三　一九九二「順〈和名〉粗描」（『日本語論究2　古典日本語と辞書』和泉書院）
山田健三　一九九五「奈良・平安時代の辞書」（『日本古辞書を学ぶ人のために』西崎亨編、世界思想社）
貞苅伊徳　一九九八『新撰字鏡の研究』（汲古書院）
蔵中進・林忠鵬・川口憲治編　一九九九『倭名類聚抄　十巻本・廿巻本　所引書名索引』（勉誠出版）
国立歴史民俗博物館館蔵史料編集会編　一九九九『国立歴史民俗博物館蔵　貴重典籍叢書　文学篇　第22巻　辞書』（臨川書店）
大槻　信　二〇〇四「倭名類聚抄の和訓―和訓のない項目―」（『国語国文』七三―六、本書第二部第二章）
馬淵和夫　二〇〇八『古写本和名類聚抄集成』（勉誠出版）

宮澤俊雅　二〇一〇　『倭名類聚抄諸本の研究』（勉誠出版）
山田健三　二〇一七　「『和名類聚抄（高山寺本）』解題」（新天理図書館善本叢書『和名類聚抄（高山寺本）』八木書店）

三　『類聚名義抄』解題

伴　信友　一八一三　「新写類聚名義抄叙」（『類聚名義抄』校本）
伴　信友　一八二〇　「（校本）附言」（『類聚名義抄』校本）
山田孝雄　一九三七　「観智院本　類聚名義抄　解説」（『観智院本　類聚名義抄』貴重図書複製会）
山田孝雄　一九四三　『国語学史』（第四章「漢和対訳の辞書の発生」宝文館）
岡田希雄　一九四四　『類聚名義抄の研究』（一條書房。手沢訂正本、勉誠出版、二〇〇四年）
金田一春彦　一九四四　「類聚名義抄和訓に施されたる声符に就て」（『橋本博士還暦記念　国語学論集』岩波書店）
築島　裕　一九五〇　「類聚名義抄の倭訓の源流について」（『国語と国文学』二七―七）
橋本不美男　一九五〇　「図書寮本類聚名義抄解説」（『図書寮本類聚名義抄』宮内庁書陵部。『図書寮本類聚名義抄　解説索引編』〈勉誠社、一九六九年〉所収）
渡邊　實　一九五一　「解説　高山寺本類聚名義抄について」（『国語国文』別刊二）
渡辺　修　一九五三　「図書寮蔵本類聚名義抄と石山寺蔵本大般若経字抄とについて」（『国語学』一三・一四）
吉田金彦　一九五四ａ　「図書寮本類聚名義抄出典攷　上」（『訓点語と訓点資料』二、吉田金彦 二〇一三所収）
吉田金彦　一九五四ｂ　「図書寮本類聚名義抄出典攷　中」（『訓点語と訓点資料』三、吉田金彦 二〇一三所収）
中田祝夫　一九五五　「類聚名義抄使用者のために」（『類聚名義抄　仮名索引・漢字索引』風間書房）
吉田金彦　一九五五ａ　「類聚名義抄小論」（『国語国文』二四―三、吉田金彦 二〇一三所収）
吉田金彦　一九五五ｃ　「図書寮本類聚名義抄出典攷　下一」（『訓点語と訓点資料』五、吉田金彦 二〇一三所収）
吉田金彦　一九五六　「類聚名義抄の展開」（『訓点語と訓点資料』六、吉田金彦 二〇一三所収）
吉田金彦　一九五八　「観智院本類聚名義抄の参照文献」（『芸林』九―三、吉田金彦 二〇一三所収）
築島　裕　一九五九　「訓読史上の図書寮本類聚名義抄」（『国語学』三七、築島裕『平安時代の漢文訓読語につきての研究』〈東京大学

出版会、一九六三年〉所収）
桜井茂治　一九六二「アクセント体系の変化の時期について（上）―「名義抄」から「補忘記」へ―」（『国語と国文学』三九―九）
桜井茂治　一九六二「アクセント体系の変化の時期について（下）―「名義抄」から「補忘記」へ―」（『国語と国文学』三九―一一）
酒井憲二　一九六七「類聚名義抄の字順と部首排列」（『本邦辞書史論叢』三省堂）
前田富祺　一九六七「世尊寺本字鏡の成立―「新撰字鏡」と「類聚名義抄」との比較において―」（『本邦辞書史論叢』三省堂）
築島　裕　一九六九「改編本系類聚名義抄の成立時期について」（『福田良輔教授退官記念論文集』九州大学文学部国語国文学研究室
福田良輔教授退官記念事業会）
築島　裕　一九六九「国語史料としての図書寮本類聚名義抄」（『図書寮本類聚名義抄　解説索引編』勉誠社）
渡辺　修　一九六九「類聚名義抄の呉音の性格」（『大妻女子大学文学部紀要』一）
渡辺　修　一九七〇「類聚名義抄の「呉音」の体系」（『国語と国文学』四七―一〇）
小松英雄　一九七一『日本声調史論考』（風間書房）
西端幸雄　一九七一「類聚名義抄における誤写の考察」（『訓点語と訓点資料』四五）
福田益和　一九七一「古辞書における部首排列の基準（上）―新撰字鏡と類聚名義抄―」（『長崎大学教養部紀要』一二）
吉田金彦　一九七一「辞書の歴史」（『講座　国語史3　語彙史』大修館書店）
渡辺　修　一九七一「類聚名義抄の和音の性格」（『大妻女子大学文学部紀要』三）
渡邊　實　一九七一「和名類聚抄・三宝類字集　解題」（『和名類聚抄・三宝類字集（天理図書館善本叢書）』八木書店）
福田益和　一九七二「古辞書における部首排列の基準（下）―新撰字鏡と類聚名義抄―」（『長崎大学教養部紀要』一三）
宮澤俊雅　一九七三「図書寮本類聚名義抄に見える篆隷万象名義について」（『訓点語と訓点資料』五二）
金田一春彦　一九七四『国語アクセントの史的研究　原理と方法』（塙書房）
望月郁子編　一九七四『類聚名義抄　四種声点付和訓集成』（笠間索引叢刊44、笠間書院）
吉田金彦　一九七六「類聚名義抄　観智院本　解題」（天理図書館善本叢書『類聚名義抄　観智院本』八木書店）
宮澤俊雅　一九七七「図書寮本類聚名義抄と妙法蓮華経釈文」（『松村明教授還暦記念　国語学と国語史』明治書院）
中村宗彦　一九七九「類聚名義抄の疑問訓」（『訓点語と訓点資料』六二）

中村宗彦　一九八〇　「観智院本「類聚名義抄」補訂試稿」（『訓点語と訓点資料』六四）
沼本克明　一九八二　『平安鎌倉時代に於る日本漢字音に就ての研究』（武蔵野書院）
中村宗彦　一九八三　「文選訓より見たる類聚名義抄」（『九条本文選古訓集』風間書房）
原卓志・山本秀人　一九八三　「図書寮本類聚名義抄における玄応一切経音義引用の態度について」（『鎌倉時代語研究』六）
山本秀人　一九八五　「改編本類聚名義抄における文選訓の増補について」（『国文学攷』一〇五）
草川　昇　一九八六　「「類聚名義抄」小考　四本比較から見た」（『鈴鹿工業高等専門学校紀要』一九―一）
川瀬一馬　一九八六　『増訂　古辞書の研究』（雄松堂出版、一九五五年初版）
尾崎知光　一九八六　『鎮国守国神社蔵本三宝類聚名義抄』（勉誠社）
宮澤俊雅　一九八六　「図書寮本類聚名義抄と倭名類聚抄」（『松村明教授古稀記念　国語研究論集』明治書院）
中村宗彦　一九八七　「類聚名義抄和訓の定位」（『国語国文』五六―九）
宮澤俊雅　一九八七　「図書寮本類聚名義抄と篆隷万象名義」（『訓点語と訓点資料』七七）
築島　裕　一九八八　「改編本系類聚名義抄逸文小見」（『鎌倉時代語研究』一一）
池田証寿・小助川貞次・浅田雅志・宮澤俊雅　一九八八　「法華釋文竝類聚名義抄引慈恩釋対照表」（『北大国語学講座二十周年記念論輯　辞書・音義』汲古書院）
西原一幸　一九八八　「図書寮本『類聚名義抄』所引の「類云」とは何か」（『和漢比較文学研究の諸問題』和漢比較文学叢書8、汲古書院）
宮澤俊雅　一九八八　「図書寮本類聚名義抄と法華音訓」（『北大国語学講座二十周年記念　論輯　辞書・音義』汲古書院）
貞苅伊徳　一九八九　「日本の字典　その一」（『漢字講座2　漢字研究の歩み』明治書院、貞苅 一九九八所収）
池田証寿　一九九一ａ　「図書寮本類聚名義抄所引玄応音義対照表（上）」（『信州大学人文学部人文科学論集』二五）
池田証寿　一九九一ｂ　「図書寮本類聚名義抄と玄応音義との関係について」（『国語国文研究』八八）
山本秀人　一九九一　「図書寮本類聚名義抄における真興大般若経音訓の引用法について―叡山文庫蔵息心抄所引の進行真興大般若経音訓との比較より―」（『訓点語と訓点資料』八五）
池田証寿　一九九二ａ　「図書寮本類聚名義抄所引玄応音義対照表（下）」（『信州大学人文学部人文科学論集』二六）

池田証寿　一九九二b　「図書寮本類聚名義抄と干禄字書」（『国語学』一六八）
宮澤俊雅　一九九二　「図書寮本類聚名義抄の注文の配列について」（『小林芳規博士退官記念 国語学論集』汲古書院）
望月郁子　一九九二　『類聚名義抄の文献学的研究』（笠間書院）
山本秀人　一九九二　「図書寮本類聚名義抄における標出語の採録法について―注文の出典との関連を視点に―」（『小林芳規博士退官記念 国語学論集』汲古書院）
池田証寿　一九九三a　「図書寮本類聚名義抄と篆隷万象名義との関係について」（『信州大学人文学部人文科学論集』二七）
池田証寿　一九九三b　「図書寮本類聚名義抄の単字字書的性格」（『国語国文研究』九四）
山本秀人　一九九三　「図書寮本類聚名義抄における玄応一切経音義の標出語の摂取法について」（『鎌倉時代語研究』一六）
池田証寿　一九九四　「類聚名義抄の出典研究の現段階」（『信州大学人文学部人文科学論集』二八）
小林恭治　一九九四　「観智院本類聚名義抄の筆跡による各帖の類別について」（『訓点語と訓点資料』九四）
山田健三　一九九四　「《短信》観智院本類聚名義抄の凡例と部首立てについて」（『国語学』一七六）
池田証寿　一九九五a　「図書寮本類聚名義抄に見える漢数字の注記について」（『日本語論究4　言語の変容』和泉書院）
池田証寿　一九九五b　「図書寮本類聚名義抄と類音決」（『訓点語と訓点資料』九六）
沼本克明　一九九五　「呉音・漢音分韻表　観智院本類聚名義抄和音分韻表（呉音）」（『日本漢字音史論輯』汲古書院）
山田健三　一九九五　「奈良・平安時代の辞書」（『日本古辞書を学ぶ人のために』西崎亨編、世界思想社）
山本秀人　一九九五　「図書寮本類聚名義抄に引用された信行撰書について」（『国語学論集　築島裕博士古稀記念』汲古書院）
小林恭治　一九九六　「観智院本類聚名義抄の「一校了」について」（『中央大学国文』三九）
沼本克明　一九九七　『日本漢字音の歴史的研究』（汲古書院）
山田健三　一九九七　「名義抄の部首検索システム構築について」（『愛知学院大学教養部紀要』四四―四）
貞苅伊徳　一九九八　『新撰字鏡の研究』（汲古書院）
池田証寿　二〇〇〇　「図書寮本類聚名義抄出典略注」（『古辞書とＪＩＳ漢字』三）
呉　美寧　二〇〇〇　「図書寮本類聚名義抄における論語の和訓について」（『国語国文研究』一一六）
田村夏紀　二〇〇〇　「観智院本『類聚名義抄』と『龍龕手鑑』の漢字項目の類似性」（『訓点語と訓点資料』一〇五）

山田健三　二〇〇〇「類聚名義抄―その構造と歴史性―」（『日本語学』一一九）
山本秀人　二〇〇〇「類聚名義抄における史記の訓の採録について―図書寮本における不採録の訓を中心に―」（『鎌倉時代語研究』二三）
草川　昇　二〇〇〇～〇一『五本対照類聚名義抄和訓集成（一）～（四）』（汲古書院）
池田証寿　二〇〇一「図書寮本類聚名義抄出典索引」（『古辞書とＪＩＳ漢字』四）
大槻　信　二〇〇一「図書寮本類聚名義抄片仮名和訓の出典標示法」（『国語国文』七〇―三、本書第二部第三章）
山本秀人　二〇〇一「図書寮本類聚名義抄における出典無表示の和訓について―国書の訓との関わりを中心に―」（『高知大国文』三二）
池田証寿　二〇〇三「図書寮本類聚名義抄と東宮切韻との関係について」（『訓点語と訓点資料』一一〇）
山本秀人　二〇〇三「宝菩提院本類聚名義抄について――観智院本との比較より」（『訓点語と訓点資料』一一一）
高橋宏幸　二〇〇四『図書寮本類聚名義抄』所引「月令・月」の和訓について」（『国文学論考』四〇）
高橋宏幸　二〇〇五『図書寮本類聚名義抄』所引「律」をめぐって　附、「允亮抄」」（『国文学論考』四一）
高橋宏幸　二〇〇六『図書寮本類聚名義抄』所引『古文孝経』の和訓について」（『国文学論考』四二）
肥爪周二　二〇〇六「濁音標示・喉内鼻音韻尾標示の相関――観智院本類聚名義抄を中心に」（『訓点語と訓点資料』一一六）
山本秀人　二〇〇六「図書寮本類聚名義抄における毛詩の和訓の引用について―静嘉堂文庫蔵毛詩鄭箋清原宣賢点との比較から―」（『小林芳規博士喜寿記念　国語学論集』汲古書院）
高橋宏幸　二〇〇七『図書寮本類聚名義抄』所引「顔氏家訓」の和訓について」（『国文学論考』四三）
池田証寿　二〇〇八「観智院本類聚名義抄の掲出項目数と掲出字数」（『北海道大学文学研究科紀要』一二四）
高橋宏幸　二〇〇八『図書寮本類聚名義抄』所引『遊仙窟』のテキストと和訓について」（『都留文科大学大学院紀要』一二）
佐々木勇　二〇〇九『平安鎌倉時代における日本漢音の研究』（汲古書院）
申　雄哲　二〇一三「図書寮本『類聚名義抄』における「詩」出典表示の片仮名和訓について」（『訓点語と訓点資料』一三一）
吉田金彦　二〇一三『古辞書と国語』（臨川書店）
申　雄哲　二〇一四「図書寮本『類聚名義抄』の翻字と校注（言部）」（『訓点語と訓点資料』一三二）

小倉　肇　二〇一四『続・日本呉音の研究』（和泉書院）
岩澤　克　二〇一五「図書寮本『類聚名義抄』における和訓―引用方法とアクセント注記について―」（『訓点語と訓点資料』一三四）
申　雄哲　二〇一五「図書寮本『類聚名義抄』における仏典音義類と辞書類の利用」（『国語国文研究』一四七）
山本秀人　二〇一六「『三宝類字集（高山寺本）』解題」（新天理図書館善本叢書『三宝類字集（高山寺本）』八木書店）
申　雄哲　二〇一七「図書寮本『類聚名義抄』の翻字と校注（足部）」（『訓点語と訓点資料』一三八）
大槻　信　二〇一八「『類聚名義抄（観智院本）』解題」（新天理図書館善本叢書『類聚名義抄（観智院本）』八木書店）

第二章　図書寮本『類聚名義抄』凡例

はじめに

古辞書研究の課題について、かつて以下のように述べたことがある。(1)

［凡例］

辞書は種々の決まり事の上に立って記述されている。それらの決まり事を知らなければ十分に活用できない。注釈の前段階として、各辞書の凡例が作成されるべきであろう。

辞書を正しく利用するためには、何よりもまずその序文を読む必要がある。序文は同時に凡例としての機能も担うことが多い。『新撰字鏡』には序・跋があり、『倭名類聚抄』にも序文がある。『類聚名義抄』も観智院本に凡例と見なせる部分があり、『色葉字類抄』にも短いが序文がある。

しかし、その序文の記述のみで、それらの辞書を正しく利用できるわけではない。研究の蓄積を反映した凡例の作成が必要であろう。序文の読解と、実際の辞書の体例から帰納された、コンパクトで行き届いた凡例があれば、各辞書の利用に大きな便宜がある。例えば、序文・凡例を欠く図書寮本『類聚名義抄』について、それを構築してみることは魅力的な研究課題ではなかろうか。

本章はその課題を、右で例にあげた図書寮本『類聚名義抄』について実践してみたものである。この凡例は、京都大学文学部ならびに大学院文学研究科における、「図書寮本『類聚名義抄』凡例の構築」と題した大槻担当の授業の成果である。学生諸君とともに、数年間かけて凡例を作成した。

凡例は全六章から成る。構成は以下のとおりである。

1　概要
1—1　図書寮本『類聚名義抄』略解題
1—2　改編本諸本との比較
1—3　図書寮本『類聚名義抄』の研究史
2　部首
2—1　収載部首について
2—2　部首内部の文字配列
3　項目及び見出し語
3—1　項目構成
3—2　見出し語
4　注文
4—1　注文の構成と配列
4—2　文字表記に関する注意事項
4—3　出典について

5　項目の解読と注釈
6　参考文献・資料・索引

ここには、そのうちの「1―1　図書寮本『類聚名義抄』略解題」部分のみを掲載する。全体を収載すると紙幅がかなり膨らむためである。他日、凡例全体を公開する機会を得たいと願っている。上記のように、凡例は学生との共同作成にかかるものだが、以下に収録する略解題部分は大槻が担当作成したものであり、図書寮本『類聚名義抄』を取り上げた本書に収めることがふさわしいと考えた。略解題であることから、図書寮本を利用する上で必要な基本情報は概ね含まれていると思う。改編本を含めた『類聚名義抄』諸本に関する基本的な情報や残存部首一覧も付した。内容上、第三部第一章の『類聚名義抄』解題と一部重なるところがあるが、そのままにしてある。諸本の残存部分を示すため、観智院本における部首番号を用いて、【1】もしくは【1人】のように示す。

一　書　誌

●基本書誌(2)
○所蔵　宮内庁書陵部（蔵書票「図書寮、番号62927、冊数1、函号503　212」）
○員数　一帖。法部前半のみの零本。全体は六帖か(3)。
○装幀　粘葉装。
○料紙　楮斐混漉紙(4)。
○寸法　縦二七・七糎、横一六・七糎。

◦丁数　一七三丁(5)。

◦表紙　共紙表紙（素紙、原表紙、右肩に「五」〈朱〉の書入あり(6)）。後補表紙（題簽「類聚名義抄〔清水谷本〕」、図書寮図書管理シール）あり。

◦印記　なし（表紙見返に単廓方形朱印「図書寮印」のみ）。

◦題　内題「類聚名義抄　法」。外題・尾題なし。巻首に「類聚名義抄篇目頌　法」とあり。

◦界　押界。一面八罫五線（七行四段）、一面二八画。見出語（掲出字）を画の一番上から大字で書き始め、注文をその下に細字二行の割注で書くのが原則。一画には大字四〜五文字、細字七文字前後をおさめる。一項目が一画に収まることもあるが、多くの場合、数画にわたり、途中改行することもある。注文末尾に位置する片仮名和訓や和音注は、それ以前の漢文注からやや離れ、画の左下近くに記されることがある(7)。

◦改頁　部首がかわるごとに改頁(8)。他は基本的に追い込み。

◦奥書・識語　書写に関わる奥書はなし。表紙見返に以下の識語あり（別筆）。

「此書不可出経蔵外、若有其志(9)／之人、臨此砌可令披覧、非是／慳悋(10)之義、只為護持正法也」

◦書写年代　院政期ごろ書写か(11)。成立年代については本章第三節参照。

◦本文　漢文、万葉仮名和訓、片仮名和訓。注記・書入あり。

◦訓点

朱　ヲコト点（喜多院点(12)、院政期〜鎌倉）。

朱　声点（院政期〜鎌倉）。

朱　注記（院政期〜鎌倉(13)）。

○補入　影印本二〇九～二一二頁の一紙二丁は補入、別筆。ただし、年代的にはさして降らないという。[14]

○文字　「書体は能筆で端正に書かれているが、仮名には古体が多く、漢字には偏旁を省いた省字体、俗字、二合字や草体が頻用されるので利用には些少の習熟が要求される」（貞苅伊徳　一九八九）。略字については本章第二節参照。

●残存部分

法部前半の零本。[15]合計二〇部首（篇目による）。観智院本の「法上・法中」全体に対応。[16]部首番号が観智院本と同一であり、全体の構成・部首配列は改編本諸本と同じであったと思われる。

本文第一丁表に本帖所収の部首を一覧した「篇目頌」がある。部首字に仮名と声点が付され、唱えものである偈頌の機能を持たせている。篇目頌は以下のとおり（声点を（平）などで示す。部首番号である「卌一」などは朱書）。

「類聚名義抄篇目頌　法

水《スイ》（去）「卌一」　冫《ヒョウ》（平）「二」　言《コン》（去濁）「三」　足《ソク》（入）「四」　立《リフ》（入）「五」

豆《ツ》（去濁）「六」　卜《ホク》（入濁）匕[17]「七」　面《メン》（平）「八」　歯《シ》（平）「九」　山《セン》（去）「五十」

石《シャク》（入）「一」　玉《コク》（入濁）「二」　色《シキ》（入）「三」　邑《オフ》（入）「四」　阜《フ》（上）「五」

土《ト》（平濁）「六」　心《シム》（去）「七」　巾《キン》（平）「八」　糸《ハク》（入軽濁）「九」　衣《エ》（去）「六十」

●伝来・所蔵

某寺院旧蔵か（表紙見返識語に「此書不可出経蔵外」とあり）。

清水谷家旧蔵[18]（某寺院より清水谷家への伝来については時期も事情も不明）。

宮内庁書陵部（旧図書寮）現蔵。昭和二十三年（一九四八）十月に清水谷家（清水谷公揖）より移管。

書陵部『図書寮本類聚名義抄』複製本刊行（昭和二十五年〈一九五〇〉）によって世に知られる。

●修復

虫損が甚だしく、書陵部への移管直後の昭和二十三年頃に修理が行われた[19]。

橋本不美男（一九五〇：二八・六九〜七〇・七一）に修理によって判読可能になった部分をあげる。

二　構成・内容

●概要

部首分類体の漢字字書。

見出語の多くが熟字で掲出されているが、単字に対する字体・字義・音訓等を注記することが多く、基本的に単字字書的性格を持つ（一方、熟字全体に対する注が示されることも、熟字全体に対応する和訓が示されることもある）。

「和漢の音義辞書・訓点本の集大成」（国語学辞典　一九五五）と言われるように、先行する中国・日本の辞書・音義類を集成し、訓点本から和訓を多く集めて編纂されている。

先行辞書・音義類を豊富に引用すること、和訓を多く掲載すること、注文（漢文注・和訓注）のいちいちに出典を明示し、引用が正確であること、アクセントを加えていることなどが、日本語史資料としてすぐれた特徴とされる。

図書寮本の特質については本章第四節参照。

『類聚名義抄』には原撰本と改編本とがあり、原撰本を増補改編して改編本が成ったと考えられている。原撰本と改編本との性質の違いは本章第四節参照。

原撰本の現存伝本は図書寮本『類聚名義抄』のみ。改編本には、完本である観智院本『類聚名義抄』をはじめ、蓮成院本、高山寺本、西念寺本、宝菩提院本がある。改編本諸本については本章第六節参照。

●全体構成

完本である観智院本によると、全一二〇部首、仏・法・僧の三部構成で、各四〇部首を収録。図書寮本は法の前半二〇部首を残存。

●部首

全一二〇部首。

観智院本篇目帖末尾の凡例に「立篇者源依玉篇、於次第取相似者置隣也、於字数少者集為雑部、依類者《（音）》決也、篇中聚字者私所為也」とある。『類聚名義抄』の部首立ての源は『玉篇』にあった。ただし、『玉篇』は五四二部首、『類聚名義抄』は一二〇部首である。『玉篇』には収録字の少ない部首が多く、『類聚名義抄』では利用の便宜のために、それらを整理統合している。「依類者決」はそのままでは意味が通ぜず、「依類音決」の誤りと考えられる（池田　一九九五b）。少数字部首は雑部とし、雑部を設けることは唐・郭迻撰『新定一切経類音』（一切経類決）によったという。『類聚名義抄』の部首分類は、『説文解字』に始まる中国字書の部首分類からは外れ、少数部首、字形への注目という点で、字様や字書体仏典音義の部首分類に近い（山田健三　一九九五・一九九七、池田証寿　二〇一七）。[20]部首は意味と字形の類似によって配列（酒井憲二　一九六七）。

●項目

項目は大字の見出語と細字双行（割注）の注文から成る。

●見出語

見出語数は三六五〇強。吉田金彦（一九五五b：四一）は三六五七語、池田証寿（一九九五a：四六）は三六七四項（異なり単字約二〇〇〇字）と計数。

見出語の大部分は、慈恩撰書、玄応『一切経音義』など、編纂材料の中心となった音義・字書類の掲出語を襲っていると言われる[21]。

熟字掲出が多い（四分の三程度の項目が熟字掲出）。

梵語音訳語を含む仏教語が多い。

各部首は部首字から始まる。法の巻頭部首「水部」では、「水」字の次に「法」字を置く[22]。

見出語の配列順は字形連鎖による部分がある。

掲出の字順は、仏教要語、類似字形・異体字を優先して配し、その後に『玉篇』『篆隷万象名義』の順に配するという傾向がある（池田証寿　一九九三ａｂ）[23]。

見出語の掲出順序は観智院本と相違するところが多い。

・注文構成

注文は字体注、音注、義注、和訓注によって構成される。

各注はそのすべてが記されるわけではなく、配列順も常に一定ではないが、「字体注、正音注、義注、万葉仮名和訓、呉音注、和訓注、和音注」という構成・配列が最も標準的。

各注は、出典ごとにいくらかの空白をおいて記されることが多く、出典名の上に朱「・」が付されることが多い。

和訓が複数ある場合も、間を空けて記す。注文が和訓のみの項目で、和訓が割注左行に記される（右行空白）ことがある。

図書寮本の注文構成は以下のとおり（宮澤俊雅　一九九二：一九三～一九四）[24]。

〈注文構成〉

①字体注（主に「干」[25]の引文）

②正音注

③義注・又音・異体等の引文

④真仮名和訓（主に「川」[26]の引文）

⑤呉音注（主に「公」[27]の類音注）

⑥訓点本等による片仮名和訓

⑦玉抄等による片仮名和訓

⑧和音注（主に真興和音）

表記は、①から③まで漢字漢文、④は万葉仮名和訓、⑤は漢字（同音字注）・片仮名（和訓）、⑥⑦は片仮名、⑧は片仮名・漢字（同音字注）[28]。

同一出典から音注・義注・和訓を引用する場合には、まとめて引用する。[29]

例えば、

涅泥　干云上谷（俗）・中云奴低反、土得水而爛者也。・玉云濕也、地泉濕也、塗也・東云小力也。又上声ー々露濕皃（貌）。又去滞也淖也・禾（和名）丶比知利古一云古比知。　ツチクレ列ー　クリニスレトモ　ヒヂリコニス　ヌル集　・宋云涅俗・文集ー　ナヅム　カコツ　去（三九3）

であれば、

①「干云上谷」

②③「・中云奴低反、土得水而爛者也」

③「・玉云濕也、地泉濕也、塗也・東云小力也。又上声ー々露濕皃。又去滞也淖也」

④「・禾、比知利古一云古比知」

⑥「ツチクレ列ー　クリニスレトモ　ヒチリコニス　ヌル集」「・文集ー《ナヅム》《カコツ》去」（間に宋〈宋韻〉による字体注「・宋云湼俗」あり）

である。

堆阜　玆云都雷反、聚土也・弘云高也、院也・中云小丘曰ー・真云亦塠・東云沙ー也、高土也、隆積也、聚沙土也、魁ー丘阜高状也、阜也、聚土成壟也。・公云對　ウヅタカシ　・季云支之　アツム集　タムレ聚土也　玉抄云ツチクル　真云又ツイ（二一三〇1）

であれば、

②③「玆云都雷反、聚土也」

③「・弘云高也、院也・中云小丘曰ー・真云亦塠・東云沙ー也、高土也、隆積也、聚沙土也、魁ー丘阜高状也、阜也、聚土成壟也。」

⑤「・公云對　ウヅタカシ」

④「・季云支之」

⑥「アツム集　タムレ聚土也」

⑦「玉抄云ツチクル」

⑧「真云又ツイ」

である。

・漢文注

漢文注は上記〈注文構成〉の①〜③。

①は『干禄字書』による字体注、②③は、『篆隷万象名義』『玉篇』『倭名類聚抄』などの辞書類、慈恩撰書（『法華音訓』など）、玄応『一切経音義』、中《（仲）》算撰『法華経釈文』などの内典音義類を中心とする。

漢文注の引用は、「どの出典から引用するか」「どの順序で配列記述するか」（宮澤俊雅　一九九二）という点で、出典に応じた序列が認められる。

漢文注を構成する主要八出典の採録序列は、以下のとおり。[30]

(1)慈恩撰書（『法華音訓』『法華玄賛』など、出典表示「茲」）
(2)『篆隷万象名義』（弘法大師空海、出典表示「弘」）
(3)『一切経音義』（玄応、出典表示「广」）
(4)『法華経釈文』（中算、出典表示「中」）
(5)『大般若経音訓』（真興、出典表示「真」）
(6)『東宮切韻』（菅原是善、出典表示「東」）
(7)『玉篇』（顧野王、出典表示「玉」）
(8)『倭名類聚抄』[31]（源順、出典表示「川」）

②③における配列記載の順も、概ね右の序列に一致する。

・和訓注[32]
和訓注は上記〈注文構成〉の④〜⑦[33]。
④⑤⑦は「〈出典名〉云」の「云型」、⑥は和訓末尾に小字右寄の「末尾型」で出典を示す（本書第二部第三章参照）。
原拠において万葉仮名表記の和訓は万葉仮名で引かれる。万葉仮名和訓は約五〇〇条。

片仮名和訓を持つ項目数は総計九六四条。全項目の約四分の一。

図書寮本においては、漢文注が主、和訓注は従[34]。

和訓の多くは漢籍訓点本による[35]。

和訓注には出典による配列序列がある。宮澤俊雅（一九九二）によれば、主として訓点本に基づく片仮名和訓について、次のとおり[36]。

　易―書―詩・記・論・選―月―後―律・列・礼・集―白・遊・唱―切[37]

和訓はしばしば出典に見られる形のまま引かれる。活用語尾は改編本『類聚名義抄』のように終止形に統一されておらず、助詞・助動詞その他が付属した引用もある[38]。

仮名遣について、アハワ行の混乱は基本的にない[39]。

和訓の出典表示形式については、築島裕（一九五九：九六六〜九六七・一九九四：四四二）、山本秀人（二〇〇〇・二〇〇一）、大槻信（二〇〇一・二〇〇五a）、高橋宏幸（二〇〇五・二〇〇八）、岩澤克（二〇一五）などを参照のこと。

・音注
音注には正音（漢音）注、呉音注、和音注の三種がある。

正音注には同音字注と反切注とがあり、「音〇」式の同音字注が優先されている。同音字注には出典が付されないものがかなりある（小松　一九七一、望月　一九九二参照）。

呉音注は藤原公任『大般若経字抄』、和音注は真興・行円による。

●材料・出典

「茲」（慈恩撰書）、「弘」（『篆隷万象名義』）、「广」（玄応『一切経音義』）、「巽」（『文選』）、「詩」（『毛詩』）のように、出典名は略記されることが多い。ただし、図書寮本内部で初出時にはより詳しい名称で記されることがある。

出典については、橋本不美男（一九五〇）第五章「出典」、吉田金彦（一九五四ａｂ・一九五五ｃ）「図書寮本類聚名義抄出典攷」[40]上・中・下一（未完）、築島裕（一九六九）以下の諸研究を参照のこと。出典に関する索引類に、橋本不美男「図書寮本類聚名義抄出典索引」（『書陵部紀要』一、一九五一年。『図書寮本類聚名義抄』〈勉誠社、一九七六年〉所収）、築島裕・宮澤俊雅「図書寮本類聚名義抄仮名索引・出典別索引」（『図書寮本類聚名義抄』〈同上〉）、池田証寿「図書寮本類聚名義抄出典略注」（『古辞書とＪＩＳ漢字』三、二〇〇〇年）、池田証寿「図書寮本類聚名義抄出典索引」（『古辞書とＪＩＳ漢字』四、二〇〇一年）がある。

『日本霊異記』『新撰字鏡』『（承暦本）金光明最勝王経音義』などを用いていない。[41]

●凡例

付属しない。[42]

●訓点

漢字漢文に句点・返点・ヲコト点（喜多院点）・声点、和訓に声点が加えられている部分がある。

●声点　仮名音注

漢字・和訓ともに声点を加えるものがある。[43]

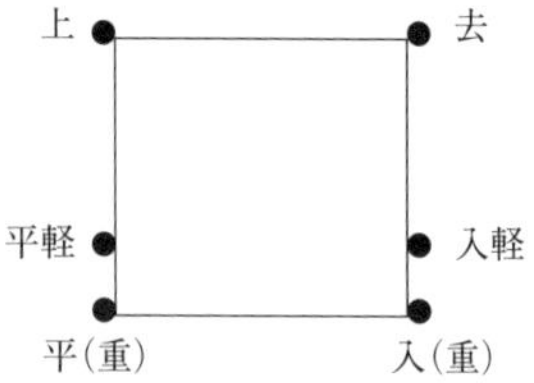

図1　図書寮本 六声体系

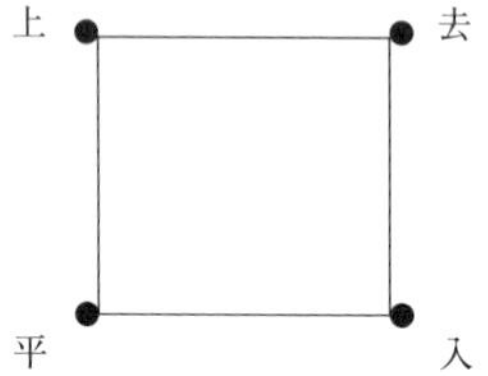

図2　改編本 四声体系

日本では平安後期に六声体系が用いられたが、院政期以降は四声体系が中心となる。『類聚名義抄』はその移行期にあたり、図書寮本は六声体系、改編本は四声体系と言われる。図書寮本の六声体系は次の図1のとおり（図2に改編本の四声体系を示した）。「平声」は低平調、「平声軽」（東声）は下降調、「上声」は高平調、「去声」は上昇調、「入声」は韻尾にp・t・kを持つ音で、「入声重」は低平調、「入声軽」（徳声）は高平調。

音注の傍に片仮名による仮名音形を加えるものがある。声点を用いず、仮名のみで字音を示す場合、声点差声位置に仮名を注記して声調を示す注音方式を用いる（小松英雄　一九五八）。

和音注の仮名などに「✓」を付すものがある。「✓」は濁音とŋ韻尾とを示す。

和語に入声は存在しないので、和訓の声点は、「平声」（低拍）、「上声」（高拍）、「平声軽」（下降拍）、「去声」（上昇拍）の四種を用いる。和訓への声点加点率は約九割。(44)

複声点（双点・濁声点）を用いて清濁を記し分けることが多い。

・略字

見出字や被注字などを再引する場合に、「ㅣ」が用いられることが多い。

観智院本の凡例に「亠音字 乚訓字 、也字 亻従字 才於字」があがる。(45) ㄊ（云）、乂（反切の反）、谷（俗）、禾（和）、牛（物）など、それ以外の注意すべきものについて、橋本不美男（一九五〇：一一）を参照のこと。

「茲」（慈恩『法華音訓』『法華玄賛』など）、「广」（玄応『一切経音義』）、「川」（源順撰『倭名類聚抄』）、「巽」（『文選』）

など、出典表示にも略字略号を用いることが多い。

三　編纂

●書名

内題に「類聚名義抄」とある。改編本諸本の書名は本章第六節参照。

「るいじゅうみょうぎしょう」と発音することが多いが、呉音形は「るいじゅみょうぎしょう（るゐじゆみやうぎせう）」（中田祝夫　一九五五）。

書名は、『類聚名義抄』の出典として用いられている『篆隷万象名義』[46]（弘法大師空海撰）の「名義」[47]と、『倭名類聚抄』[48]（源順撰）の「類聚」によると言われる。「抄」は日本で辞書等の書名として一般的。

「図書寮本」という呼称は書陵部（旧図書寮）現蔵のため。[49]

●成立年代

永保元年（一〇八一）以降、[50]一一〇〇年頃の成立と推定されている（築島裕　一九五九）。

●編者

未詳。

法相宗興福寺の僧侶か。[51]その推定は以下の根拠による。

法相宗の始祖・慈恩大師窺基の撰書が漢文注出典序列の第一にある。

他にも日本の法相宗関係の僧侶の著書からの引用が多い。図書寮本『類聚名義抄』に引用される僧名を含む法相宗相承系図は以下のとおり(52)（傍線のあるものが図書寮本『類聚名義抄』に見える僧名。著書が引用されている場合を含む）。

図書寮本の訓点記入に法相宗所用のヲコト点（喜多院点）を用いている。

吉田金彦（一九五五ａ：四八）は興福寺の学侶「蔵俊」（長治元〜治承四年〈一一〇四〜八〇〉）ならびに東大寺関係者の可能性を指摘する。

築島裕（一九六九）は法隆寺の学僧「覚印」（承徳元〜長寛二年〈一〇九七〜一一六四〉）の可能性を示唆する。

編者が一人であるとは限らない、複数の可能性もある（池田証寿　一九九五ａ：二九）。

- 編纂場所

南都興福寺等の法相系寺院か。

豊富な蔵書を利用できる環境。

- 編纂目的・背景

漢文（主として内典）を読むための辞書(53)・音義類の集大成(54)。

漢・和の工具書を統合する必要があった。

和訓を伴った辞書を編む必要があった。

・流布状況
原撰本『類聚名義抄』は図書寮本（零本）のみ現存。改編本とくらべ[55]、広く使用された形跡はなく[56]、原撰本の引用例の報告は少ない[57]。
・後代の辞書への影響
世尊寺本『字鏡』（鎌倉時代中期頃書写）の合点をほどこした部分が、図書寮本『類聚名義抄』の記述と一致するとの指摘がある（前田富祺　一九六七）。

改編本『類聚名義抄』の祖となる。

四　特　質[58]

・図書寮本『類聚名義抄』は平安時代の日本語資料として最も重要度が高いものの一つ[59]。
国語史（とりわけ語彙・音韻）・国語学史・辞書史・漢文訓読史の研究において欠くことができないほか、古典テキストの読解・注釈などにも使用される。

『類聚名義抄』は平安時代に編纂された辞書として現存最大規模。
・原撰本と改編本

【原撰本】	【改編本】
熟字掲出	単字掲出
	異体字を含む豊富な見出

漢文注中心	和訓注中心
仏教事典的・音義書的	漢和字書的
学術的	実用的
出典表示	出典無表示
和訓は万葉仮名・片仮名	和訓は片仮名、活用は終止形に統一

●仏教語事典的
梵語の漢語訳も含む。内典を読むための「一種の仏教辞典」（吉田　一九五八：三七）。
●出典明示
漢文注、和訓等の出典を明示[60]。
●引用が正確
諸種の文献を忠実に引用[61]。
●佚文が豊富
『大般若経音訓』（真興撰）、『東宮切韻』、『季綱切韻』、『玉抄』など逸書の逸文を多く含む。
●訓読語の集大成
現存することの少ない平安時代の漢籍訓点本から、出典を示して多くの和訓を引く[62]。
●漢字音
正音（漢音）の他、呉音[63]、和音[64]を示し、日本漢字音史研究に豊富な資料を提供する[65]。
●アクセント・清濁

漢字・和訓とともに声点を加えるものがある。

和訓に対する声点に「平声軽」（下降調）のあることが指摘され、日本語のアクセント体系が書き換えられた（小松英雄 一九五七）。

複声点（双点・濁声点）を用いて清濁を記し分けることが多い。

・辞書史

辞書と呼びうるもののうち、片仮名で和訓を示した現存最古の文献。(66)

・唯一の伝本

図書寮本『類聚名義抄』は原撰本の唯一の伝本。

・未完成

未精選本であるため、(67)編纂の過程をうかがうことができる。

・文献としての信憑性が高い

後代の転写による誤りをほとんど含まないため、文献学的操作をあまり必要としない。(68)

五 影印・索引

・写真

宮内庁書陵部よりカラー写真の入手が可能。

・影印

『図書寮本類聚名義抄』（宮内庁書陵部、一九五〇年、初版と再版あり）[69]

『図書寮本類聚名義抄』（勉誠社、一九六九・一九七六年。勉誠出版、二〇〇五年再版）

・索引（主たるもののみあげる）

橋本不美男「図書寮本類聚名義抄出典索引」（『書陵部紀要』一、一九五一年。『図書寮本類聚名義抄』〈勉誠社、一九七六年〉所収）

酒井憲二「図書寮本類聚名義抄漢字索引」（『訓点語と訓点資料』四七、一九七二年。『図書寮本類聚名義抄』〈同上〉所収）

築島裕・宮澤俊雅「図書寮本類聚名義抄仮名索引・出典別索引」（『図書寮本類聚名義抄』〈同上〉）

望月郁子編『類聚名義抄四種声点付和訓集成』（笠間書院、一九七四年）[70]

草川昇『五本対照類聚名義抄和訓集成（一）〜（四）』（汲古書院、二〇〇〇〜〇一年）[71]

・出典略注・出典索引（池田証寿）

池田証寿「図書寮本類聚名義抄出典略注」（『古辞書とＪＩＳ漢字』三、二〇〇〇年）

池田証寿「図書寮本類聚名義抄出典索引」（『古辞書とＪＩＳ漢字』四、二〇〇一年）

・翻刻

全体にわたる翻刻は存在しない。

部分的なものに、【水部】池田証寿（二〇〇五）『図書寮本類聚名義抄の翻字本文及び注解の作成に関する基礎的研究』（平成十四年度〜平成十六年度科学研究費補助金（基盤研究（C））研究成果報告書、北海道大学）所収「図書寮本類聚名義抄翻字本文（一）水部」と【言部】申雄哲（二〇一四）「図書寮本『類聚名義抄』の翻字と校注（言部）」（『訓点語と訓点資料』一三二)、【足部】中雄哲(二〇一七)「図書寮本『類聚名義抄』の翻字と校注(足部)」(『訓点語と訓点資料』一三八)とがある。

現在構築中の池田証寿「平安時代漢字字書総合データベース(Integrated Database of Hanzi Dictionaries in Early Japan、略称HDIC)」(http://hdic.jp)に図書寮本・観智院本全体の翻刻が掲載される予定。

・注釈

全体にわたる注釈は存在しない。

部分的な試みに、【水部】池田証寿(二〇〇五)『図書寮本類聚名義抄の翻字本文及び注解の作成に関する基礎的研究』所収「図書寮本類聚名義抄注解の試み」がある。(72)

【言部】中雄哲(二〇一四)「図書寮本『類聚名義抄』の翻字と校注(言部)」(『訓点語と訓点資料』一三二)、【足部】中雄哲(二〇一七)「図書寮本『類聚名義抄』の翻字と校注(足部)」(『訓点語と訓点資料』一三八)も簡略な注釈的側面を持つ。

六 『類聚名義抄』諸本一覧

改編本を中心に、『類聚名義抄』諸本の概要を記す。諸本の残存部分を示すため、観智院本における部首番号を用いて、【1】もしくは【1人】のように示す。

【原撰本】

図書寮本 上記参照。

【改編本】

観智院本　書名「類聚名義抄」。天理図書館蔵、東寺観智院旧蔵。鎌倉末期写。一一帖、現存唯一の完本。影印：貴重図書複製会『観智院本　類聚名義抄』（一九三七年）、日本古典全集『類聚名義抄』（仮名索引、漢字索引（上）も合わせ全一〇冊、正宗敦夫編纂校訂、日本古典全集刊行会、一九三八〜四〇・四六年）、『類聚名義抄』（正宗敦夫編纂校訂、風間書房、本文：一九五四年、仮名索引・漢字索引：一九五五年）、天理図書館善本叢書『類聚名義抄（観智院本）』（八木書店、一九七六年）、新天理図書館善本叢書『類聚名義抄（観智院本）』（八木書店、二〇一八年）。索引：『類聚名義抄　仮名索引・漢字索引』（風間書房、一九五五年）、長島豊太郎編『古字書綜合索引』上・下（日本古典全集刊行会、一九五八・五九年）[73]、望月郁子編『類聚名義抄四種声点付和訓集成』（笠間書院、一九七四年）、草川昇『五本対照類聚名義抄和訓集成（一）〜（四）』（汲古書院、二〇〇〇〜〇一年）。

蓮成院本（鎮国守国神社本）　書名「三宝類聚名義抄」（第二冊後補表紙）、表紙右下「蓮成院」。鎮国守国神社蔵、興福寺蓮成院・桑名松平家旧蔵。鎌倉末期から南北朝期写。三冊（上一、中一、下一・下二。もと全六帖で、仏上、法上の一部、僧上、僧下が残存。各冊とも欠損あり）。僧の部首配列が他本と異なる。また、雑部の構成配列が観智院本と大きく異なる。他に近世後期写の写本がある（天理大学図書館本、関西大学図書館本〈生田耕一旧蔵〉、宮内庁書陵部蔵谷森本）。影印：『三宝類聚名義抄』（未刊国文資料別巻2、一九六五年）、『鎮国守国神社蔵本三宝類聚名義抄』（勉誠社、一九八六年）。

高山寺本　書名「三宝類字集」。天理図書館蔵、高山寺・福井崇蘭館・寶玲文庫旧蔵。鎌倉初期写。一冊（仏の前半、巻上一・二を一冊に収める。【1人】〜【19田】。『高山寺聖教目録』に「六帖」とあり、もと六冊か）。影印：『高山寺本類聚名義抄』（『国語国文』別刊二、一九五一年）、天理図書館善本叢書『倭名類聚抄　三宝類字集』（八木書店、一九七一年)、新天理図書館善本叢書『三宝類字集〈高山寺本〉』(八木書店、二〇一六年)。索引:「高山寺本類聚名義抄倭訓索引(観智院本対照)」(『国語国文』別刊二、一九五一年)。

西念寺本　書名「三宝類聚名義抄　仏上　一」、「類聚名義抄」(いずれも後補か)。天理図書館蔵、不忍文庫・阿波国文庫旧蔵。明和四年(一七六七)慧察写である西念寺本の転写本。西念寺旧蔵本そのものの存否は不明。西念寺は新潟県柿崎にあった真宗大谷派の寺。一帖(首欠・尾欠。【1人】~【12女】)。近世期の序、凡例、奥書あり。他に近世後期写の写本がある(関西大学図書館本〈生田耕一旧蔵〉など)。影印なし。

宝菩提院本　書名「類聚名義抄」。東寺宝菩提院蔵。鎌倉後期写。一冊(【21舟】~【30犬】)。影印:『宝菩提院本類聚名義抄』(大正大学出版会、二〇〇二年)。索引:『宝菩提院本類聚名義抄　和訓索引』(大正大学出版会、二〇〇六年)。宝菩提院本は観智院本と最も近い関係にある写本。観智院本と分冊・項目の配列・配行・掲出字の位置・注文の文字配りまでほぼ一致する。観智院本にある校合「イ」(朱)や種々の書入も宝菩提院本に見えるものが多い。

残存部首数は、図書寮本二〇、観智院本一二〇、蓮成院本五九、高山寺本一九、西念寺本一二、宝菩提院本一〇である。(74)

以上の諸本について残存部分を一覧したものを表5として掲げた。(75)表の中で、○は存在、△は前欠、▽は尾欠を示す。蓮成院本は僧の配列が観智院本と大きく異なるため、「下一」「下二」を加えた。

表５『類聚名義抄』諸本残存部分一覧

仏法僧	部首番号	部　首	図書寮本	観智院本	蓮成院本	高山寺本	西念寺本	宝菩提院本	観智院本の分冊
	篇目			○					篇　目
仏	【1】	人		○	▽(「袋」まで)	○	△(「循」以下)		仏上
	【2】	彳行		○		○	○		
	【3】	辵夊		○	△(「迸」の注文以下)	○	○		
	【4】	匚匸		○	○	○	○		
	【5】	走		○	○	○	○		
	【6】	麦		○	○	○	○		
	【7】	一		○	○	○	○		
	【8】	丨		○	○	○	○		
	【9】	十		○	○	○	○		
	【10】	身		○	○	○	○		
	【11】	耳		○	○	○	○		仏中
	【12】	女		○	○	○	▽(「娍」まで)		
	【13】	舌		○	○	○			
	【14】	口吅品㗊		○	○	○			
	【15】	目自		○	○	○			
	【16】	鼻		○	○	○			
	【17】	見		○	○	○			
	【18】	日曰白是		○	○	○			
	【19】	田		○	○	○			
	【20】	肉月		○	▽(「胐」まで)				
	【21】	舟丹		○				○	仏下本
	【22】	骨		○				○	
	【23】	角		○				○	
	【24】	貝		○				○	
	【25】	頁		○				○	
	【26】	彡		○				○	
	【27】	髟長		○				○	
	【28】	手		○				○	
	【29】	木林		○				○	
	【30】	犬犭		○				○	

仏	【31】	牛牜		○					仏下末
	【32】	片爿		○					
	【33】	豸豕		○					
	【34】	乚(乙)		○					
	【35】	几九丸尢 光元		○					
	【36】	収(廾) 穴		○					
	【37】	八谷		○					
	【38】	大		○					
	【39】	火		○					
	【40】	黒		○					
法	【41】	水氵	○	○	○				法上
	【42】	冫	○	○	○				
	【43】	言	○	○	▽(「讄」 まで)				
	【44】	足⻊	○	○					
	【45】	立音	○	○					
	【46】	豆豊豈	○	○					
	【47】	卜匕止	○	○					
	【48】	面	篇目のみ	○					
	【49】	歯	篇目のみ	○					
	【50】	山	○	○					
	【51】	石	○	○					法中
	【52】	玉王	○	○					
	【53】	色	篇目のみ	○					
	【54】	邑阝卩⺋	○	○					
	【55】	阜阝𠂤	○	○					
	【56】	土士	○	○					
	【57】	心忄	○	○					
	【58】	巾帛	○	○					
	【59】	糸	○	○					
	【60】	衣衤	○	○					
	【61】	示礻		○					法下
	【62】	禾耒香黍		○					
	【63】	米		○					
	【64】	丶		○					
	【65】	宀冖		○					

仏法僧	部首番号	部　首	図書寮本	観智院本	蓮成院本	高山寺本	西念寺本	宝菩提院本	観智院本の分冊
法	【66】	勹		○					法下
	【67】	穴		○					
	【68】	雨雲西		○					
	【69】	門門		○					
	【70】	囗		○					
	【71】	尸戸		○					
	【72】	虍乕處		○					
	【73】	广厂		○					
	【74】	鹿		○					
	【75】	疒		○					
	【76】	歹多タ		○					
	【77】	子了		○					
	【78】	斗		○					
	【79】	𠦝卓		○					
	【80】	寸		○					
僧	【81】	艸艹		○	△下一（「菴薗子」以下）				僧上
	【82】	竹		○	○下一				
	【83】	力		○	○下一				
	【84】	刀刃刂		○	○下一				
	【85】	羽		○	○下一				
	【86】	毛		○	○下一				
	【87】	食		○	○下一				
	【88】	金		○	○下一				
	【89】	亼		○	○下一				僧中
	【90】	瓜爪豕		○	○下二				
	【91】	网		○	○下一				
	【92】	皿		○	○下一				
	【93】	瓦		○	○下二				
	【94】	缶		○	○下二				
	【95】	弓		○	○下一				
	【96】	㫃方		○	○下一				
	【97】	矢		○	○下二				
	【98】	斤		○	○下二				

僧	【99】	矛予		○	○下二				僧中
	【100】	戈		○	○下一				
	【101】	欠		○	○下一				
	【102】	又		○	○下一				
	【103】	支攴攵		○	○下一				
	【104】	殳殸		○	○下一				
	【105】	皮		○	×				
	【106】	革		○	×				
	【107】	韋		○	×				
	【108】	車		○	△下二（「轒」以下）				
	【109】	羊		○	○下二				
	【110】	馬		○	○下二				
	【111】	鳥		○	○下二				
	【112】	隹		○	○下二				
	【113】	魚		○	○下二				僧下
	【114】	虫		○	○下二				
	【115】	鼠		○	○下二				
	【116】	亀黽		○	○下二				
	【117】	鬼		○	○下二				
	【118】	風		○	○下二				
	【119】	酉		○	○下一				
	【120】	雑		○	▽下二（編成・配列が観智院本と大きく異なる。尾欠，「麻」部の途中まで）				

註

(1) 大槻信（二〇〇五：一一四〜一一五）（本書第一部第一章）。

(2) 書誌情報については、主として、橋本不美男（一九五〇）を参照。

(3) 六帖が通説。訓点語辞典（二〇〇一：一七八）「完本としては仏・法・僧それぞれ上・下の六帖であったと推定される」。一方、橋本不美男（一九五〇）は「本帖原表紙（一頁）右上に「五」といふ数字が朱書されてゐる」ことを根拠に、「佛四分冊、法二分冊、僧三分冊」の全九冊であった可能性を指摘する。「五」については築島裕が函番号と考えることも可能であることを指摘している（小松英雄　一九七一：二三九、注①）。

(4) 橋本不美男（一九五〇）による（「厚手の楮斐混漉の紙を用ひた」）。原本未見。楮紙打紙の可能性もある。

(5) 「墨付は両面書写の三四二頁、総丁数は一七三葉、随つてその全紙数は八六枚及び表紙に用ひられた半紙一枚からなる」。「本帖には一枚の佚脱もないことが判明する」（橋本不美男　一九五〇）。

(6) 註(3)参照。

(7) 和訓のみが引かれる単字掲出項目では、和訓は必ず割注左行に書かれ、割注右行は空白。注文の記載位置については、小林恭治（一九九二）参照。

(8) 山部のみ例外（一三五6）。「一三五6」は影印本（勉誠社）での位置（一三五頁六行目）を示す。

(9) 「／」は改行を示す。句読を私に補った。

(10) 恡は「悋」の俗字。

(11) 橋本不美男（一九五〇）「平安末から鎌倉初期にかけての書写」。日本辞書辞典（一九九六）「院政期ごろ写」。訓点語辞典（二〇〇一：一七八）「平安時代院政期一一〇〇年頃成立、ほど遠からぬ頃書写の漢和辞書」。

(12) 法相宗所用。第二群点。

(13) 橋本不美男（一九五〇）に「尚最後に附言したいことは、本帖には鎌倉室町期とおぼしい朱点朱注が施されてゐるが、その中に「音（百一）」〈一二六頁〉以下処々に「百卌」〈一二九頁〉、「二三五」〈一四五頁〉、「三五二」〈一五六頁〉、「四九七」「五百七」等数字の注があつて、それが何を意味してゐるかは今のところ分明でないが」と言う。山田忠雄（一九五五）により、漢数字は『玉篇』の部首番号であることが明らかにされた。記入の時期について、「入紙　二枚の　部分の　異筆と　はなはだ　ちかく、ある

いは　同一人の　手跡に　かかる　ものでは　ないかとさへも　想像される」と述べ、図書寮本書写時期に近く、「要するに、本文を　平安末書写と　みて、これらは　一様に　鎌倉期初期に　かきくはへられた　ものと　みるのが　至当では　あるまいか」と結論づける。この漢数字記入の意味については、池田証寿（一九九五ａ）を参照のこと。「図書寮本類聚名義抄に見える玉篇の部首番号は、玉篇部首が名義抄にないため名義抄の他の部首に所属する漢字の中で、特にその所属部首が分かりにくい漢字について、その同定を確実なものとするために、図書寮本類聚名義抄の撰者がその編纂の過程でほどこした注記であると考えられる」（池田証寿　一九九五ａ）と述べる。

（14）橋本不美男（一九五〇）「その内コロタイプ版（本書）の二〇九―二一二頁にあたる一枚は、同紙質の入紙であり、別筆らしいが年代的にはさしてはなれたものでない。凡そ平安末から鎌倉初期にかけての書写であらう」。山田忠雄（一九五五）は入紙部分を鎌倉期初期の書写とみる。宮澤俊雅は「図書寮本類聚名義抄撰者は本文を別人に清書させた上で、声点、句読点、傍訓、漢数字の注記等の朱筆を加えて行ったのであり、入紙は撰者自身が書き落としを補ったもの」（池田証寿　一九九五ａ：二九）と見る。

（15）『類聚名義抄』の完本は改編本の観智院本のみ。観智院本は仏・法・僧の三部に分かれ、全一一帖（篇目、仏上、仏中、仏下本、仏下末、法上、法中、法下、僧上、僧中、僧下）、一二〇部首。

（16）図書寮本は観智院本の部首番号【41】～【60】に相当する。図書寮本は部首【48面】・【49歯】・【53色】の本文を欠く。改編本諸本との対照は本章第六節参照。

（17）小書部首「匕」は「卜」部後半に「匙」などを置くことを示す。

（18）清水谷家は本姓藤原氏。羽林家。北家閑院流。西園寺庶流。家業は書道、笙、能楽、神楽。居所は新在家御門内下ル東側。

（19）修理以前に作成された影印本（書陵部、初版）にくらべ、一一七箇所の文字が読めるようになった（書陵部、再版以降）。遠藤諦之輔（一九八七）の口絵3、本文二〇八～二一〇頁参照。

（20）中国の字書類の部首数は以下のとおり。

○『説文解字』（後漢・許慎、一〇〇～一二一年）五四〇部。

○『字林』（晋・呂忱、三世紀、逸書）『封氏聞見記』に「字林七巻、亦五百四十部、凡一万二千八百二十四字」とあり。

○『玉篇』（梁・顧野王、五四三年）五四二部。

一方、字様や字書体仏典音義類の部首数は次のとおり。

○『新定一切経類音』（唐・郭迻）二五九部。
○『龍龕手鏡（龍龕手鑑）』（遼・行均、九九七年）二四二部。
○『紹興重雕大蔵音』（宋・處観、一〇九三年）一七四部。
また、日本の部首分類体辞書の部首数は以下のとおり。
○『新撰字鏡』一六〇部。
○『類聚名義抄』一二〇部。

(21) 見出語については、山本秀人（一九九二・一九九三）などを参照。慈恩撰書（『法華音訓』『法華玄賛』）、玄応『一切経音義』、中算『法華経釈文』、真興『大般若経音訓』の順で採られるという。「相互に共通する標出語をより優先させているらしい」（山本秀人　一九九二：五九五）。

(22) 「水」（四2）、「法」（四5）。その間には、「大水」のような「水」字を含む熟語があがる。

(23) 観智院本について、『玉篇』『篆隷万象名義』と同じ字順の「玉篇字順群」が存在することは貞苅伊徳（一九八三）が指摘している。

(24) 標目番号を漢数字から丸数字に改めた。これに「⓪見出語（標出字・掲出項）」を加えると、構成部分のすべてを記述できる。

(25) 干＝『干禄字書』。

(26) 川＝『倭名類聚抄』（源順撰）。

(27) 公＝『大般若経字抄』（藤原公任撰）。

(28) ⑤の『大般若経字抄』（藤原公任撰）を境界として、前半が漢字、後半が主として片仮名で表記される。

(29) 「名義抄では、原則として一つの条項内に同一の出典から正音注の他に義注や和訓をも引用する際には、それぞれに分けて引用したりせず、正音注と一連のものとして正音注の位置に配して引用するのである」（宮澤俊雅　一九九二：一八二）。

(30) 宮澤俊雅、望月郁子、山本秀人、池田証寿の研究による。『東宮切韻』と『玉篇』との先後は、『玉篇』の前半部分と後半部分とで違いがある。この点については、宮澤俊雅（一九九二）および池田証寿（二〇〇三）を参照のこと。

(31) 『倭名類聚抄』の引用は万葉仮名和訓が主。

(32) 「和訓注」というよりは、「個々の文脈に応じた訳語例」（『日本語の歴史2』平凡社、一九六三年、二〇七頁）の集成と見るべきか。

（33）⑤は「公」による呉音注だが、「公」出典の片仮名和訓も引かれる。

（34）漢文注がなく、和訓注のみの項目が二〇七条あるが、全項目の六％に満たない。和訓のみの項目については、大槻信（二〇〇五a）（本書第二部第四章）参照。

（35）『倭名類聚抄』等からの万葉仮名和訓の引用があるほか、「真云」（真興）、「行円云」、「憲云」（明憲）、「永超僧都云」のように僧名をあげて和訓を引く場合がある。また、「公云」（『大般若経字抄』）のように仏書音義に由来する和訓もある。しかし、引用数の多い出典はほとんどすべて漢籍訓点本である。「巽」（『文選』）約二〇〇条、「詩」（『毛詩』）約一七〇条、「集」（『白氏文集』）約一四〇条、「記」（『史記』）約一〇〇条など。『類聚名義抄』の編者は僧侶であり、内典（仏書）の訓点本が多く存したにもかかわらず、外典（漢籍）の訓点本を多く用いているのはなぜかという点については議論がある。築島裕（一九六三・一九六九）などを参照のこと。

（36）その前に、「川」および「公」による和訓が位置することがあり、その後に、「玉抄云」「真云」「行円云」などの「（出典名）云」形式の片仮名和訓が続くことがある。

（37）掲載序列は乱れることもある。「詩・記・論・選」などは、その内部で序列を確定できないことを示す。出典略称に対応する典籍は、以下のように確定・推定されている。

易：『周易』、書：『尚書』、詩：『毛詩』、記：『史記』、論：『論語』、選（巽）：『文選』、月：『月令』、後：『後漢書』、律：『律』、列：『列伝』、礼：『礼記』、集：『白氏文集』、白：『白氏文集』、遊：『遊仙窟』、唱：『唱和集』（逸書）、切：『小切韻』（逸書）。

（38）例えば、「ー営（經）　トメグル　トイトナムシトギ巽」（二八八2）。橋本不美男（一九五〇：一〇）「本書が先行諸点本そのままの転載であることを物語つてゐる」。

（39）例外が築島裕（一九六三：九七二以下）にあげられている。

（40）吉田金彦『古辞書と国語』（臨川書店、二〇一三年）にまとめられている。

（41）「尚、この成立の問題に関して、是非触れて置きたいのは、「新撰字鏡」「承暦本金光明最勝王経音義」のやうに、国語史料として著名な本や、「無窮会本系大般若経音義」「九条本法華経音」などのやうに、古く教学の世界で弘く通用してゐたと思はれる幾つかの本が、図書寮本に見えないことについての究明である」（築島裕　一九六九）。

(42)　零本であるため物理的に残存していないのか、そもそも凡例が存在しなかったのかは不明。改編本の観智院本には篇目帖末尾に凡例がある。観智院本の篇目帖凡例については、中田祝夫（一九五五）、小松英雄（一九七一）、大槻信（二〇一八）などを参照のこと。観智院本の凡例について、中田（一九五五：八）は、文章が変体漢文であることを理由に「恐らく名義抄の原型には無かつたものであろう」と述べる。また、小松（一九七一：三七二）は「観智院本の凡例は、原撰本からそのままひきつがれたものでなく、改編されて以後に、そのあたらしい内容にあわせてつくられたものであろう」と述べる。

(43)　和訓にアクセントを示さなければならなかった理由については、小松英雄（一九七一）参照。小松英雄（一九七七）は「声点をくわえることを最初から予定して」いたのであり、「加点作業が撰述の過程のなかにふくまれている」と主張する。

(44)　観智院本の和訓の声点加点率は約三割である。

(45)　〔也字〕については、観智院本の「｜」を「丶」に改めた。

(46)　『篆隷万象名義』は図書寮本に、前半部が「弘云」、後半部が「玉云」の形で引用されている。宮澤（一九七三）参照。『篆隷万象名義』は、漢文注を構成する主要八出典の序列の中で、慈恩撰書についで第二番目に位置する。『篆隷万象名義』の直接引用は五二七条。

(47)　「その「名義」といふ語は弘法大師の篆隷万象名義に倣つたものでもあらうか」（山田孝雄　一九三七）。

(48)　『倭名類聚抄』は「川（順）」等の形式で三七五条引用。漢文注を構成する主要八出典の序列の中で、第八番目に位置する。同書からは万葉仮名和訓も引かれる。

(49)　図書寮が宮内庁書陵部となったのは昭和二十四年（一九四九）六月一日（総理府設置法）。貞苅伊徳（一九八九）は、図書寮本という呼称を「あまり剴切とは思えない特称を冠し」と批判する。

(50)　「永超僧都」（図書寮本・一六九5）の記事から、永超（長和三～嘉保二年〈一〇一四～九五〉）が（権少）僧都に任ぜられた永保元年（一〇八一）（『僧綱補任』による）以後の成立。この点を指摘したのは、築島裕による一九五三年十月の国語学会発表（発表の要旨である築島裕（一九五三）に永超に関する指摘は見えない。築島裕（一九五九：四四下）も参照のこと）ならびに吉田金彦（一九五五a：四七）である。

(51)　一方、改編本の編者は真言宗僧侶である可能性が高い。

(52)　中田（一九五五：二二）をもとに必要な改訂を加えた。

(53)「読む為の辞書」「書く為の辞書」については、上田万年・橋本進吉（一九一六：三〇三以下）参照。

(54)「これは恐らく、院政時代当時に於て本邦に存在した主要な音義・辞書類の中、極めて多くのものを網羅したものであつて、正に当時に於ける辞書の集大成であつたと言へるのである」（築島裕　一九六九）。

(55)改編本『類聚名義抄』の引用・利用については、伴信友が仙覚『万葉集註釈』（裏書）などを指摘して以来、以下のような先行研究がある。中田祝夫（一九五五・一九五六）、吉田金彦（一九五六）、平岡定海（一九五九）、築島裕（一九六〇・一九六一・一九六九・一九八八）、宮澤俊雅（一九八〇・一九八五〜九五）、山本真吾（一九九一）、池田証寿（一九九九）、土井光祐（一九九四・二〇〇五）。

(56)築島裕（一九七六：二）「原撰本たる図書寮本は、その精緻周到な編述にも拘らず、本朝書籍目録にも引用されてゐないし、他書に引用された例も極めて尠い」。

(57)南北朝期に杲宝（徳治元〜正平十七・貞治元年〈一三〇六〜六二〉）が撰述した『御遺告抄』（延文元年〈一三五六〉賢宝写）に原撰本『類聚名義抄』からの引用と推定される記述がある（京都府立総合資料館編『東寺観智院金剛蔵聖教の概要』京都府教育委員会、一九八六年、一七五頁、沖森卓也執筆）。同じく東寺観智院蔵『大日経疏演奥抄』に「類聚名義集《（ママ）》云」として原撰本の引用がある（築島裕　一九八八）。このことについて築島裕（一九八八：三〇）は「原撰本系は、改編されて改編本系が完成した後にも、依然として利用されてゐたことを知るのである」、「この改編本出現によつて決して原撰本が消滅したのではなく、新出本と在来本とが併用されてゐたことは注目すべきである」と指摘する。他に、頼瑜（嘉禄二〜嘉元二年〈一二二六〜一三〇四〉）の『秘鍵開蔵鈔』の「樹」字の注に「名義云……」とあるのが、原撰本の引用かと言われる（吉田金彦　一九五六：四四）。

(58)以下に図書寮本の特質や価値という場合、歴史上の経緯が偶然に賦与した価値も多くあることに注意せよ。それらは、図書寮本が編纂時に追求した特質や価値とは必ずしも一致しない。

(59)築島裕（一九六九）「数多くの平安時代の国語史料文献の中で、その重要度の高いものを列挙せよと言はれた時、図書寮本類聚名義抄を、五指を屈するものの内の一に数へるのに、躊躇しないのは、強ち私一人のみではないであらう。この本が学界に公開されたのは、戦後暫く経つてからのことであつたが、この文献の出現によつて幾多の研究が陸続として発表され、それによつて、平安時代の国語の研究は全く新しい段階に足を踏入れるに至つた。見方によつては、国語史全体を、この一文献によつて修正増補しなければならなくなつたと言つても、過言ではないと思ふ」。

(60) 出典を明示するのは、「本文主義」と呼ばれる、典拠に基づいて記述を行おうとする平安時代に特徴的な態度のあらわれであると言われる。本文主義については、池田源太（一九六九）参照。古辞書と本文主義については、山田健三（一九九五）、宮澤俊雅（一九九八）、大槻信（二〇〇二）（本書第二部第一章）参照。

(61) 例えば、『倭名類聚抄』と比較すると、万葉仮名和訓の字母まで踏襲して引用する。図書寮本に引かれる善珠による和訓は、上代特殊仮名遣のコを区別する。

(62) 図書寮本の和訓を、現存する鎌倉時代以降書写・加点の漢籍訓点本と比較すると、一致することが多い。そのことから逆に、それら時代が降った訓点本も平安期の訓読を伝えていることを確認できる。

(63) 呉音は藤原公任の『大般若経字抄』による。

(64) 和音は真興の大般若経読誦音と行円による。

(65) 呉音と和音との関係については、沼本克明（一九八二・一九九七）などを参照。

(66) 『新撰字鏡』『倭名類聚抄』など、『類聚名義抄』以前の辞書は和訓を万葉仮名で表記する。音義書までひろげれば、片仮名和訓の使用は藤原公任の『大般若経字抄』（十一世紀前半成立）が先行する。『大般若経字抄』は図書寮本の主要出典のひとつ。

(67) 橋本不美男（一九五〇：二〇～二一）「未精撰本」。小松英雄（一九七一：一七二）「増訂のひとつの過渡期」。池田証寿（一九九三b：九上）も参照。

(68) 「文献としての信憑性が高く、ほとんど操作なしに使用できる」（『漢字百科大辞典』明治書院、一九九六年、「類聚名義抄」の項、望月郁子解説）。

(69) 影印本の初版は八〇部刊行。再版一五〇部（遠藤諦之輔　一九八七）。

(70) 四種：図書寮本、高山寺本、観智院本、鎮国守国神社本（蓮成院本）。

(71) 五本：観智院本、蓮成院本、高山寺本、西念寺本、図書寮本。

(72) 水部冒頭一頁のみ。

(73) 『新撰字鏡』『倭名類聚抄』『本草和名』『伊呂波字類抄』『類聚名義抄』『字鏡集』『龍龕手鑑』『説文解字』を収録。

(74) 欠損のある部首や、篇目のみ本文なしの部首も数える。

(75) 山田健三（一九九五）に基づき、増補改訂した。

参考文献

『国語学辞典』　一九五五（東京堂出版）
『日本辞書辞典』　一九九六（おうふう）
『訓点語辞典』　二〇〇一（東京堂出版）

池田源太　一九六九「平安朝に於ける「本文」を権威とする学問形態と有職故実」（『延喜天暦時代の研究』古代学協会編、吉川弘文館）
池田証寿　一九九三a「図書寮本類聚名義抄と篆隷万象名義との関係について」（『信州大学人文学部人文科学論集』二七）
池田証寿　一九九三b「図書寮本類聚名義抄の単字字書的性格」（『国語国文研究』九四）
池田証寿　一九九五a「図書寮本類聚名義抄に見える漢数字の注記について」（『日本語論究4　言語の変容』和泉書院）
池田証寿　一九九五b「図書寮本類聚名義抄と類音決」（『訓点語と訓点資料』九六）
池田証寿　一九九九「高山寺経蔵典籍における古辞書利用」（『高山寺典籍文書綜合調査団研究報告論集』平成十年度）
池田証寿　二〇〇三「図書寮本類聚名義抄と東宮切韻との関係について」（『訓点語と訓点資料』一一〇）
池田証寿　二〇一七「仏典音義を通して見た『新撰字鏡』と『類聚名義抄』」（『高山寺典籍文書綜合調査団研究報告論集』平成二十八年度）
岩澤　克　二〇一五「図書寮本『類聚名義抄』における和訓―引用方法とアクセント注記について―」（『訓点語と訓点資料』一三四）
上田万年・橋本進吉　一九一六『古本節用集の研究』（『東京帝国大学文科大学紀要』二）
遠藤諦之輔　一九八七『古文書修補六十年～和装本の修補と造本～』（汲古書院）
大槻　信　二〇〇一「図書寮本類聚名義抄片仮名和訓の出典標示法」（『国語国文』七〇―三、本書第二部第三章）
大槻　信　二〇〇二「古辞書と和訓―新撰字鏡〈臨時雑要字〉―」（『訓点語と訓点資料』一〇八、本書第二部第一章）
大槻　信　二〇〇五a「辞書と材料―和訓の収集―」（『日本学・敦煌学・漢文訓読の新展開』石塚晴通教授退職記念会編、汲古書院、本書第二部第四章）

大槻　信　二〇〇五ｂ「平安時代の辞書についての覚書」（『國文學』〈学燈社〉五〇―五、本書第一部第二章）
大槻　信　二〇一八「『類聚名義抄〈観智院本〉』解題」（新天理図書館善本叢書『類聚名義抄〈観智院本〉』八木書店）
小林恭治　一九九二「類聚名義抄諸本の仮名注の記載位置について」（『訓点語と訓点資料』八九）
小松英雄　一九五七「和訓に施された平声軽の声点―平安末期京都方言における下降調音節の確認―」（『国語学』二九）
小松英雄　一九五八「図書寮本類聚名義抄にみえる特殊な注音方式とその性格（上）」（『訓点語と訓点資料』一〇）
小松英雄　一九七一『日本声調史論考』（風間書房）
小松英雄　一九七七「上東型名詞存否論の帰結」（『国語学』一〇九）
酒井憲二　一九六七「類聚名義抄の字順と部首排列」（『本邦辞書史論叢』三省堂）
貞苅伊徳　一九八三「観智院本類聚名義抄の形成に関する考察　その1 字順をめぐる問題」（第四八回訓点語学会研究発表、貞苅伊徳『新撰字鏡の研究』〈汲古書院、一九九八年〉所収）
貞苅伊徳　一九八九「日本の字典　その一」（『漢字講座2　漢字研究の歩み』明治書院、貞苅　一九九八〈同上〉所収）
高橋宏幸　二〇〇五「『図書寮本類聚名義抄』所引「律」をめぐって　附、「允亮抄」」（『国文学論考』四一）
高橋宏幸　二〇〇八「『図書寮本類聚名義抄』所引『遊仙窟』のテキストと和訓について」（『都留文科大学大学院紀要』一二）
築島　裕　一九五三「漢文訓読史資料としての図書寮本類聚名義抄（国語学会研究発表要旨）」（『国語学』一五）
築島　裕　一九五九「訓読史上の図書寮本類聚名義抄」（『国語学』三七、築島　一九六三所収）
築島　裕　一九六〇「叡山文庫天海藏「蘇悉地羯羅経略疏」建久点に見える類聚名義抄の逸文」（『国語学』四〇）
築島　裕　一九六一「金剛三昧院所蔵大日経疏聞書に見える類聚名義抄逸文」（『東京大学教養学部人文科学科紀要　国文学・漢文学』二四）
築島　裕　一九六三『平安時代の漢文訓読語につきての研究』（東京大学出版会）
築島　裕　一九六九「国語史料としての図書寮本類聚名義抄」（『図書寮本類聚名義抄　解説索引編』勉誠社）
築島　裕　一九七六「類聚名義抄の研究史をめぐって」（『天理図書館善本叢書月報』三〇）
築島　裕　一九八八「改編本系類聚名義抄逸文小見」（『鎌倉時代語研究』一一）
築島　裕　一九九四「静嘉堂文庫蔵毛詩鄭箋古点解説」（『毛詩鄭箋（三）』古典研究会叢書　漢籍之部3、汲古書院）

土井光祐　一九九四　『起信論本疏聴集記』に見る「聞書」の注釈化と古辞書の利用―大広益会玉篇逸文及び改編本系類聚名義抄逸文をめぐって―」（『古辞書の基礎的研究』翰林書房）
土井光祐　二〇〇五　「高野山性厳房宥快の講説とその聞書類について――金剛三昧院蔵大日経疏伝受抄に見える古辞書逸文を中心に」（『日本学・敦煌学・漢文訓読の新展開』汲古書院）
中田祝夫　一九五五　『類聚名義抄使用者のために』（『類聚名義抄　仮名索引・漢字索引』風間書房）
中田祝夫　一九五六　「「文華風月至要抄」所載の類聚名義抄佚文」（『訓点語と訓点資料』七）
沼本克明　一九八二　『平安鎌倉時代に於る日本漢字音に就ての研究』（武蔵野書院）
沼本克明　一九九七　『日本漢字音の歴史的研究』（汲古書院）
橋本不美男　一九五〇　「図書寮本類聚名義抄解説」（『図書寮本類聚名義抄』宮内庁書陵部。『図書寮本類聚名義抄』〈勉誠社、一九六九年〉所収。頁数は勉誠社版による）
平岡定海　一九五九　「類聚名義抄の逸文」（『国文学　言語と文芸』二）
前田富祺　一九六七　「世尊寺本字鏡の成立―「新撰字鏡」と「類聚名義抄」との比較において―」（『本邦辞書史論叢』三省堂）
宮澤俊雅　一九七三　「図書寮本類聚名義抄に見える篆隷万象名義について」（『訓点語と訓点資料』五二）
宮澤俊雅　一九八〇　「高山寺経蔵典籍所載古辞書引文」（『高山寺典籍文書の研究』東京大学出版会）
宮澤俊雅　一九八五～九五　「高山寺蔵典籍所載古辞書引文　1～10」（『高山寺資料ノート』四～一三）
宮澤俊雅　一九九八　「倭名類聚抄と漢語抄類」（『東京大学国語研究室創設百周年記念　国語研究論集』汲古書院）
宮澤俊雅　一九九二　「図書寮本類聚名義抄の注文の配列について」（『小林芳規博士退官記念　国語学論集』汲古書院）
望月郁子　一九九二　『類聚名義抄の文献学的研究』（笠間書院）
山田健三　一九九五　「奈良・平安時代の辞書」（『日本古辞書を学ぶ人のために』西崎亨編、世界思想社）
山田健三　一九九七　「名義抄の部首検索システム構築について」（『愛知学院大学教養部紀要』四四―四）
山田忠雄　一九五五　「漢数字の書法――文字論のための　おぼえがき」（『日本大学文学部研究年報』六）
山田孝雄　一九三七　「観智院本　類聚名義抄　解説」（『観智院本　類聚名義抄』貴重図書複製会）
山本真吾　一九九一　「慶応義塾図書館蔵『性霊集略注』出典攷――類聚名義抄からの引用を中心として」（『鎌倉時代語研究』一四）

山本秀人　一九九二「図書寮本類聚名義抄における標出語の採録法について—注文の出典との関連を視点に—」(『小林芳規博士退官記念 国語学論集』汲古書院)
山本秀人　一九九三「図書寮本類聚名義抄における玄応一切経音義の標出語の摂取法について」(『鎌倉時代語研究』一六)
山本秀人　二〇〇〇「類聚名義抄における史記の訓の採録について—図書寮本における不採録の訓を中心に—」(『鎌倉時代語研究』二三)
山本秀人　二〇〇一「図書寮本類聚名義抄における出典無表示の和訓について—国書の訓との関わりを中心に—」(『高知大国文』三二)
吉田金彦　一九五四ａ「図書寮本類聚名義抄出典攷　上」(『訓点語と訓点資料』二、吉田金彦 二〇一三所収)
吉田金彦　一九五四ｂ「図書寮本類聚名義抄出典攷　中」(『訓点語と訓点資料』三、吉田金彦 二〇一三所収)
吉田金彦　一九五五ｃ「図書寮本類聚名義抄出典攷　下一」(『訓点語と訓点資料』五、吉田金彦 二〇一三所収)
吉田金彦　一九五五ａ「類聚名義抄小論」(『国語国文』二四—三)
吉田金彦　一九五五ｂ『国語学辞典』類聚名義抄の項(東京堂)
吉田金彦　一九五六「類聚名義抄の展開」(『訓点語と訓点資料』六)
吉田金彦　一九五八「観智院本類聚名義抄の参照文献」(『芸林』九—三)
吉田金彦　二〇一三『古辞書と国語』(臨川書店)

参考文献一覧

この「参考文献一覧」には、各章末にあげた参考文献のすべてが含まれている。

a・b等は、同一章内に同人・同年の論文が複数ある場合に加えている。そのため、この「参考文献一覧」では、同一著者の同年論文があっても、a・b等が付されない場合がある。

各章末尾の参考文献は基本的に初出のままであり、初出時点までの研究があがっている。この「一覧」には、本書で取り上げた問題に関わるその後の研究を若干増補した（二〇一五年発表までをめどにしている）。また、各章で引用・言及しなかったために、参考文献から漏れている基本文献をいくらか補った。

使用テキスト

『新撰字鏡』は『天治本　新撰字鏡　増訂版　附享和本・群書類従本』（京都大学文学部国語学国文学研究室編、臨川書店、一九六七年）による。

『倭名類聚抄』は『諸本集成　倭名類聚抄　本文篇』（京都大学文学部国語学国文学研究室編、臨川書店、一九六八年）による。

図書寮本『類聚名義抄』は『図書寮本類聚名義抄』（勉誠社、一九六九年）および原本カラー紙焼き写真による。

観智院本『類聚名義抄』は天理図書館善本叢書『類聚名義抄〔観智院本〕』（八木書店、一九七六年）および新天理図書館善本叢書『類聚名義抄〔観智院本〕』（八木書店、二〇一八年）による。

『本草和名』は日本古典全集『本草和名』（日本古典全集刊行会、一九二六年）による。

『大般若経字抄』は『古辞書音義集成　第三巻　大般若経音義・大般若経字抄』（汲古書院、一九七八年）による。

『遊仙窟』は『醍醐寺蔵本遊仙窟総索引』（築島裕他編、古典籍索引叢書13、汲古書院、一九九五年）による。

『竹取物語』は新日本古典文学大系『竹取物語　伊勢物語』（岩波書店、一九九七年）による。

『古今和歌集』は新日本古典文学大系『古今和歌集』（岩波書店、一九八九年）による。

『源氏物語』は新編日本古典文学全集『源氏物語』五（小学館、一九九七年）による。

『今昔物語集』は新日本古典文学大系『今昔物語集』（岩波書店、一九九三〜九九年）による。

『玉勝間』は『本居宣長全集』第一巻（筑摩書房、一九六八年）による。

辞書辞典類（刊行年順）

『国語学辞典』（東京堂出版、一九五五年）
『国語学研究事典』（明治書院、一九七七年）
『国語学大辞典』（東京堂出版、一九八〇年）
『日本古典文学大辞典』（岩波書店、一九八三〜八五年）
『漢字講座2　漢字研究の歩み』（明治書院、一九八九年）
『日本古辞書を学ぶ人のために』（世界思想社、一九九五年）
『日本辞書辞典』（おうふう、一九九六年）
『漢字百科大事典』（明治書院、一九九六年）
『訓点語辞典』（東京堂出版、二〇〇一年）
『日本語学研究事典』（明治書院、二〇〇七年）
『日本語大事典』（朝倉書店、二〇一四年）

参考文献

青木　孝　一九六一「新撰字鏡（序）〈訓注付き〉」（『国語国文学研究史大成15　国語学』三省堂）
青木　孝　一九六一「倭名類聚抄（序）〈訓注付き〉」（『国語国文学研究史大成15　国語学』三省堂）
秋本吉郎　一九五三「倭名類聚抄と漢字文化」（『国文学（関西大学）』一〇）
秋本吉郎　一九五四「倭名類聚抄二十巻本成立考」（『国語と国文学』三一―一）
有坂秀世　一九三七「新撰字鏡に於けるコの仮名の用法」（『国語と国文学』一四―一、有坂秀世『国語音韻史の研究』〈増補新版、三

省堂、一九五七年〉所収）
池田源太　一九六九「平安朝に於ける「本文」を権威とする学問形態と有職故実」（『延喜天暦時代の研究』古代学協会編、吉川弘文館）
池田証寿　一九八二「玄応音義と新撰字鏡」（『国語学』一三〇）
池田証寿　一九八四「新撰字鏡玄応引用部分の字順について」（『国語国文研究』七一）
池田証寿　一九九一ａ「図書寮本類聚名義抄所引玄応音義対照表（上）」（『信州大学人文学部人文科学論集』二五）
池田証寿　一九九一ｂ「図書寮本類聚名義抄と玄応音義との関係について」（『国語国文研究』八八）
池田証寿　一九九二ａ「図書寮本類聚名義抄所引玄応音義対照表（下）」（『信州大学人文学部人文科学論集』二六）
池田証寿　一九九二ｂ「図書寮本類聚名義抄と干禄字書」（『国語学』一六八）
池田証寿　一九九三ａ「図書寮本類聚名義抄と篆隷万象名義との関係について」（『信州大学人文学部人文科学論集』二七）
池田証寿　一九九三ｂ「図書寮本類聚名義抄の単字字書的性格」（『国語国文研究』九四）
池田証寿　一九九四「類聚名義抄の出典研究の現段階」（『信州大学人文学部人文科学論集』二八）
池田証寿　一九九五ａ「図書寮本類聚名義抄に見える漢数字の注記について」（『日本語論究４　言語の変容』和泉書院）
池田証寿　一九九五ｂ「図書寮本類聚名義抄と類音決」（『訓点語と訓点資料』九六）
池田証寿　一九九八「貞苅伊徳著「新撰字鏡の研究」解説」（貞苅　一九九八所収）
池田証寿　一九九九「高山寺経蔵典籍における古辞書利用」（『高山寺典籍文書綜合調査団研究報告論集』平成十年度）
池田証寿　二〇〇〇ａ「図書寮本類聚名義抄と玄応音義との関係について（資料）」（『古辞書とＪＩＳ漢字』三）
池田証寿　二〇〇〇ｂ「図書寮本類聚名義抄出典略注」（『古辞書とＪＩＳ漢字』三）
池田証寿　二〇〇一「院政・鎌倉時代の寺院社会における宋版辞書類の流通とその影響―『類聚名義抄』を例として―」（国際ワークショップ　漢文古版本とその受容（訓読）〈科学研究費　特定研究（Ａ）（２）　東アジア出版文化の研究〉於北海道大学、石塚晴通主催）
池田証寿　二〇〇一「図書寮本類聚名義抄出典索引」（『古辞書とＪＩＳ漢字』四）
池田証寿　二〇〇三「図書寮本類聚名義抄と東宮切韻との関係について」（『訓点語と訓点資料』一一〇）

池田証寿　二〇〇五『図書寮本類聚名義抄の翻字本文及び注解の作成に関する基礎的研究』（科学研究費補助金研究成果報告書）
池田証寿　二〇〇五「院政・鎌倉時代の寺院社会における宋版辞書類の流通とその影響—『類聚名義抄』を例として—」（『築島裕博士傘寿記念 国語学論集』汲古書院）
池田証寿　二〇〇八「観智院本類聚名義抄の掲出項目数と掲出字数」（『北海道大学文学研究科紀要』一二四）
池田証寿　二〇一〇「漢字字体の変遷と字書記述との関連——観智院本『類聚名義抄』を例に」（『言語研究の諸相』北海道大学出版会）
池田証寿　二〇一一　Japanization in the Field of Classical Chinese Dictionaries (*Journal of the Graduate School of Letters*, 6)
池田証寿　二〇一六「平安時代漢字字書総合データベース構築の方法と課題—『類聚名義抄』を中心にして—」（『漢字字体史研究二』字体と漢字情報、勉誠出版）
池田証寿　二〇一六「漢字字体史の資料と方法—初唐の宮廷写経と日本の古辞書—」（『北海道大学文学研究科紀要』一五〇）
池田証寿　二〇一七「仏典音義を通して見た『新撰字鏡』と『類聚名義抄』」（『高山寺典籍文書綜合調査団研究報告論集』平成二十八年度）
池田証寿・小助川貞次・浅田雅志・宮澤俊雅　一九八八「法華釋文竝類聚名義抄引慈恩釋対照表」（『北大国語学講座二十周年記念 論輯 辞書・音義』汲古書院）
池田証寿・李媛・申雄哲・賈智・斎木正直　二〇一六「平安時代漢字字書のリレーションシップ」（『日本語の研究』一二—一）
池邊　彌　一九六六『倭名類聚抄郷名考證』（吉川弘文館。増訂版、一九七〇年）
池邊　彌　一九八一『和名類聚抄郡郷里駅名考証』（吉川弘文館）
石塚晴通　一九八五「岩崎本日本書紀初点の合符」（『東洋学報』六六—一〜四合併号）
石塚晴通　一九八六「岩崎本日本書紀初点の合符に見られる単語意識」（『築島裕博士還暦記念 国語学論集』明治書院）
乾　善彦　一九九五「和名類聚抄の項」（『日本古辞書を学ぶ人のために』世界思想社）
乾　善彦　一九九八「辞書の編纂と部首分類」（『日本語学』一七—一〇）
井野口孝　一九七八「新撰字鏡「玉篇群」の反切用字」（『文学史研究（大阪市立大学文学部文学史研究会）』一七・一八）
今西浩子　一九七六「類聚名義抄・和訓の配列」（『訓点語と訓点資料』五七）

岩澤　克　二〇一五「図書寮本『類聚名義抄』における和訓―引用方法とアクセント注記について―」（『訓点語と訓点資料』一三四）
岩淵　匡　一九六四「平安時代における辞書の性格―漢字辞書と歌語辞書―」（『学術研究（早稲田大学教育学部）』一三）
上田万年・橋本進吉　一九一六『古本節用集の研究』（『東京帝国大学文科大学紀要』二）
上田　正　一九五六「東宮切韻論考」（『国語学』二四）
上田　正　一九七六「平安初期に存した一字書」（『訓点語と訓点資料』五七）
上田　正　一九八一「新撰字鏡の切韻部分について」（『国語学』一二七）
上田　正　一九八四『切韻逸文の研究』（汲古書院）
上田　正　一九八五「玉篇逸文論考」（『訓点語と訓点資料』七三）
上田　正　一九八六『玉篇反切総覧』（私家版）
上田　正　一九八六『玄応反切総覧』（私家版）
内田賢徳　一九九六「新撰字鏡倭訓小考」（『国語語彙史の研究』一六、内田賢徳 二〇〇五所収）
内田賢徳　一九九八「古辞書の訓詁と萬葉歌」（『国語と国文学』七五―五、内田賢徳 二〇〇五所収）
内田賢徳　二〇〇〇「「訝」字の倭訓――新撰字鏡倭訓語彙攷証補説（1）」（『日本文化環境論講座紀要』二、内田賢徳 二〇〇五所収）
内田賢徳　二〇〇二「新撰字鏡を中心とする古辞書倭訓の訓詁学的研究」（平成十年度～十三年度科学研究費補助金〈基盤研究（C）（2）〉研究成果報告書）
内田賢徳　二〇〇五『上代日本語表現と訓詁』（塙書房）
江口泰生　一九九五「鎌倉時代の辞書」（『日本古辞書を学ぶ人のために』世界思想社）
遠藤諦之輔　一九八七『古文書修補六十年～和装本の修補と造本～』（汲古書院）
呉　美寧　二〇〇〇「図書寮本類聚名義抄における論語の和訓について」（『国語国文研究』一一六）
太田晶二郎　一九八四「尊経閣　三巻本　色葉字類抄　解説」（『尊経閣　三巻本　色葉字類抄』勉誠社、『太田晶二郎著作集　第四冊』〈吉川弘文館、一九九二年〉所収）
大槻　信　二〇〇一「図書寮本類聚名義抄片仮名和訓の出典標示法」（『国語国文』七〇―三、本書第二部第三章）

大槻　信　二〇〇二「古辞書と和訓―新撰字鏡〈臨時雑要字〉―」（『訓点語と訓点資料』一〇八、本書第二部第一章）
大槻　信　二〇〇四「倭名類聚抄の和訓―和訓のない項目―」（『国語国文』七三―六、本書第二部第二章）
大槻　信　二〇〇五a「辞書と材料―和訓の収集―」（『日本学・敦煌学・漢文訓読の新展開』石塚晴通教授退職記念会編、汲古書院、本書第二部第四章）
大槻　信　二〇〇五b「平安時代の辞書についての覚書」（『國文學』〈学燈社〉五〇―五、本書第一部第二章）
大槻　信　二〇一五a「古代日本語のうつりかわり―読むことと書くこと―」（『日本語の起源と古代日本語』臨川書店）
大槻　信　二〇一五b「古辞書を使うということ」（『国語国文』八四―四、本書第一部第一章）
大槻　信　二〇一八「『類聚名義抄〔観智院本〕』解題」（新天理図書館善本叢書『類聚名義抄〔観智院本〕』八木書店）
大槻信・小林雄一・森下真衣　二〇一三「『新撰字鏡』序文と『法琳別伝』」（『国語国文』八二―一）
大槻信・森下真衣　二〇一六「京都大学蔵『無名字書』略解題並びに影印」（『訓点語と訓点資料』一三七）
岡井慎吾　一九二八「弁色立成につきて」（『芸文』一九―八）
岡井慎吾　一九三三『玉篇の研究』（東洋文庫論叢　第十九、東洋文庫）
岡井慎吾　一九三四『日本漢字学史』（明治書院）
岡井慎吾　一九三七「大般若経字抄につきて」（『国語国文』七―一）
岡田希雄　一九三二「和名類聚抄撰進の年代について」（『国文学誌』二―二）
岡田希雄　一九三二「和名類聚抄撰進の年代について（続）」（『国文学誌』二―三）
岡田希雄　一九三五「東宮切韻佚文攷」（『立命館文学』二―一）
岡田希雄　一九三五「東宮切韻攷」（『立命館文学』二―五）
岡田希雄　一九三五「和漢年号字抄と東宮切韻」（『立命館大学三十五周年記念論文集』文学編）
岡田希雄　一九四四『類聚名義抄の研究』（一條書房。手沢訂正本、勉誠出版、二〇〇四年）
尾崎知光　一九八六「鎮国守国神社蔵本　三宝類聚名義抄　解説」（『鎮国守国神社蔵本三宝類聚名義抄』勉誠社）
小川環樹　一九八一「中国の字書」（『日本語の世界3　中国の漢字』中央公論社）
小倉　肇　二〇一四『続・日本呉音の研究』（和泉書院）

澤瀉久孝　一九四四「解題」（『新撰字鏡』京都大学文学部国語学国文学研究室編、古典索引叢刊3、全国書房）
柏谷嘉弘　一九六七「和名抄の類音字による字音注（上）」（『山口大学文学会志』一八―二）
柏谷嘉弘　一九六八「和名抄の類音字による字音注（下）」（『山口大学文学会志』一九―一）
金築新蔵　一九三一「「漢語抄」並に「弁色立成」考」（『国語と国文学』八―七）
川口久雄　一九五九「和名類聚抄の成立と唐代通俗類書・字書の影響」（『平安朝日本漢文学史の研究』〈明治書院、三訂版中巻、一九八二年〉による）
川瀬一馬　一九七七『古辞書概説』（雄松堂出版）
川瀬一馬　一九八六『増訂　古辞書の研究』（雄松堂出版。初版、大日本雄弁会講談社、一九五五年）
狩谷棭斎（望之）　一八二七『和名類聚抄箋注』（一八二七年成、一八八三年刊『箋注和名類聚抄』。『諸本集成　倭名類聚抄　本文篇』京都大学文学部国語学国文学研究室編、臨川書店、一九六八年）
木島史雄　一九九四「類書の発生―『皇覧』の性格をめぐって―」（『汲古』二六）
北　恭昭　一九七七「日本語の辞書（1）」（『岩波講座　日本語9　語彙と意味』岩波書店）
木田章義　一九九四「顧野王『玉篇』とその周辺」（『中国語史の資料と方法』京都大学人文科学研究所）
木田章義　一九九八「『玉篇』とその周辺」（『訓点語と訓点資料』記念特輯）
京都大学文学部国語学国文学研究室編　一九五八『新撰字鏡国語索引』（古典索引叢刊3、京都大学文学部国語学国文学研究室内国文学会。増訂再版、臨川書店、一九七五年）
京都大学文学部国語学国文学研究室編　一九六六『諸本集成倭名類聚抄　外篇』（邨岡良弼著「日本地理志料―和名類聚抄国郡郷里部箋注―」、内務省地理局「和名類聚抄地名索引」、臨川書店）
京都大学文学部国語学国文学研究室編　一九六七『天治本　新撰字鏡　増訂版　附享和本・群書類従本』（臨川書店。解題など一部改訂、臨川書店、一九七三年）
京都大学文学部国語学国文学研究室編　一九六八『諸本集成　倭名類聚抄　本文篇・索引篇』（本文篇：箋注倭名類聚抄、真福寺本、元和古活字那波道円本、高山寺本、阪倉篤義解題、臨川書店。増訂再版、臨川書店、一九七一年）
京都大学文学部国語学国文学研究室編　一九七五『天治本・享和本　新撰字鏡国語索引』（増訂再版、臨川書店。初版、京都大学文学

部国語学国文学研究室内国文学会、一九五八年）
京都帝国大学文学部国語学国文学研究室編　一九四三『〔狩谷棭斎〕箋注倭名類聚抄』（古典索引叢刊1、澤瀉久孝解題、全国書房。
　諸本集成版、臨川書店、一九六八年）
京都帝国大学文学部国語学国文学研究室編　一九四四『箋注倭名類聚抄国語索引』（古典索引叢刊2、全国書房。諸本集成版索引編、
　臨川書店、一九六八年）
京都帝国大学文学部国語学国文学研究室編　一九四四『新撰字鏡』（古典索引叢刊3、澤瀉久孝解題、全国書房。増訂版、臨川書店、
　一九六七年）
金田一春彦　一九四四「類聚名義抄和訓に施されたる声符に就て」（『橋本博士還暦記念　国語学論集』岩波書店）
金田一春彦　一九六〇「国語のアクセントの時代的変遷」（『国語と国文学』三七―一〇）
金田一春彦　一九七四『国語アクセントの史的研究　原理と方法』（塙書房）
草川　昇　一九八一「『類聚名義抄』についての一考察」（『津西高校紀要』二）
草川　昇　一九八二「改編本系名義抄相互の関係―標出文字・和訓の面からの一考察―」（『訓点語と訓点資料』六八）
草川　昇　一九八六「『類聚名義抄』小考　四本比較から見た」（『鈴鹿工業高等専門学校紀要』一九―一）
草川　昇　二〇〇〇〜〇一『五本対照　類聚名義抄和訓集成（一）〜（四）』（汲古書院）
草川　昇　二〇〇二「『五本対照　類聚名義抄和訓集成』（全四巻）を出版して」（『相愛女子短期大学研究論集』四九）
蔵中　進　一九五八「新撰字鏡と遊仙窟」（『萬葉』二九）
蔵中　進　一九七二「『和名類聚抄』の語彙分類と配列」（『谷山茂教授退職記念　国語国文学論集』塙書房）
蔵中　進　一九八一「楊氏漢語抄（伊呂波字類抄所引）（拾遺・覚書）」（『国書逸文研究』六）
蔵中　進　一九八四「平安時代古辞書所引則天文字考―『新撰字鏡』『類聚名義抄』の場合―」（『神戸外大論叢』三五―二）
蔵中　進　一九九八「『新撰字鏡』と『楊氏漢語抄』・『漢語抄』・『弁色立成』」（『国語と国文学』七五―一）
蔵中　進　二〇〇一「『和名類聚抄』所引『弁色立成』考」（『東洋研究』一四一）
蔵中　進　二〇〇二「『和名類聚抄』所引『楊氏漢語抄』考」（『東洋研究』一四五）
蔵中　進　二〇〇三「『和名類聚抄』所引『漢語抄』考」（『東洋研究』一五〇）

蔵中進・林忠鵬・川口憲治編　一九九九『倭名類聚抄　十巻本・廿巻本　所引書名索引』（勉誠出版）
グリーン　一九九九『辞書の世界史』（ジョナサン・グリーン：三川基好訳、朝日新聞社）
河野敏宏　一九八三「『和名類聚抄』と『輔仁本草』の関係について―『和名類聚抄』漢文本文に関して―」（『岡大国文論稿』一一）
河野敏宏　一九八六「『和名類聚抄』の音注の文献的性格―『本草和名』の音注との比較による―」（『愛知学院大学論叢一般教育研究』三五―三・四）
河野敏宏　一九九〇「『新撰字鏡』所収の本草名の典拠について」（『愛知学院大学教養部紀要』三七―三）
国立歴史民俗博物館蔵史料編集会編　一九九九『国立歴史民俗博物館蔵　貴重典籍叢書　文学篇　第22巻　辞書』（臨川書店）
古辞書叢刊刊行会編　一九七三『和名類聚抄（二十巻本）大東急記念文庫蔵』（大東急記念文庫本）（雄松堂書店）
古辞書叢刊刊行会編　一九七五『和名類聚抄（十巻本）静嘉堂文庫蔵』（松井本）（雄松堂書店）
古辞書叢刊刊行会編　一九七六『新撰字鏡』（大東急記念文庫蔵）（原装影印古辞書叢刊八、雄松堂書店）
古辞書叢刊刊行会編　一九七八『和名類聚鈔訂本』（内閣文庫蔵、狩谷棭斎校訂）（雄松堂書店）
小島憲之　一九八一「辞書を披読する」（『国文学論叢』二六）
小助川貞次　一九九八「図書寮本類聚名義抄における「記」注記の和訓について」（第八〇回訓点語学会研究発表）
小林恭治　一九九二「類聚名義抄諸本の仮名注の記載位置について」（『訓点語と訓点資料』八九）
小林恭治　一九九四「観智院本類聚名義抄の筆跡による各帖の類別について」（『訓点語と訓点資料』九四）
小林恭治　一九九六「観智院本類聚名義抄の「一校了」について」（『中央大学国文』三九）
小林芳規　一九七四「新撰字鏡における和訓表記の漢字について―字訓史研究の一作業―」（『文学』四二―六）
小林芳規　一九七八「新訳華厳経音義私記　解題」（『新訳華厳経音義私記』古辞書音義集成1、汲古書院）
小松英雄　一九五七「和訓に施された平声軽の声点―平安末期京都方言における下降調音節の確認―」（『国語学』二九）
小松英雄　一九五八「図書寮本類聚名義抄にみえる特殊な注音方式とその性格（上）」（『訓点語と訓点資料』一〇）
小松英雄　一九七一『日本声調史論考』（風間書房）
小松英雄　一九七七「上東型名詞存否論の帰結」（『国語学』一〇九）
小松英雄　一九八五『日本古典文学大辞典』「類聚名義抄名義抄」の項（岩波書店）

近藤泰弘　一九八三「新撰字鏡『臨時雑要字』小考」（第五〇回訓点語学会研究発表）
近藤泰弘　二〇一一「平安時代の漢文訓読語の分類」（『訓点語と訓点資料』一二七）
酒井憲二　一九六七「類聚名義抄の字順と部首排列」（『本邦辞書史論叢』三省堂）
阪倉篤義　一九五〇「辞書と分類――『新撰字鏡』について」（『国語国文』一九―一二、阪倉篤義『文章と表現』〈角川書店、一九七五年〉所収）
阪倉篤義　一九六七「新撰字鏡の再検討―享和本を中心に―」（『本邦辞書史論叢』山田忠雄編、三省堂）
阪倉篤義　一九六八「倭名類聚抄解題」（『諸本集成倭名類聚抄　索引篇』臨川書店）
阪倉篤義　一九七三「新撰字鏡解題」（『新撰字鏡　増訂版』臨川書店）
坂本太郎　一九三二「列聖漢風諡号の撰進について」（『史学雑誌』四三―七、『坂本太郎著作集　第七巻』〈吉川弘文館、一九八九年〉所収）
坂本太郎　一九五四「高山寺本倭名類聚抄について」（『地方研究論叢』一一、一志茂樹先生還暦記念会編、『坂本太郎著作集　第四巻』〈吉川弘文館、一九八八年〉所収）
桜井茂治　一九六二「アクセント体系の変化の時期について（上）―「名義抄」から「補忘記」へ―」（『国語と国文学』三九―九）
桜井茂治　一九六二「アクセント体系の変化の時期について（下）―「名義抄」から「補忘記」へ―」（『国語と国文学』三九―一一）
佐々木勇　二〇〇九『平安鎌倉時代における日本漢音の研究』（汲古書院）
佐佐木隆　一九八三「『和名類聚抄』の「国郡部」と「職官部」―二十巻本原撰説のために―」（『国語国文』五二―六）
佐佐木隆　一九八三「国語史からみた『和名類聚抄』―十巻本と二十巻本の先後―」（『国語と国文学』六〇―七）
佐佐木隆　一九八四『類聚名義抄』『色葉字類抄』所引の『和名類聚抄』」（『国語と国文学』六一―九）
佐佐木隆　一九八五「世尊寺本「字鏡」に引用された「和名類聚抄」」（『文学論藻』五九）
貞苅伊徳　一九五五「世尊寺本字鏡について」（『国語学』二三、貞苅　一九九八所収）
貞苅伊徳　一九五九「新撰字鏡の解剖〔要旨〕―その出典を尋ねて―」（『訓点語と訓点資料』一二、貞苅　一九九八所収）
貞苅伊徳　一九六〇「新撰字鏡の解剖〔要旨〕付表（上）」（『訓点語と訓点資料』一四、貞苅　一九九八所収）
貞苅伊徳　一九六一「新撰字鏡の解剖〔要旨〕付表（下）」（『訓点語と訓点資料』一五、貞苅　一九九八所収）

貞苅伊徳　一九八二「『大般若経音義中巻』と『新撰字鏡』」（『訓点語と訓点資料』六七、貞苅　一九九八所収）
貞苅伊徳　一九八三「『新撰字鏡』〈臨時雑要字〉と『漢語抄』」（『国語と国文学』六〇―一、貞苅　一九九八所収）
貞苅伊徳　一九八三「観智院本類聚名義抄の形成に関する考察　その1　字順をめぐる問題」（第四八回訓点語学会研究発表、貞苅　一九九八所収）
貞苅伊徳　一九八五「『新撰字鏡』抄録本の異本としての一面」（第五二回訓点語学会発表、貞苅　一九九八所収）
貞苅伊徳　一九八九「日本の字典　その一」（『漢字講座2　漢字研究の歩み』明治書院、貞苅　一九九八所収）
貞苅伊徳　一九九八『新撰字鏡の研究』（汲古書院）
佐藤喜代治　一九九五『『色葉字類抄』（巻上・中・下）略注』（明治書院）
佐藤武義　一九八九「辞書と古代日本語」（『日本語学』八―七）
佐藤　亨　一九九四「『日本霊異記』と『新撰字鏡』の和訓」（『語源探求』四、明治書院）
塩見邦彦　一九九五『唐詩口語の研究』（中国書店）
白藤禮幸　一九六九「上代言語資料としての仏典注釈書」（『国語と国文学』四六―一〇）
白藤禮幸　一九八〇「高山寺の古辞書」（『高山寺典籍文書の研究』東京大学出版会）
申　雄哲　二〇一三「図書寮本『類聚名義抄』における「詩」出典表示の片仮名和訓について」（『訓点語と訓点資料』一三一）
申　雄哲　二〇一四「図書寮本『類聚名義抄』の翻字と校注（言部）」（『訓点語と訓点資料』一三二）
申　雄哲　二〇一五「図書寮本『類聚名義抄』における仏典音義類と辞書類の利用」（『国語国文研究』一四七）
申　雄哲　二〇一七「図書寮本『類聚名義抄』の翻字と校注（足部）」（『訓点語と訓点資料』一三八）
杉本つとむ　一九七二『漢字入門――『干禄字書』とその考察　改訂増補』（早稲田大学出版部）
杉本つとむ　一九八四『和名類聚抄の新研究』（桜楓社）
杉本つとむ　一九九九『辞書・事典の研究Ⅰ（杉本つとむ著作選集六）』（八坂書房）
杉本つとむ　一九九九『辞書・事典の研究Ⅱ（杉本つとむ著作選集七）』（八坂書房）
高瀬正一　一九七八「和訓よりみた「新撰字鏡」と「観智院本類聚名義抄」について」（『語文研究（九州大学）』四四・四五）
高橋忠彦・高橋久子　二〇〇六『日本の古辞書　序文・跋文を読む』（大修館書店）

高橋宏幸　二〇〇四　『図書寮本類聚名義抄』所引「月令・月」の和訓について（『国文学論考』四〇）

高橋宏幸　二〇〇五　『図書寮本類聚名義抄』所引「律」をめぐって　附、「允亮抄」（『国文学論考』四一）

高橋宏幸　二〇〇六　『図書寮本類聚名義抄』所引『古文孝経』の和訓について（『国文学論考』四二）

高橋宏幸　二〇〇七　『図書寮本類聚名義抄』所引「顔氏家訓」の和訓について（『国文学論考』四三）

高橋宏幸　二〇〇八　『図書寮本類聚名義抄』所引『遊仙窟』のテキストと和訓について（『都留文科大学大学院紀要』一二）

高松政雄　一九七〇　「新撰字鏡小学篇について」（『訓点語と訓点資料』四一）

高松政雄　一九七三　「公任卿云「呉音」」（『国語国文』四二―三）

高松政雄　一九七三　「新撰字鏡の「直音注」について」（『訓点語と訓点資料』五三）

田島毓堂　一九九〇　「類聚名義抄の注釈的研究―電算機利用による―」（科研費・総合研究（A）・一九八八年度～一九八九年度・報告書）

田尻英三　一九七二　「図書寮本類聚名義抄の和音注の性格」（『語文研究』三三）

谷沢　修　一九八〇　「楊氏漢語抄（和名抄所引）（校異・覚書）」（『国書逸文研究』四）

谷沢　修　一九八〇　「楊氏漢語抄（和名抄所引）（拾遺）」（『国書逸文研究』五）

田村夏紀　二〇〇〇　「観智院本『類聚名義抄』と『龍龕手鑑』の漢字項目の類似性」（『訓点語と訓点資料』一〇五）

田村夏紀　二〇〇〇　「図書寮本『類聚名義抄』と観智院本『類聚名義抄』の記載内容の比較　和訓と字体注記に注目して」（『鎌倉時代語研究』二三）

張　　磊　二〇一二　『《新撰字鏡》研究』（浙江師範大学語言学書系、中國社会科学出版社）

陳　力衛　一九九八　「語構成から見る和製漢語の特質」（『東京大学国語研究室創設百周年記念 国語研究論集』汲古書院。陳力衛『和製漢語の形成とその展開』〈汲古書院、二〇〇一年〉所収）

築島　裕　一九五〇　「類聚名義抄の倭訓の源流について」（『国語と国文学』二七―七、築島裕 二〇一六所収）

築島　裕　一九五三　「古辞書入門」（『国語学』一三・一四合刊、築島裕 二〇一六所収）

築島　裕　一九五三　「漢文訓読史資料としての図書寮本類聚名義抄（国語学会研究発表要旨）」（『国語学』一五）

築島　裕　一九五五　「辞書史と片仮名」（『国語研究（千葉県国語国文学研究会）』四、築島裕 二〇一六所収）

築島　裕　一九五九「訓読史上の図書寮本類聚名義抄」（『国語学』三七、築島裕　一九六三所収）
築島　裕　一九六〇「叡山文庫天海蔵「蘇悉地羯羅経略疏」建久点に見える類聚名義抄の逸文」（『国語学』四〇、築島裕　二〇一六所収）
築島　裕　一九六一「金剛三昧院所蔵大日経疏聞書に見える類聚名義抄逸文」（『東京大学教養学部人文科学科紀要　国文学・漢文学』二四、築島裕　二〇一六所収）
築島　裕　一九六三「和名類聚抄の和訓について」（『訓点語と訓点資料』二五）
築島　裕　一九六三「図書寮本類聚名義抄と和名類聚抄」（『国語と国文学』四〇―七、築島裕　二〇一六所収）
築島　裕　一九六三a『平安時代の漢文訓読語につきての研究』（東京大学出版会）
築島　裕　一九六三b「和名類聚抄の和訓について」（『訓点語と訓点資料』二五、築島裕　二〇一六所収）
築島　裕　一九六四「中古辞書史小考」（『国語と国文学』四一―一〇、築島裕　二〇一六所収）
築島　裕　一九六五「本草和名の和訓について」（『国語学研究（東北大学）』五、築島裕　二〇一六所収）
築島　裕　一九六八「平安初期の言語生活」（『国語と国文学』四五―二）
築島　裕　一九六九『平安時代語新論』（「第六節　辞書・音義」東京大学出版会）
築島　裕　一九六九「改編本系類聚名義抄の成立時期について」（『福田良輔教授退官記念論文集』、築島裕　二〇一六所収）
築島　裕　一九六九「国語史料としての図書寮本類聚名義抄」（『図書寮本類聚名義抄　解説索引編』勉誠社、築島裕　二〇一六所収）
築島　裕　一九七〇「和訓の伝流」（『国語学』八二）
築島　裕　一九七三「古辞書における意義分類の基準」（『品詞別日本文法講座10　品詞論の周辺』鈴木一彦・林巨樹編、明治書院、築島裕　二〇一六所収）
築島　裕　一九七三「真興撰大般若経音訓について」（『長沢先生古稀記念　図書学論集』三省堂、築島裕　二〇一六所収）
築島　裕　一九七六「類聚名義抄の研究史をめぐって」（『天理図書館善本叢書月報』三〇、築島裕　二〇一六所収）
築島　裕　一九八二「訓点資料と古辞書音義」（『汲古』一、築島裕　二〇一六所収）
築島　裕　一九八二「辞書」（『語彙原論』〈講座　日本語の語彙1〉明治書院、築島裕　二〇一六所収）
築島　裕　一九八八「改編本系類聚名義抄逸文小見」（『鎌倉時代語研究』一一、築島裕　二〇一六所収）

築島　裕　一九八八「漢文訓読と古辞書の古訓点」（『中央大学国文』三一、築島裕　二〇一六所収）
築島　裕　一九九四「静嘉堂文庫蔵毛詩鄭箋古点解説」（『毛詩鄭箋（三）』古典研究会叢書　漢籍之部3、汲古書院）
築島　裕　二〇一六『築島裕著作集　第三巻　古辞書と音義』（汲古書院）
築島裕・宮澤俊雅　一九七六「図書寮本類聚名義抄仮名索引」（『図書寮本類聚名義抄　本文編・解説索引編』勉誠社）
辻村敏樹編　一九八七『梜斎書入　倭名類聚抄』一・二（早稲田大学出版部）
天理大学出版部　一九七一『和名類聚抄　三宝類字集』（渡邊實解題、天理図書館善本叢書、八木書店）
土井光祐　一九九四「『起信論本疏聴集記』に見る「聞書」の注釈化と古辞書の利用―大広益会玉篇逸文及び改編本系類聚名義抄逸文をめぐって―」（『古辞書の基礎的研究』翰林書房）
土井光祐　二〇〇五「高野山性厳房宥快の講説とその聞書類について――金剛三昧院蔵大日経疏伝受抄に見える古辞書逸文を中心に」（『日本学・敦煌学・漢文訓読の新展開』汲古書院）
東京大学国語研究室編　一九八五『倭名類聚抄　京本・世俗字類抄　二巻本』（倭名類聚抄京本解題、宮澤俊雅、汲古書院）
東京大学国語研究室編　一九八七『倭名類聚抄　天文本』（倭名類聚抄天文本解題　附校勘、宮澤俊雅、汲古書院）
長島豊太郎編　一九五八『古字書綜合索引』上（日本古典全集刊行会）
長島豊太郎編　一九五九『古字書綜合索引』下（日本古典全集刊行会）
中田祝夫　一九五五「類聚名義抄使用者のために」（『類聚名義抄　仮名索引・漢字索引』風間書房）
中田祝夫　一九五六「「文華風月至要抄」所載の類聚名義抄佚文」（『訓点語と訓点資料』七）
中田祝夫編　一九七八『倭名類聚抄　元和三年古活字版二十巻本　附関係資料集』（勉誠社文庫23、勉誠社）
中田祝夫　一九七八「和名抄関係資料集・和名抄関係事項略年表（稿）」（『倭名類聚抄　元和三年古活字版二十巻本　附関係資料集』勉誠社）
中田祝夫他　一九八三「日本の古辞書」（『古語大辞典』付録、小学館）
中村宗彦　一九七五「文選訓より見たる類聚名義抄」（『大谷女子大国文』五）
中村宗彦　一九七九「類聚名義抄の疑問訓」（『訓点語と訓点資料』六二）
中村宗彦　一九八〇「観智院本「類聚名義抄」補訂試稿」（『訓点語と訓点資料』六四）

中村宗彦　一九八三「文選訓より見たる類聚名義抄」（『九条本文選古訓集』風間書房）
中村宗彦　一九八七「類聚名義抄和訓の定位」（『国語国文』五六―九）
永山　勇　一九四三「倭名類聚抄に於ける「和名」の種別に就て」（『国語国文』一三―五）
永山　勇　一九七六「倭名類聚抄における和名の種別」（『佐伯梅友博士喜寿記念 国語学論集』佐伯梅友博士喜寿記念国語学論集刊行会編、表現社）
名古屋市博物館編　一九九二『和名類聚抄』（榎英一解説、名古屋市博物館）
新野直哉　一九八六「『和名類聚抄』の「俗云」の性格―「A俗云B」の場合について―」（『文芸研究』一一二）
西端幸雄　一九七一「類聚名義抄における誤写の考察」（『訓点語と訓点資料』四五）
西端幸雄　一九七三「類聚名義抄における誤写の諸例」（『訓点語と訓点資料』五二）
西原一幸　一九七九「『新撰字鏡』所収の『正名要録』について」（『国語学』一一六）
西原一幸　一九八八「図書寮本『類聚名義抄』所引の「類云」とは何か」（『和漢比較文学研究の諸問題』和漢比較文学叢書8、汲古書院）
西原一幸　一九九一「隋・唐代における字体規範と仲算撰「妙法蓮華経釈文」」（『辞書・外国資料による日本語研究（大友信一博士還暦記念）』和泉書院）
西原一幸　二〇一五『字様の研究　唐代楷書字体規範の成立と展開』（勉誠出版）
西宮一民　一九六九「和名抄所引日本紀私記について」（『皇學館大学紀要』七）
沼本克明　一九八二『平安鎌倉時代に於る日本漢字音に就ての研究』（武蔵野書院）
沼本克明　一九九五「呉音・漢音分韻表　観智院本類聚名義抄和音分韻表（呉音）」（『日本漢字音史論輯』汲古書院）
沼本克明　一九九七『日本漢字音の歴史的研究』（汲古書院）
橋本進吉　一九八三「第十章　辞書の編纂」（『橋本進吉博士著作集』第九・十冊、岩波書店、一九八三年。一九一八年東京帝国大学での講義案）
橋本不美男　一九五〇「図書寮本類聚名義抄解説」（『図書寮本類聚名義抄』宮内庁書陵部。『図書寮本類聚名義抄』〈勉誠社、一九六九年〉所収）

濱田　敦　一九六七「和名類聚抄」（『山田孝雄追憶　本邦辞書史論叢』三省堂。濱田敦『日本語の史的研究』〈臨川書店、一九八四年〉所収）
原卓志・山本秀人　一九八三「図書寮本類聚名義抄における玄応一切経音義引用の態度について」（『鎌倉時代語研究』六）
伴　信友　一八一三「新写類聚名義抄叙」（類聚名義抄　校本）
伴　信友　一八二〇「（校本）附言」（類聚名義抄　校本）
肥爪周二　二〇〇六「濁音標示・喉内鼻音韻尾標示の相関――観智院本類聚名義抄を中心に」（『訓点語と訓点資料』一一六）
平岡定海　一九五九「類聚名義抄の逸文」（『国文学　言語と文芸』二）
平田篤胤　一八一一『古史徴』巻一・開題記」（一八一一年初稿、一八一八～一九年刊。平田篤胤『古史徴』四巻。【翻刻】平田篤胤全集一二。新修平田篤胤全集5。岩波文庫〈開題記のみ〉）
福田益和　一九六四「新撰字鏡「本草部」の記載形式とその構成」（『語文研究（九州大学）』一八）
福田益和　一九七一「古辞書における部首排列の基準（上）―新撰字鏡と類聚名義抄―」（『長崎大学教養部紀要』一二）
福田益和　一九七二「古辞書における部首排列の基準（下）―新撰字鏡と類聚名義抄―」（『長崎大学教養部紀要』一三）
藤岡勝二　一八九六「辞書編纂法並に日本辞書の沿革」（『帝国文学』二―一・二・六・七）
藤本　灯　二〇一六『『色葉字類抄』の研究』（勉誠出版）
不破浩子　一九八三「『和名類聚抄』撰述の方針について―順と棭斎の立場の相違を問題として―」（『叙説』八）
不破浩子　一九八九～九三『箋注倭名類聚抄の研究』（巻一―序から巻三―二まで、奈良女子大学国語国文学科遠藤研究室・長崎大学教養学部）
不破浩子　一九九一「『和名類聚抄』の体例に関する一試考―「箋注」本文を対象として―」（『訓点語と訓点資料』八六）
本間　貴　一九九七「観智院本『類聚名義抄』の和訓の配列の原則」（第七七回訓点語学会研究発表）
前田富祺　一九六七「世尊寺本字鏡の成立―「新撰字鏡」と「類聚名義抄」との比較において―」（『本邦辞書史論叢』三省堂）
正宗敦夫校訂　一九三〇～三一『倭名類聚抄』（元和古活字本、自一巻至二十巻・索引、日本古典全集。風間書房復刊、一九六二年他）
馬淵和夫　一九七三『和名類聚抄　古写本声点本　本文および索引』（風間書房）

馬淵和夫　一九八二　「『新撰字鏡』の「借音」について」（『中央大学国文』二五）

馬淵和夫　二〇〇八　『古写本和名類聚抄集成』（勉誠出版）

三保忠夫　一九七四　「元興寺信行撰述の音義」（『国語と国文学』五一―六）

三保忠夫　一九七三　「新撰字鏡小論」（『島根大学教育学部紀要（人文・社会科学）』二二―一）

宮澤俊雅　一九八八　「図書寮本類聚名義抄に見える篆隷万象名義について」（『訓点語と訓点資料』五二）

宮澤俊雅　一九七五　「妙法蓮華経釈文の初稿と改訂について」（『国語と国文学』五二―六）

宮澤俊雅　一九七七　「図書寮本類聚名義抄と妙法蓮華経釈文」（『松村明教授還暦記念　国語学と国語史』明治書院）

宮澤俊雅　一九七七　「篆隷万象名義　掲出字一覧表」（『高山寺古辞書資料　第一』東京大学出版会）

宮澤俊雅　一九八〇　「高山寺経蔵典籍所載古辞書引文」（『高山寺典籍文書の研究』東京大学出版会）

宮澤俊雅　一九八五～九五　「高山寺蔵典籍所載古辞書引文　1～10」（『高山寺資料ノート』四～一三）

宮澤俊雅　一九八六　「図書寮本類聚名義抄と倭名類聚抄」（『松村明教授古稀記念　国語研究論集』明治書院）

宮澤俊雅　一九八六　「「和名類聚抄の和訓について」続貂―和訓に冠する「和名」の有無について―」（『築島裕博士還暦記念　国語学論集』明治書院、宮澤俊雅　二〇一〇所収）

宮澤俊雅　一九八七　「図書寮本類聚名義抄と篆隷万象名義」（『訓点語と訓点資料』七七）

宮澤俊雅　一九八八　「図書寮本類聚名義抄と法華音訓」（『北大国語学講座二十周年記念　論輯　辞書・音義』汲古書院）

宮澤俊雅　一九九二　「図書寮本類聚名義抄の注文の配列について」（『小林芳規博士退官記念　国語学論集』汲古書院）

宮澤俊雅　一九九四　「倭名類聚抄の「此間」について」（『国語国文研究』九五、宮澤俊雅　二〇一〇所収）

宮澤俊雅　一九九八　「倭名類聚抄と漢語抄類」（『東京大学国語研究室創設百周年記念　国語研究論集』汲古書院、宮澤俊雅　二〇一〇所収）

宮澤俊雅　一九九八　「倭名類聚抄の十巻本と二十巻本」（『北海道大学文学部紀要』四七―一、宮澤俊雅　二〇一〇所収）

宮澤俊雅　二〇一〇　『倭名類聚抄諸本の研究』（勉誠出版）

邨岡良弼　一九六六　『諸本集成倭名類聚抄　外篇　日本地理志料―和名類聚抄国郡郷里部箋注―』（京都大学文学部国語学国文学研究室編、臨川書店）

望月郁子編　一九七四『類聚名義抄　四種声点付和訓集成』（笠間索引叢刊44、笠間書院）
望月郁子　一九八九「『和名類聚抄』における冠〈和名〉の役割」（『静大国文』三四）
望月郁子　一九九二『類聚名義抄の文献学的研究』（笠間書院）
山口角鷹　一九六三「小学篇と漢語抄」（『日本中国学会報』一五、山口角鷹『増補　日本漢字史論考』〈松雲堂書店、一九八五年〉所収）
山口角鷹　一九六五「倭名抄と漢語抄」（『漢学研究』復刊3、山口角鷹『増補　日本漢字史論考』〈松雲堂書店、一九八五年〉所収）
山口佳紀　一九八五『古代日本語文法の成立の研究』（有精堂出版）
山田健三　一九九二「順〈和名〉粗描」（『日本語論究2　古典日本語と辞書』和泉書院）
山田健三　一九九四「《短信》観智院本類聚名義抄の凡例と部首立てについて」（『国語学』一七六）
山田健三　一九九五「奈良・平安時代の辞書」（『日本古辞書を学ぶ人のために』西崎亨編、世界思想社）
山田健三　一九九七「名義抄の部首検索システム構築について」（『愛知学院大学教養部紀要』四四―四）
山田健三　一九九九「しほといふ文字は何れのへんにか侍らん―辞書生活史から―」（『国語国文』六八―一二）
山田健三　二〇〇〇a「名義抄における切字反切をめぐって」（『人文科学論集　文化コミュニケーション学科編』三四）
山田健三　二〇〇〇b「類聚名義抄―その構造と歴史性―」（『日本語学』一一九）
山田健三　二〇〇二「和名類聚抄の掲出項目」（『訓点語と訓点資料』一〇八）
山田健三　二〇〇六「古辞書をめぐる謎――部首システムの変遷理由（特集　日本語の謎）」（『国文学　解釈と教材の研究』五一―四）
山田健三　二〇一七「『和名類聚抄〔高山寺本〕』解題」（新天理図書館善本叢書『和名類聚抄〔高山寺本〕』八木書店）
山田忠雄　一九五五「漢数字の書法――文字論のための　おぼえがき」（『日本大学文学部研究年報』六）
山田忠雄編　一九六七『本邦辞書史論叢』（三省堂）
山田俊雄　一九七八『日本語と辞書』（中公新書494、中央公論社）
山田俊雄　一九七九「日本の辞書の歴史」（『国語科通信』四〇）
山田孝雄　一九一六『新撰字鏡攷異幷索引』（六合館）

山田孝雄　一九二六「眞福寺本　倭名類聚鈔　解説」（古典保存会『眞福寺本倭名類聚鈔』）
山田孝雄　一九三七「観智院本　類聚名義抄　解説」（『観智院本　類聚名義抄』貴重図書複製会）
山田孝雄　一九四三『国語学史』（「第四章　漢和対訳の辞書の発生」宝文館）
山本真吾　一九九一「慶応義塾図書館蔵『性霊集略注』出典攷――類聚名義抄からの引用を中心として」（『鎌倉時代語研究』一四）
山本秀人　一九八五「改編本類聚名義抄における文選訓の増補について」（『国文学攷』一〇五）
山本秀人　一九八六「改編本類聚名義抄における新撰字鏡を出典とする和訓の増補について―熟字訓を対象として―」（『国語学』一四四）
山本秀人　一九八八「類聚名義抄における和名類聚抄を出典とする和訓の摂取法について―原撰本編纂、改編、改編後の増補、の三段階に着目して―」（『広島大学文学部紀要』四七）
山本秀人　一九九一「図書寮本類聚名義抄における真興大般若経音訓の引用法について―叡山文庫蔵息心抄所引の進行真興大般若経音訓との比較より―」（『訓点語と訓点資料』八五）
山本秀人　一九九二「図書寮本類聚名義抄における標出語の採録法について―注文の出典との関連を視点に―」（『小林芳規博士退官記念　国語学論集』汲古書院）
山本秀人　一九九三「図書寮本類聚名義抄における玄応一切経音義の標出語の摂取法について」（『鎌倉時代語研究』一六）
山本秀人　一九九四「図書寮本類聚名義抄における信行撰書について」（第七一回訓点語学会研究発表、『訓点語と訓点資料』九五に要旨あり）
山本秀人　一九九五「図書寮本類聚名義抄に引用された信行撰書について」（『国語学論集　築島裕博士古稀記念』汲古書院）
山本秀人　二〇〇〇「類聚名義抄における史記の訓の採録について―図書寮本における不採録の訓を中心に―」（『鎌倉時代語研究』二三）
山本秀人　二〇〇一「図書寮本類聚名義抄における出典無表示の和訓について―国書の訓との関わりを中心に―」（『高知大国文』三二）
山本秀人　二〇〇三「宝菩提院本類聚名義抄について――観智院本との比較より」（『訓点語と訓点資料』一一一）
山本秀人　二〇〇六「図書寮本類聚名義抄における毛詩の和訓の引用について―静嘉堂文庫蔵毛詩鄭箋清原宣賢点との比較から―」

（『小林芳規博士喜寿記念　国語学論集』汲古書院）
山本秀人　二〇一〇　「改編本類聚名義抄における注音方式の再検討　傍仮名音注・声点の朱墨について」（『古典語研究の焦点』武蔵野書院）
山本秀人　二〇一六　「『三宝類字集〔高山寺本〕』解題」（新天理図書館善本叢書『三宝類字集〔高山寺本〕』八木書店）
湯浅幸孫　一九八二　「新撰字鏡序跋校釋」（『国語国文』五一―七）
吉田金彦　一九五二　「法華経釈文について」（『国語国文』二一―一一）
吉田金彦　一九五四a　「図書寮本類聚名義抄出典攷　上」（『訓点語と訓点資料』二、吉田金彦　二〇一三所収）
吉田金彦　一九五四b　「図書寮本類聚名義抄出典攷　中」（『訓点語と訓点資料』三、吉田金彦　二〇一三所収）
吉田金彦　一九五五　「国語学における古辞書研究の立場―音義と辞書史―」（『国語学』二三、吉田金彦　二〇一三所収）
吉田金彦　一九五五a　「類聚名義抄小論」（『国語国文』二四―三、吉田金彦　二〇一三所収）
吉田金彦　一九五五b　『国語学辞典』「類聚名義抄」の項（東京堂）
吉田金彦　一九五五c　「図書寮本類聚名義抄出典攷　下一」（『訓点語と訓点資料』五、吉田金彦　二〇一三所収）
吉田金彦　一九五六　「類聚名義抄の展開」（『訓点語と訓点資料』六、吉田金彦　二〇一三所収）
吉田金彦　一九五八　「観智院本類聚名義抄の参照文献」（『芸林』九―三、吉田金彦　二〇一三所収）
吉田金彦　一九五九　「新撰字鏡とその和訓の特質」（『芸林』一〇―五、吉田金彦　二〇一三所収）
吉田金彦　一九六五　「本邦辞書史略年表稿」（『愛媛大学紀要』一一）
吉田金彦　一九七一　「辞書の歴史」（『講座　国語史3　語彙史』大修館書店）
吉田金彦　一九七六　「類聚名義抄　観智院本　解題」（天理図書館善本叢書『類聚名義抄　観智院本』八木書店）
吉田金彦　一九七七　「類聚名義抄の和訓の研究法」（『国語国文』四六―四、吉田金彦　二〇一三所収）
吉田金彦　一九八四　「辞書の文化史（特集・辞書）」（『言語生活』三八八）
吉田金彦　二〇一三　『古辞書と国語』（臨川書店）
頼　惟勤　一九九六　『中国古典を読むために　中国語学史講義』（大修館書店）
李時人・詹緒左校注　二〇一〇　『遊仙窟校注』（中華書局、古體小説叢刊）

李　乃琦　二〇一六「図書寮本『類聚名義抄』における玄応撰『一切経音義』の依拠テキスト―『一切経音義』巻第四を中心に―」（『訓点語と訓点資料』一三七）
渡辺　修　一九五三「図書寮蔵本類聚名義抄と石山寺蔵本大般若経字抄とについて」（『国語学』一三・一四）
渡辺　修　一九六九「類聚名義抄の呉音の性格」（『大妻女子大学文学部紀要』一）
渡辺　修　一九七〇「類聚名義抄の「呉音」の体系」（『国語と国文学』四七―一〇）
渡辺　修　一九七一「類聚名義抄の和音の性格」（『大妻女子大学文学部紀要』三）
渡邊　實　一九五一「解説　高山寺本類聚名義抄について」（『国語国文』別刊二）
渡邊　實　一九七一「和名類聚抄・三宝類字集　解題」（『和名類聚抄・三宝類字集（天理図書館善本叢書）』八木書店）

あとがき

本書は京都大学に提出した博士論文をもととする。二〇一五年一月十五日に口頭試問を受けた。主査である木田章義先生が開口一番に言われたのは、「わかりやすすぎる」ということだった。わかりやすさを欠点として指摘されても困るというのが、その時の私の率直な印象だった。しかし、わかりやすさが、奥行きのなさ、広がりの乏しさにつながることはあるだろう。単純化がはらむ貧弱、抽象化に伴う切り捨ては起きうることである。人文系の研究では、含み、揺らぎ、回り道、矛盾といったものを含む論文の方が面白い場合もある。背景、寄り道も含んだ、より広がりを持った研究にすべきであるという指摘なのだと理解した。

第二部第四章に「可能な限り、明晰で、合理的、かつシンプルな解答を目指す」と記したように、私自身はすっきりとした論文が好きである。昔から理数系の研究や論文が好きだったという、個人的な傾向も作用していると思う。論文を書く際も、付加的な記述は全部注にまわして、本文はできるだけすっきりさせたいという気持ちが強い。そのため、大切なことが注に書いてあると言われたり、注の方が面白かったと言われたりすることがある。

よりわかりにくく書くことは現在の私には不可能なので、できる限り広がりを持つよう心がけて改訂したが、それがどれほど果たされているのか、自分ではわからない。

本書を終えるにあたり、先師、学友、学生に感謝したい。

学部・大学院で国語学を教わった安田章先生には、研究の入り口を示していただいた。書名は先生の『中世辞書論考』へのオマージュである。木田章義先生については、先生のご退職時に、「木田先生のこと」(『国語国文』第八四巻第五号、二〇一五年)に書いたので、ここでは繰り返さないが、私の研究は先生から大きな影響を受けている。性格や考え方の全く異なる先生に教えていただいたことは、たいへん有り難かった。木田先生ならびに国文学の日野龍夫先生、大谷雅夫先生とは、同僚として過ごす期間があり、かつて研究の世界に招き入れてくれた師と一緒に仕事をするという栄誉に浴した。

築島裕先生、小林芳規先生をはじめとする、高山寺典籍文書綜合調査団の先生方には、「高山寺大学」を通して無言の教えをいただいた。その縁で、石塚晴通先生から北海道大学にお誘いいただき、二年間助手をつとめたのが、私の職歴の始まりである。北大に、宮澤俊雅先生、池田証寿先生という古辞書の専門家がおられたことも幸いだった。

生理学者クロード・ベルナールが言うように、「芸術は「わたし」であり、科学は「わたしたち」である」。先師との出会いがなければ、私は研究者にはなっていない。本書の研究も、その多くが先行研究に導かれている。先学、研究仲間、同僚、先輩、同輩、後輩、学生たちから刺激を受けることがなければ、ここに並べたような研究が生み出されることはなかった。

本書の「はじめに」で、深く考えることを標榜した。どれほど達成できているのか心許ない。自分としては、考えることをたしかに楽しんだと言いうるのみである。それが、「少しく読み、深く考えよ」という京都大学の伝統に、いくらかでもつながっておれば幸いである。

この小さな研究が議論の踏み台となって、学問が少しでも前進することを念じている。また、小著を通して、研究の面白さを感得してくれる読者がいれば、たいへんうれしい。

編集について、吉川弘文館の石津輝真氏・並木隆氏、歴史の森の関昌弘氏にお世話になった。また、校正時に小林雄一君、鈴木裕也君の協力を得た。

本書の出版に際しては、平成三十年度京都大学文学研究科学術出版助成事業による助成を受けた。また、一連の研究は、その間に受けた科学研究費補助金等によっても助けられている。

最後になったが、父母と妻と二人の子供たち、すべての家族に感謝する。両親がいなければ、私は存在しないし、妻と子供がいなければ、私は存在できない。

二〇一八年十二月

大槻　信

著者略歴
一九六八年　京都市に生まれる
一九九七年　京都大学大学院文学研究科博士後期課程退学
現在　京都大学大学院文学研究科教授

〔主要著書〕
『高山寺経蔵典籍文書目録 完結編』（汲古書院、二〇〇七年、高山寺典籍文書綜合調査団）
『高山寺（新版 古寺巡礼 京都32）』（共著、淡交社、二〇〇九年）
『類聚名義抄 観智院本（新天理図書館善本叢書）』（八木書店、二〇一八年）

平安時代辞書論考
辞書と材料

二〇一九年（平成三十一）二月十日　第一刷発行

著　者　大《おお》槻《つき》　信《まこと》

発行者　吉川道郎

発行所　株式会社 吉川弘文館
郵便番号一一三―〇〇三三
東京都文京区本郷七丁目二番八号
電話〇三―三八一三―九一五一〈代〉
振替口座〇〇一〇〇―五―二四四番
http://www.yoshikawa-k.co.jp/

印刷＝株式会社 精興社
製本＝株式会社 ブックアート
装幀＝山崎　登

ISBN978-4-642-08528-1